Peter Gerdes
Ostfriesen morden anders

LEDA

Peter Gerdes
Ostfriesen morden anders
Kriminalgeschichten
1. Auflage 2017

ISBN 978-3-86412-082-4

Titelillustration: Jutta Berend
Druck und Bindung cpi books

Peter Gerdes

Ostfriesen

morden anders

Kriminalgeschichten

LEDA

Inhalt

Die grosse
Friesenbrückenverschwörung

Verschwörungstheorien? Also bitte, davon halte ich überhaupt nichts. Sie etwa?

Ach. Glauben Sie ernsthaft, die Amerikaner wären gar nicht wirklich auf dem Mond gewesen, sondern hätten die Landung in einer Lagerhalle irgendwo in einer irdischen Wüste gedreht? Oder dass Prinzessin Diana überhaupt nicht gestorben ist, sondern unerkannt unter falschem Namen weiterlebt? Zusammen mit Kurt Cobain? Oder dass die Zerstörung des World Trade Centers nur ein Ablenkungsmanöver war, eins mit dreitausend Toten, damit keiner merkte, dass Präsident Bush von der Öl-Industrie gegen einen Roboter ausgetauscht worden war?

Na, sehen Sie. Das meine ich doch auch. Alles Quatsch.

Bis auf diese eine Sache natürlich. Da liegen die Dinge anders.

Welche Sache ich meine? Passen Sie auf.

Sie kennen doch die Geschichte mit den amerikanischen Eisenbahnen, oder? Nein? Also, damals, als die europäischen Einwanderer anfingen, den Ureinwohnern das Land abzunehmen, da haben die natürlich Widerstand geleistet. Indianer, so nannte man sie und tut das auch heute noch, bloß weil der Columbus seinerzeit keine Ahnung gehabt hat, wo er eigentlich war. Von wegen Indien!

So wirklich schnell ging die Landnahme jedoch nicht, es fehlte am richtigen Transportmittel. Aber nicht lange. Dann kam die Eisenbahn.

Die Bahn hat dem Landraub richtig Dampf gemacht, buchstäblich. Menschen, Material, später Soldaten und Pferde, danach Schlachtvieh – die Eisenbahn hat alles in großen Mengen und mit großer Geschwindigkeit überall hingebracht, wo Schienen lagen. Dagegen hatten die Ureinwohner keine Chance. Sofern sie das überlebten, mussten sie sich in staubige Reservate sperren lassen. Glauben Sie mir, die Spielcasinos dort sind eine schwache Rache.

Die Bahn aber, die trumpfte auf. Die hatte ihre große Zeit, war unverzichtbar und profitabel, brachte ihren Besitzern eine Menge Kohle ein. Nein, das war jetzt im übertragenen Sinn gemeint. Alles gut so weit – bis die Ära des Öls begann. Dieses Öl wollte verbraucht werden! Mit Dieselöl kann man zwar auch Züge befeuern; die sind aber viel zu sparsam, um damit richtige Profite zu erzielen. Was für den wahren Öl-Umsatz sorgt, ist der Individualverkehr! Ein, zwei Männeken in einer tonnenschweren Kiste, angetrieben von fossilem Brennstoff – das sorgt für Verbrauch, das spült Geld in die Kassen!

Es wurde also Propaganda für das Auto gemacht. Klappte auch gut, viele Leute kauften sich welche und gurkten damit herum. Viele andere aber fuhren weiterhin mit der Bahn. Die war ja auch noch da, mit einem gut ausgebauten Netz. Warum sollte man sich ein teures Automobil kaufen, wenn man mit dem Zug ebenso schnell ans Ziel kam? Und billiger?

Aber natürlich haben die sich zu helfen gewusst, die Öl-Multis und ihre Sachwalter, die Automobilkonzerne!

Die Eisenbahnen aufgekauft haben sie; das ging, waren ja alle privat. Und dann haben sie die heruntergewirtschaftet, systematisch. Streckennetz und Verbindungen so lange ausgedünnt, bis es dermaßen unattraktiv geworden war, mit der Bahn zu fahren, dass sich auch noch der Letzte ein eigenes Auto kaufen und teures Benzin verheizen musste. Tja, so lief das.

Und bei Eisenbahn kommen wir zu der Verschwörungstheorie, die ich eigentlich meine. Die liegt uns etwas näher, rein geografisch ...

Sehen Sie, das dachte ich mir, dass Sie davon schon gehört haben! Und dass Sie gleich lossprudeln. Da sind Sie mit im Boot, was? Vielmehr im Kreuzfahrtschiff. Was sagen Sie? Sowas würden Sie nie betreten? Tja, dafür gäbe es viele Gründe. Weil das unglaublich Dreckschleudern sind, weil sie groß sind wie Kleinstädte und aussehen wie Wohnblocks in Problemvierteln, weil jeder überhebliche Kapitän damit jederzeit eine Katastrophe anrichten kann, die die *Titanic* weit in den Schatten stellt ... Aber das meinen Sie nicht, stimmt's?

Dachte ich mir. Sie meiden diese Art Schiffe, weil durch ihren Bau ein wichtiges Stück Ihrer Heimat zerstört wird. Nämlich die Ems, der Fluss, an dem die berühmteste deutsche Kreuzfahrtschiffswerft viel zu weit oben liegt. Okay, das ist nachvollziehbar. Überhaupt keine Verschwörungstheorie, sondern schlicht Fakt. Viele haben sogar die Grünen gewählt, damit diese ewigen Ausbaggerungen und Vertiefungen, die ständig anwachsende Strömung und die Massen von Schlick, der Tod für Fisch und Fischer, die Gefährdung der Deichsicherheit – kurz, damit das alles aufhört. Und was passiert? Kaum sitzen die in der Landesregierung, wird alles eher noch schlimmer. Sachzwänge! Gorleben ist eben wichtiger.

Alles richtig. Aber dass diese Werft für die Zerstörung der Friesenbrücke verantwortlich ist, das stimmt so nicht.

Aber nein, selbstverständlich will ich nicht behaupten, dass dabei alles mit rechten Dingen zugegangen sei! Erlauben Sie mal, ein bisschen was verstehe ich auch davon. Dass ein Frachtschiff mit intaktem Ruder und funktionierender Maschine, mit kompletter Bordelektronik, mit Kapitän und Lotse auf der Kommandobrücke, einfach mal so eine wichtige Eisenbahnbrücke rammt und zerstört, obwohl diese Brücke geschlossen ist, ordnungsgemäß besetzt und über Funk erreichbar, obwohl die roten Signalleuchten brennen – nein, das ist natürlich nicht normal. Aber die Schuld an diesem Vorfall einfach so der Großwerft zuzuschieben, bloß weil die ein Interesse hat, dieses störende Bauwerk aus dem Weg zu bekommen? Weil nämlich kürzlich erst der Panama-Kanal verbreitert wurde und man bei den Neubauten ja mithalten muss? Das erscheint mir ein bisschen zu simpel.

Warum? Das will ich Ihnen sagen: Bestimmt nicht, weil ich das dieser Werft nicht zutrauen würde! Sondern weil die das doch gar nicht nötig hätte. Weil die doch sowieso immer bekommt, was sie will! Weil sämtliche Politiker vor ihr kriechen, sobald sie mit der Arbeitsplatz-Peitsche knallt! Darum.

Ja, ich verstehe Ihre Enttäuschung. Natürlich möchte man gerne, dass derjenige, der sich moralisch schuldig gemacht hat, auch der Täter ist. Aber so ist den wirklich Bösen selten beizukommen. Nehmen wir Al Capone –

einen der größten Gangster seiner Zeit. Den haben sie nicht etwa wegen Mordes verurteilen können oder wegen Raubes, nein, am Ende war es Steuerhinterziehung! Dafür ist er hinter Gitter gewandert, und dort ist er dann verstorben. Was für ein Zufall, tja, das meine ich auch.

Aber bleiben wir bei der Friesenbrücke. Wenn es nicht die Werft war, der es zu mühsam wurde, das Mittelteil dieser Ems-Querung bei jeder Schiffsüberführung langwierig und teuer aushängen zu lassen – wer hat sie dann zerstört? Da gibt es durchaus ein paar Kandidaten. Wir kennen doch unsere Verschwörungstheoretiker, die lassen uns nicht im Stich.

Nummer eins: Wladimir Putin. Ja, ja, immer gleich hoch ins Regal gegriffen! Putins Russland hat Wirtschaftsprobleme, unter anderem wegen der niedrigen Energiepreise. Für die kann er nichts, das liegt an Saudi-Arabien und den islamistischen Terroristen im Irak und in Libyen, die ihre Mörderbanden damit finanzieren, dass sie große Menge Erdöl auf den Markt werfen, was den Preis drückt, wobei ihnen gewisse Kreise in der Türkei behilflich sein – wussten Sie, dass die Türkei Nato-Mitglied ist? Ja, man fasst es nicht.

Genau, Putin. Der will sein Land mit Gas- und Öl-Exporten finanzieren, daher passt es ihm gar nicht, dass Westeuropa derzeit auf dem Energiespartrip ist. Windkraft, Solarenergie, Elektroautos … wie soll Putin daran verdienen? Aber die beste Möglichkeit, Energie zu sparen, ist immer noch der öffentliche Personenverkehr. Nah und fern. Genau, vor allem die Eisenbahn. Merken Sie, wie gut das zusammenpasst?

He, was gibt es da zu lachen! Sie haben doch das Wichtigste noch nicht gehört. Die Verschwörungs-

Trumpfkarte, sozusagen. Der Kapitän des Schiffes, das die Friesenbrücke versenkt hat, ist Russe!

Ja, da gucken Sie. Obwohl ich sagen muss, überzeugt guckt anders. Sie wissen doch, Putin war zu Sowjetzeiten Geheimdienst-Chef! Der hat seine Leute im Griff, auch heute noch, auch im Ausland. Wenn der einem sagt, fahr mir mal eben diese Eisenbahnbrücke zusammen, die ist eine wichtige Verbindung zwischen Norddeutschland und Holland, viele Pendler, da geht uns eine Menge Benzin-Umsatz verloren – also, da möchte ich nicht diese Brücke sein, das sage ich Ihnen!

Apropos Holland. Das war ja noch lange nicht alles, was die Verschwörungs-Theoretiker zum Thema Friesenbrücke kombiniert haben! Da gab es nämlich einen merkwürdigen Vorfall, der ging auch durch die Medien. Nein, Tatsache! Da tauchten nämlich, kaum dass die Brücke abgetaucht war, plötzlich niederländische Offiziere am Ems-Ufer auf und nahmen die Zerstörung genauestens in Augenschein. Oh ja, da habe ich auch gestaunt! Ich meine, was haben die da zu suchen? Manche sagen zwar, Weener und das Rheiderland gehörten nicht wirklich zu Deutschland – aber deswegen ist es noch lange kein niederländisches Territorium! Was die Offiziere hier gewollt haben, wurde nie wirklich geklärt. Irgendwann wuchs Gras über die Sache.

Aber ich kann es Ihnen sagen.

Okay. Wissen Sie noch, was für ein weltoffenes, tolerantes Land die Niederlande einmal waren? Rasse, Nationalität, Religion – das war alles egal, keine Vorurteile, man nahm jeden so, wie er war. Traumhaft! Ich weiß noch, wie ich als Jugendlicher darüber gestaunt habe. Ach Quatsch, mit Marihuana hatte das nichts zu tun. Sondern damit, dass ich als Deutscher, der mit Vorurteilen quasi großgezogen worden ist, gemerkt habe, dass uns der kleine Nachbar in dieser Hinsicht weit voraus war. Dass es eben auch anders geht.

Und dann war es damit von einem Tag auf den anderen vorbei. Schuld waren islamistische Attentate. Holland war natürlich nicht das einzige Land, das unter dieser Pest litt – aber die Niederländer fühlten sich besonders betroffen. Erschüttert bis ins Mark. Weil man ihnen ihre Offenheit, ihre Gutherzigkeit derart gemein vergolten hatte. Was wollen Sie, man kann das verstehen.

Was dann kam, war allerdings bitter und gar nicht vorbildlich. Obwohl die Deutschen gerade drauf und dran sind, sich genau das zum Vorbild zu nehmen: Holländische Rechtspopulisten und ihre Parolen kamen in Mode und wurden gewählt. Das ganze Land vollführte einen Schwenk von extrem liberal zu Monokulti. Alles Muslimische wurde strikt abgelehnt – zuweilen gleich alles Fremde. Auch wir Deutschen kriegten unser Fett weg; plötzlich waren wir wieder die »Moffen«.

So. Und dann geht die Moffen-Kanzlerin bekanntlich her und verkündet, dass Flüchtlinge aus Syrien, deren Leben in Gefahr ist, selbstverständlich aufgenommen werden. Kommt eben aus einer christlichen Partei und einer christlichen Familie. Gemeint hat sie natürlich, dass ganz Europa diese vielen Flüchtlinge aufnehmen soll. Weil aber unsere superchristlichen EU-Partner plötzlich von Nächstenliebe nichts wissen wollen – allen voran das erzkatholische Polen – und sich abschotten, läuft es letztlich darauf hinaus, dass die große Masse dieser armen Menschen Deutschland ansteuert. Im Süden kommen sie an, dann verteilt man sie nach Westen, Osten und

Norden. Und nach Nordwesten. Wo längst nicht alle bleiben wollen.

Sie verstehen, was das für die Niederländer heißt? Muslimischer Aufmarsch direkt an ihrer Landesgrenze! Und das bei offenen Schlagbäumen. Da muss man sich natürlich etwas einfallen lassen, um diese Menschen am weiteren Vordringen zu hindern. Schließlich will man ja keine Muslime mehr. Donald Trump lässt grüßen.

Und womit fahren mittellose Flüchtlinge in der Regel? Genau, mit dem Zug. Und was ist die große Spezialität der Holländer? Genau, wasserbauliche Konstruktionen aller Art, nicht zuletzt Brücken. Eisenbahnbrücken. Und Schiffe natürlich.

Crash boom bang, Sie verstehen?

Wie, was das soll? Ein offenes Tor für den Einfall von Muslimen nach Holland ist damit verschlossen! Mit Mitteln, die allesamt auf die wasserbaukundigen Niederländer verweisen! Und das letzte Indiz war diese klammheimliche Inspektionsreise holländischer Offiziere, um nachzuschauen, ob das Zerstörungswerk auch nach Plan verlaufen ist. Ist es! Damit ist die nächsten acht bis zehn Jahre Ruhe an diesem Frontabschnitt. Die Holländer wissen natürlich genau, dass die aufgeblasene deutsche Bürokratie mindestens so lange braucht, um eine neue Brücke auch nur zu genehmigen.

Glauben Sie nicht? Das können Sie mir ruhig abnehmen, ich bin doch selber Teil dieser Bürokratie! Wenn ich mich vorstellen dürfte: Stahnke. Hauptkommissar Stahnke, Fachkommissariats römisch eins, Polizeiinspektion Leer/Emden. Angenehm.

Ach so, das meinten Sie gar nicht! Klar, dass unsere Bürokratie längst jedes Maß verloren hat, weiß ja jeder.

Sie meinten die Verschwörungstheorie mit den Holländern, alles klar. Soll ich Ihnen etwas sagen? Klingt ganz nett, aber so war es nicht. Ich jedenfalls glaube auch nicht dran.

Warum? Weil ich weiß, wie es wirklich war.

Erzählen darf ich das eigentlich nicht, Dienstgeheimnis. Andererseits … Ach, was soll's. Passen Sie auf. Ich erzähle Ihnen mal was.

Da war dieser Mann, dessen Name natürlich nichts zur Sache tut, der wohnte in Weener und arbeitete bei Volkswagen in Emden. Das ist gar nicht so ungewöhnlich! Eine Stelle bei VW, das kommt in Ostfriesland gleich nach Beamter sein, was die Sicherheit betrifft; von den Löhnen und Gehältern dort ganz abgesehen. Dafür pendelt man gerne regelmäßig seine vierzig Kilometer oder so. Kosten? Benzin ist doch billig zur Zeit, dank der Terroristen, der Saudis und der Erdogans! Außerdem gibt es ja Fahrgemeinschaften.

Bestimmt arbeiten genügend Weeneraner bei VW, um mehr als eine Fahrgemeinschaft zu bilden! Andererseits hat das Emder Werk viele Abteilungen, man arbeitet in Schichten, das passt es nicht immer. Jedenfalls beteiligte sich unser Mann an einer Fahrgemeinschaft, die sich in Leer traf, Abfahrt Nord, beim Emspark, da gibt es endlos viele Parkplätze. Von dort ging es direkt nach Emden. Vier Mann insgesamt, er, zwei Leeraner und einer aus Ihrhove. Kennen Sie nicht? Liegt in Westoverledingen, unweit der Ems, quasi direkt gegenüber von Weener.

Unser Mann war fest liiert, und jeder, der ihn kannte, fragte sich, wie er an diese Frau gekommen war. Etliche Jahre jünger als er, phantastisch aussehend, hoch gebildet. Von Beruf Malerin. Nein, eine richtige, ich meine, sie stellte ihre Bilder in Galerien aus und konnte vom Verkauf ganz gut leben. Nun war unser Mann kein Bandarbeiter, sondern ein mittelhohes Tier in der Verwaltung. Trotzdem fragte man sich, wie einer wie er diese Frau auf Dauer halten konnte.

Wie sich herausstellte, konnte er das nicht.

Sein Nebenbuhler gehörte auch zur Fahrgemeinschaft. Einer aus der Entwicklung, Ingenieur und Doktor. Keiner wusste so recht, wieso man den eigentlich nach Emden versetzt hatte. Warum so einer eine Fahrgemeinschaft nötig hatte? Weil vom Geldausgeben noch keiner reich geworden ist! Außerdem war er ein geselliger Typ und fuhr nicht gerne allein.

Die Malerin und er lernten sich bei einer Werksfeier kennen. Tag der offenen Tür, Riesenaktion, musste wohl sein, weil das Image der Marke gerade ziemlich angeknackst war. Sie wissen schon, dieser Abgas-Skandal mit der Schummel-Software bei Dieselfahrzeugen. Da brauchte man positive Berichterstattung als Kontrast. Die schöne Malerin begleitete ihren Lebenspartner, war auf der Suche nach neuen Motiven und traf den Entwickler. Zack, war's passiert.

Ob der Weeneraner nichts davon gemerkt hat? Zunächst einmal nicht. Der Doktor war ja nicht dumm und die Dame auch nicht. Er sorgte als Erstes dafür, dass seine Arbeitszeiten verlegt wurden, was in seiner Abteilung überhaupt kein Problem war. So konnte er seine neue Geliebte immer dann besuchen, wenn ihr Partner auf Arbeit war. Darüber war er bestens informiert, denn die Fahrgemeinschaft hatte so eine WhatsApp-Gruppe angelegt – und vergessen, ihn daraus zu löschen.

Tja, und die Dame war anscheinend so eine, die sich sehr gut verstellen kann. In allen Lebenslagen.

Der amouröse Doktor war derjenige, der in Ihrhove wohnte. Genau genommen am Ortsrand, in einer richtig schicken, großen Villa. Ihrhove in Westoverledingen, nicht weit von der Ems, gegenüber von Weener. Na, dämmert's? So kommt unsere Brücke wieder ins Spiel! Die Friesenbrücke war ja nicht allein für die Eisenbahn gedacht, sondern auch für Fußgänger. Und Radfahrer. Für unseren gelehrten Lover war das natürlich sehr praktisch, so konnte er das Angenehme mit dem gesundheitlich Nützlichen verbinden.

Was meinen Sie? Sie ahnen schon, worauf das hinausläuft, und glauben mir kein Wort? Na, dann kann ich ja aufhören zu erzählen. Wenn ich hier sowieso tauben Ohren predige ...

Ach so, jetzt wollen Sie es auch zu Ende hören. Obwohl Sie es unglaubwürdig finden! Warten Sie nur ab, Sie werden sich noch wundern.

Jedenfalls pendelte unser Doktor immer lustig, um nicht zu sagen wolllustig über die Friesenbrücke hin und her, während der eigentliche Partner der Malerin zur Arbeit nach Emden pendelte. Sobald WhatsApp grünes Licht gab, schwang sich der Entwickler gemütlich auf sein Rad, strampelte zum Fluss und über die Brücke, und immer pünktlich eine Viertelstunde, bevor der Hausherr wieder eintrudelte, machte er sich auf den Rückweg. Das spielte sich sehr schnell ein, man konnte bald die Uhr danach stellen.

Und das hätte vermutlich noch lange so gehen können, wenn der Weeneraner nicht eines Tages einen Tipp gekriegt hätte, was da so abging mit seiner kunstbeflissenen

Partnerin und dem einfallsreichen Entwickler. Wie? An seinem Arbeitsplatz hat er das erfahren, im VW-Werk. Anonymer Anruf mit verzerrter Stimme.

Diese Bombe platzte kurz vor Feierabend, und mit ihr platzte unser Weeneraner. Eigentlich ganz untypisch für einen Ostfriesen, sich so aufzuregen! Und für einen Rheiderländer sowieso. Er schimpfte und tobte und stieß wüste Drohungen gegen seinen Nebenbuhler aus. Umbringen war noch das Geringste!

Eins aber tat er nicht, nämlich sofort losfahren und seine Drohungen in die Tat umzusetzen. Das sind nämlich die Tücken einer Fahrgemeinschaft: Man ist auf die anderen angewiesen! An diesem Tag war nämlich einer der beiden Leeraner mit Fahren dran; das Auto des Weeneraners stand unerreichbar beim Emspark in Leer. Unser Mann musste also wutschnaubend bis zum Feierabend warten.

Und als er dann endlich abends mit quietschenden Reifen bei sich zu Hause eintraf und seine Lebensabschnittsgefährtin zur Rede stellte, hatte der unkeusche Doktor nicht nur bereits das Liebesnest verlassen – er war auch nicht mehr unter den Lebenden. Weil er nämlich den Fußweg der Friesenbrücke genau in dem Moment überquert hatte, als die Brücke von einem Frachtschiff gerammt und völlig zerstört wurde.

Okay, Sie glauben mir also nicht. Ich nehme das zur Kenntnis. Ihr Pech. Ich weiß, was ich weiß.

Na gut, dann fragen Sie. Warum man von dem Todesfall nichts in der Zeitung gelesen hat? Hat man doch! Allerdings erst Tage später und ohne Zusammenhang zum Brückenunfall. Die Leiche des Auto-Entwicklers war bei dem Crash nämlich ins Wasser gestürzt und sofort abgetrieben worden. Man fand sie erst Tage später. Da niemand das Opfer auf der Brücke beobachtet hatte, brachte man beide Vorfälle zunächst nicht miteinander in Verbindung. Diese Erkenntnis ist relativ neu, und außer mir und meinen Kollegen weiß das noch keiner. Na ja, Sie natürlich. Aber Sie glauben mir ja nicht.

Weil sie es sich nicht vorstellen können, dass ein wenig bedeutender VW-Verwaltungsangestellter einen russischen Kapitän und einen Lotsen dazu bringen kann, einen gemeinschaftlichen Mord zu begehen und dazu eine -zig Millionen Euro teure Brücke zu Klump zu fahren? Und das per Telefon, innerhalb weniger Stunden? Das halten Sie nicht für glaubwürdig?

Damit haben Sie völlig recht. So war es auch nicht. Mal ehrlich, wer würde sich denn solchen Quatsch ausdenken! Aber zäumen Sie das Pferd mal von der anderen Seite auf, dann ergibt sich ein völlig anderes Bild.

Sagte ich nicht, der tote Doktor-Ingenieur sei Automobilentwickler gewesen? Und dass niemand so recht wusste, warum man ihn nach Emden versetzt hatte? Sie haben da gar nicht nachgefragt. Vielleicht, weil Volkswagen tatsächlich als so etwas wie eine große Behörde angesehen wird, die öfter mal Dinge macht, die bloß Geld kosten und überhaupt keinen Sinn ergeben. Und das stimmt ja auch! Nur auf diesen Fall, da trifft das nicht zu.

Der bewusste Doktor war nämlich Software-Entwickler. Software für die Abgas-Steuerung bei Diesel-Motoren. Besser bekannt geworden als Schummel-Software. Genau! Nachdem dieser Betrug aufgeflogen war, haben die Hauptverantwortlichen diesen Mann, der in ihrem Auftrag gehandelt hatte, sofort aus der Schusslinie genommen; wäre er aufgeflogen, hätte sie das ja mit reingerissen. Daher die sinnlos erscheinende Versetzung an den Rand der Republik. Daher auch seine beliebig festsetzbaren Arbeitszeiten, denn eigentlich hatte der Mann in Emden gar nichts zu tun.

Ja, Untätigkeit bringt auf gefährliche Gedanken, da haben Sie recht. Daraus ergab sich nicht nur besagte Liebesaffäre, sondern auch die Idee, aus dem ganzen Dilemma, in das der Konzern geschlittert war, ein bisschen was fürs eigene Konto herauszuschlagen! VW muss schließlich Milliarden bezahlen, an Strafen, an Auto-Umrüstungen und an wütende Käufer – Geld, das man anscheinend hat. Da käme es doch auf ein paar weitere Millionen für das Schweigen eines Software-Entwicklers nicht weiter an. Dachte der Software-Entwickler. Und betätigte sich als Erpresser.

Ach, jetzt sind Sie auf einmal bei mir, was? Dass die Oberen von Volkswagen einen russischen Kapitän und einen Lotsen bestechen können, das glauben Sie sofort! Und dass die eine unverzichtbare, nur schwer ersetzliche Eisenbahnbrücke zu Klump fahren lassen? Keine Frage, natürlich! Und einen Mord trauen Sie denen anscheinend sowieso zu – ebenso wie den Versuch, den Verdacht auf einen kleinen Angestellten der eigenen Verwaltung zu lenken. Leuchtet Ihnen alles ein, was?

Zumal – das wissen Sie ja noch gar nicht: Es gab da einen weiteren Anruf. Bei der Malerin. Wieder anonym, wieder mit unterdrückter Nummer und technisch verzerrter Stimme. Jemand sagte, ihr Freund hätte alles herausgefunden und sei gerade auf dem Weg zu ihr, wutschnaubend. Die Frau ist natürlich furchtbar erschrocken und hat ihren Galan sofort heimgeschickt.

Mit dem Resultat, dass der genau zum richtigen Zeitpunkt die Friesenbrücke überquerte. Oder zum falschen, wie man will.

Meine Kollegen versuchen gerade, diesen Anruf zurückzuverfolgen. Ist nicht einfach, aber ich glaube, es lohnt sich. Gerade weil sich der Anrufer so viel Mühe gegeben hat – und das richtige Equipment besaß. Das hat längst nicht jeder. Da waren Profis am Werk, und Profis muss man sich leisten können. Sie verstehen?

Schön, dass Sie verstehen. Und dass Sie mir jetzt glauben. Endlich! Nur, ehe Sie dies alles womöglich weitererzählen: Können Sie das auch beweisen?

Nein? Aha. Ich nämlich auch nicht.

Wie bitte? Moment, ich habe nur gesagt: Ich weiß, was ich weiß. Und das ist im Moment leider noch nicht genug für einen Haftbefehl.

Aber – wir arbeiten dran.

Was meinen Sie? Na, was soll schon sein, wenn wir das alles niemals beweisen können? Wer weiß – dann war es am Ende ja vielleicht doch die Werft.

DON CEMENTO

Stirnrunzelnd betrachtete Antonio seine neue Pizzeria in der Altstadt. Okay, noch war es nur ein verkommener alter Laden, daher hatte er das Haus ja so günstig bekommen. Bis zur Eröffnung gab es noch eine Menge zu tun. Antonio aber scheute keine Arbeit. Ohne Arbeit kein Profit.

Don Pasquale sah das anders. »Schutzgeld ist fällig«, knurrte er, als er Antonio aufsuchte, zwei Wochen vor der Eröffnung.

Antonio wischte sich den Schweiß von der Stirn, mit dem Handrücken, denn seine Finger waren krustig vom Kalk. »Und wenn ich nicht zahle?«, fragte er trotzig.

Don Pasquale lachte böse und schob sich seinen cremefarbenen Hut in den Nacken. »Dann gehst du zu den Fischen.« Er zeigte auf Antonios Mörtelkübel. »Mit Schuhen aus Beton! Alte Tradition. Praktisch, so dicht am Hafen. Man nennt mich auch *Don Cemento*, wusstest du das nicht?«

»Ist ja gut«, sagte Antonio. »Ich hol schon das Geld.« Aber als er sich wieder zu Don Pasquale herumdrehte, hatte er kein Geld in der Hand. Fluchend griff der Don nach seiner Pistole. Da sauste etwas auf ihn zu.

Die Eröffnung war ein voller Erfolg. Auch die Zeitung war da. »Das haben Sie alles selber gemacht?«, staunte der Reporter. »Das war bestimmt eine Menge Arbeit. Allein der große Steinofen!«

»Oh ja«, nickte Antonio. »Vor allem das Betonfunda-
ment. Aber dafür hält das auch ewig.«

Für das Pressefoto stellte er sich mit dem langen
Pizzaschieber in Positur. Dessen Kante hatte er vorher
sorgfältig abgewischt.

DER FREMDE ZWILLING

Alles begann im Supermarkt, als sich plötzlich ein wildfremder älterer Mann zu ihr herüberbeugte und ihr vertraulich seinen Arm um die Schultern legte. »Mein Durchfall ist deutlich besser geworden«, raunte er ihr zu, nickte noch einmal mit hochgezogenen Augenbrauen und schob seinen Einkaufswagen in Richtung Spirituosen.

Sie war viel zu erschrocken, um zu protestieren oder um Hilfe zu schreien, wonach ihr eigentlich zumute war. So lächelte sie nur irritiert und nickte dem abschiebenden Senior reflexhaft hinterher. Gütiger Himmel, was war denn das? Hatte die Klapse heute Tag der offenen Tür? Oder hatten sie hier im Supermarkt einen Dementen-Nachmittag eingeführt?

Das Rätsel löste sich erst in Runde vier. Bis dahin hatte ihr ein sportlicher, aber völlig verschleimter junger Mann etwas vorgehustet und eine übergewichtige Matrone hatte ihr ihren Ausschlag unter die Nase gehalten. Beide Male war Evelyn Wattjes viel zu erschrocken gewesen, um sich solche Aufdringlichkeiten zu verbitten. Erst die vierte dieser unheimlichen Begegnungen verlief anders.

Die Frau mit der Nagelbettentzündung war ihr im Leeraner Evenburg-Park über den Weg gelaufen. Sie hatte sich ihr lächelnd von vorne genähert statt überfallartig von hinten oder von der Seite. So waren ihr Evelyns Stirnrunzeln und ihre abwehrende Haltung nicht entgangen. »Ach, Sie sind es ja gar nicht!«, rief sie nach kurzem Zögern aus.

»Wer soll ich nicht sein?«, schnauzte Evelyn Wattjes zurück. Wenn man ihr quer kam, kannte sie kein Pardon. Und ihre Existenz anzuzweifeln, das war mehr als quer.

»Meine Apothekerin!« Die Unbekannte lächelte entschuldigend. »Ich hab erst gedacht, Sie wären sie! Sie sehen ihr unglaublich ähnlich.« Peinlich berührt, versuchte sie ihre geröteten und geschwollenen Finger, die sie Evelyn zur Begutachtung entgegengestreckt hatte, hinter dem Rücken zu verbergen. »Aber wenn Sie sprechen, merkt man es. Tut mir leid, nichts für ungut.« Die Frau wandte sich zum Gehen.

»Welche Apotheke denn?«, rief Evelyn ihr hinterher.

»Na, da hinten, an der Hauptstraße!« Die Frau machte eine vage Handbewegung und eilte davon. Evelyn Wattjes aber hatte schon verstanden.

Gut, dass es von der Evenburg bis zur Hauptstraße ein gutes Stück zu laufen war. So hatte sie Zeit zum Nachdenken. Als sie die Apotheke erreicht hatte, stürmte sie nicht hinein, sondern trat ans Schaufenster und inspizierte das Innere über die Auslagen hinweg. Es war, als würde sie in einen Spiegel blicken. Die Frau dort hinter dem Tresen, in dem weißen Kittel, mit den halblangen, noch kaum ergrauten brünetten Haaren, den grauen Augen, den runden Wangen und dem Grübchen im Kinn – wenn das nicht sie war, wer war es dann?

Sie betrat die Apotheke auch jetzt nicht, sondern ging schnurstracks nach Hause, ihren Vater befragen.

Sie hasste ihren Vater seit frühester Jugend, weil der sich immer nur einen Sohn gewünscht hatte – ein Wunsch, den ihre Mutter ihm nicht hatte erfüllen können und unter dem sie immer gelitten hatte. Einen Sohn und Erben für die Firma, die er aufgebaut hatte und die ihm das Wichtigste auf der Welt war. Mutter war dann früh gestorben, und Evelyn Wattjes hatte gleich nach dem Abitur Ostfriesland verlassen, war in der Anonymität des Ruhrpotts untergetaucht und hatte sich so bald wie möglich auf eigene Füße gestellt. Berufliche Selbstständigkeit – das war ein Wunsch, den sie vom Vater übernommen hatte. Und was der konnte, das konnte sie doch wohl auch!

In diesem Punkt allerdings hatte sie sich getäuscht. Nach kurzem Boom und tiefem Absturz stand sie ohne Firma, aber mit einem riesigen Berg Schulden da. Privatinsolvenz, putzen gehen, im Billigmarkt an der Kasse sitzen. Ihr war nichts erspart geblieben. Obwohl sie sich das bestimmt hätte ersparen können. Aber den Gedanken, ihren reichen Vater um Hilfe zu bitten, erstickte sie im Keim. Alles lieber, als bei dem angekrochen zu kommen!

Jahre später kam dann er bei ihr angekrochen.

Vater war krank, unheilbar krank, hatte seine florierende Firma längst vorteilhaft verkauft und lag jetzt in einem eigens und perfekt eingerichteten Krankenzimmer in seiner Logaer Villa, wo er auf den Tod wartete. Der sicher noch einige Zeit auf sich warten lassen würde, denn Bertram Wattjes konnte sich jede erdenklich ärztliche Behandlung leisten. Auch in das edelste aller Pflegeheime hätte er sich locker einkaufen können. Das aber wollte er nicht. Er wollte seine letzten Jahre in seinem eigenen Haus verbringen, betreut von seiner eigenen Tochter.

Alles in Evelyn sträubte sich dagegen, dieses Angebot

anzunehmen. Aber es war einfach zu verlockend. Nicht nur freie Unterkunft und Verpflegung, auch ein regelmäßiges Gehalt stellte Vater ihr in Aussicht, außerdem Unterstützung durch professionelle Pflegekräfte, die ihr zuarbeiteten und ihr freie Nächte und Wochenenden verschafften. Trotzdem hätte sie sicherlich nein gesagt, nach all der Ablehnung, die sich als Kind und Jugendliche empfunden und all dem Hass, der sich bei ihr angestaut hatte. Aber Vater wäre nicht Vater gewesen, wenn er das nicht einkalkuliert hätte. Er verband das Angebot mit einer Daumenschraube: Entweder Evelyn kam, dann blieb ihr Name in seinem Testament stehen – oder sie kam nicht, dann würde er sie aus seinem letzten Willen streichen.

Nur das nicht! Die Hoffnung auf ein reiches Erbe war das Einzige gewesen, was Evelyn in langen Jahren wirtschaftlicher Not bei der Stange gehalten hatte. Natürlich wusste sie, dass sie einen Pflichtteil erhalten würde; angesichts der Höhe ihrer Schulden aber würde der vermutlich nicht reichen, um ihr eine sorgenfreie Zukunft zu gewährleisten.

Vater hatte ihr ein Angebot gemacht, das sie nicht ablehnen konnte. Zähneknirschend nahm sie es an.

Die ersten Monate verliefen gar nicht so schlecht. Die meiste Arbeit erledigten die polnischen Pflegerinnen; ihre eigene Funktion war mehr die einer gehobenen Gesellschaftsdame. Nur, wenn sie mit ihm allein war, kommandierte er sie herum wie in alten, bösen Zeiten. Also hielt sie diese Phasen so knapp wie möglich. Sie war kurz davor, sich mit ihrer neuen Lebenssituation anzufreunden, als die merkwürdigen Begegnungen begannen.

»Vater, wer ist diese Frau? Und versuch gar nicht erst zu leugnen. Solch eine Ähnlichkeit kann kein Zufall sein.«

Bertram Wattjes seufzte. »Was soll ich lange drum herum reden«, sagte er mit heiserer, aber fester Stimme. »Ja, Eva ist meine Tochter. Ebenso wie du. Sie ist ein Jahr jünger.« Er seufzte. »Weißt du, deine Geburt war mit Komplikationen verbunden, und danach teilten die Ärzte deiner Mutter mit, dass sie nie wieder ein Kind bekommen konnte. Was glaubst du, wie verzweifelt wir waren! Ich hatte mir doch so sehr einen Erben für meine Firma gewünscht. Aber die Hoffnung konnte ich mir aus dem Kopf schlagen. Da habe ich es dann anderweitig versucht. Bei einer Jugendfreundin, die deiner Mutter übrigens sehr ähnlich sah. Was sollte ich denn machen!«

Evelyn blieb ganz ruhig; darüber staunte sie selber. Was ihr Vater hätte machen sollen? Eine unglaubliche Frage! Treu bleiben, gefälligst. Sich seiner erstgeborenen Tochter zuwenden. Ihr das Vertrauen schenken, das sie verdiente, und sie zu seiner Nachfolgerin aufbauen, statt in der Gegend herumzuvögeln und darauf zu hoffen, einen männlichen Nachfolger zu zeugen, der genauso klotzköpfig war wie er. Aber auf den Gedanken, dass ein Mädchen in der Lage sein könnte, eine Firma zu leiten, war er natürlich nie gekommen!

»Natürlich bin ich auch auf den Gedanken gekommen, dir die Leitung meiner Firma anzuvertrauen«, krächzte der alte Mann. »Warum sollte ein Mädchen dazu nicht in der Lage sein? Aber dann hast du ja fluchtartig das Nest verlassen. Tja, und nachdem du deinen eigenen Laden in den Sand gesetzt hattest, war mir klar, dass es wohl besser so war. Auch mit Eva habe ich es dann gar nicht erst nicht versucht. Sie weiß ja bis heute nicht, wer ihr Vater ist und wer ihr das Studium bezahlt hat.«

Immer noch blieb Evelyn ganz ruhig; das konnte sie quasi sehen, weil sie inzwischen neben sich stand, innerlich schäumend vor Wut. Wie sie diesen verfluchten Kerl hasste! Aber was hätte es für einen Sinn, jetzt noch die ungekämpften Kämpfe vergangener Zeiten auszufechten? Das brachte ja doch nichts mehr. Wichtig war jetzt nur noch eins.

»Diese … Eva«, presste sie zwischen den Zähnen hervor. »Die hast du doch wohl nicht in deinem Testament bedacht, oder?«

»Aber natürlich«, sagte Bertram Wattjes. »Sie ist doch meine leibliche Tochter, genau wie du. Jede von euch bekommt die Hälfte, wenn ich mal nicht mehr bin. Mach dir keine Sorgen, es ist genug da, das reicht für euch beide.«

Evelyn nickte, und sie brachte sogar ein Lächeln zustande, ehe sie das Zimmer verließ. Ein gequältes Lächeln. In ihrem Kopf schrillten Alarmglocken. Natürlich hatte sie jede Gelegenheit genutzt, sich einen Überblick über die Finanzen ihres Vaters zu verschaffen. Die Gesamtsumme war beachtlich, aber auch nicht astronomisch. Sie würde durchaus reichen, um all ihre Schulden zu tilgen und ihr außerdem noch ein angenehmes Leben zu gewährleisten. Wohlgemerkt, die volle Summe. Mit der Hälfte konnte sie gerade eben ihre Verbindlichkeiten begleichen, dann müsste sie wieder arbeiten gehen. So aber hatte sie sich das nicht vorgestellt.

Außerdem kosteten Villa und Pflegedienst eine Menge Geld, was von den geringen Zinserträgen nicht aufgefangen wurde. Mit jedem Monat, der verging, schmolz

Vaters Vermögen ein wenig zusammen. Und auf das, was blieb, wartete nicht nur sie, Evelyn. Sondern auch Eva, ihr Ebenbild. Mit der sie schwesterlich würde teilen müssen.

Nein, verdammt! Das durfte nicht geschehen.

Das würde auch nicht geschehen. Die demütigenden Jahre auf den Knien hinterm Putzeimer und an der ewig piepsenden Scanner-Kasse hatten sie hart gemacht. Sie wusste genau, was sie wollte, und war bereit, alles dafür zu tun.

Sie begann damit, mehr über diese Eva herauszubekommen. Nach Feierabend folgte sie ihr mit Vaters Mercedes. Ihre Halbschwester wohnte in einem schmucken Häuschen unweit des Flusses Leda, und zwar nicht allein. Anders als Evelyn schien sie Glück bei der Partnersuche gehabt zu haben. Auf dem Türschild standen die Namen Eva Blohm und Dr. Michael Blohm. Aha, der Mann war Doktor! Evelyns Neid nahm zu und fachte ihre Wut weiter an.

Kinder hatten die beiden nicht. Ihre Arbeitstage planten sie sehr eigenständig; jeder hatte sein eigenes Auto, bei gutem Wetter fuhren sie Fahrrad. In Sachen Freizeitsport gingen sie getrennte Wege; während er – ganz das Klischee – Tennis spielte und ins Fitnessstudio ging, bevorzugte sie Wassersport, was Aufkleber von Ruder- und Segelklub an ihrem Auto und ein Paddelboot neben der Garage bekundeten.

Ausgezeichnet, dachte Evelyn und begann Pläne zu schmieden.

Zuerst wandte sie sich Evas Auto zu. Während deren Ehemann einen großen Geländewagen besaß, fuhr sie einen filigranen englischen Sportwagen-Klassiker. Ihre

Stiefschwester, stellte Evelyn fest, fuhr einen heißen Reifen; oft genug bremste sie erst im letzten Augenblick. Was, wenn die Bremsen einmal überraschend versagten? Airbags hatte der kleine Klassiker keine – er besaß noch nicht einmal eine Knautschzone, als Fahrerin saß man direkt hinter dünnem Türblech und mit dem Hintern fast auf der Straße.

Die Bremsleitungen zu kappen, erschien Evelyn ein Leichtes; schließlich hatte sie viele Jahre lang mit den ältesten gebrauchten Gurken Vorlieb nehmen müssen und die ständig notwendigen Reparaturen meist selbst vorgenommen. Bei Dunkelheit und ohne Taschenlampe unter einem fremden Wagen sah das allerdings etwas anders aus. Evelyn musste wohl statt der Brems- die Kühlwasserleitung erwischt haben, jedenfalls bekam sie am nächsten Tag mit, wie Evas Wagen abgeschleppt wurde – mit heiß gelaufenem Motor, aber ansonsten unversehrt.

Mist, dachte Evelyn. Sie hatte sich schon gewundert, dass Bremsflüssigkeit so dünnflüssig war.

Die nächste Attacke startete sie auf Evas Kajak. Mit einem Handbohrer perforierte sie den Bootsboden gleich an mehreren schwer zugänglichen Stellen und verschloss die Löcher mit wasserlöslichem Kleber, wie Kindergärten ihn verwendeten. Es klappte wie geplant; die Bohrungen blieben unentdeckt, der Kleber löste sich bei der nächsten Leda-Tour, und Evas Boot lief voll Wasser. Nicht einkalkuliert freilich hatte Evelyn, dass das Kajak über Auftriebskörper verfügte und Eva über eine Schwimmweste. So rettete sie sich nass, aber ansonsten unbeschadet ans Ufer. Evelyn konnte von Glück reden, dass das lecke Paddelboot anschließend von der starken Strömung bis in die Ems getrieben wurde, wo es ins

Saugrohr eines Baggerschiffs geriet und geschreddert wurde. Bei einer Untersuchung des Vorfalls wäre sonst womöglich etwas aufgefallen.

Evelyn ließ sich nicht entmutigen. Als Nächstes sabotierte sie den Elektro-Rasenmäher ihrer Halbschwester; das Einzige, was sie damit erreichte, war jedoch, dass die Wicklung des Motors durchschmorte und Eva Ärger mit der Versicherung bekam, die den Schaden nicht ersetzen wollte.

Auch der Versuch, Evas kleine Segelyacht im Leeraner Hafen mit Hilfe bordeigenenen Propangasflasche und eines Reibezünders an der Tür zur Kajüte in eine Bombe zu verwandeln, schlug fehl. Evelyn übersah, dass die Bootskajüte über eine Zwangsentlüftung verfügte, und als sich die Stegnachbarn über den bedenklichen Geruch beschwerten und Eva nachschauen kam, lag die Gas-Konzentration längst unterhalb der kritischen Schwelle.

Evelyn wurde immer ärgerlicher, vor allem, weil ihr mittlerweile die Ideen ausgingen. Was sollte sie denn noch alles anstellen, um diese unerwünschte Person von dieser Welt in die nächste zu befördern? Einen Killer engagieren? Oder sich selbst eine Waffe besorgen?

Eine Sekunde lang blieb ihr der Mund offen stehen, dann schlug sie sich mit der flachen Hand an die Stirn. Was hieß hier besorgen! Hatte ihr Vater nicht einen ganzen Schrank voller Waffen im kleinen Salon stehen? Er war immer schon ein passionierter Jäger gewesen, und mit zunehmendem Reichtum hatte er seine Sammlung erweitert. Evelyn verstand zwar nicht allzu viel von Schusswaffen, aber sie wusste, wo Vater seine Schrankschlüssel aufbewahrte. Der Rest würde sich finden.

Unter dem Vorwand, Vater zu fragen, ob er einen

Tee wünschte, betrat sie sein Krankenzimmer. Ihr Vater schlief; so zog sie nur die Vorhänge zu, öffnete leise die oberste Schublade der Kommode gleich neben dem Fenster und nahm das Schlüsselbund an sich. Schon war sie wieder auf den Flur hinaus gehuscht.

Der Waffenschrank enthielt mehrere Jagdgewehre, die viel schwerer waren, als Evelyn erwartet hatte. Bestimmt waren sie auch entsprechend laut, überlegte sie; wie sollte sie denn damit ihrer Stiefschwester das Lebenslicht auspusten, ohne halb Leer auf sich aufmerksam zu machen? Zum Glück waren auch zwei Pistolen da und ein kurzläufiger Revolver. Zu dem fasste sie sogleich Vertrauen. Seine stupsnasige Öffnung war ausreichend groß, und mochte er auch ebenfalls recht laut sein, so konnte man ihn doch in geschlossenen Räumen verwenden. Genau das hatte sie vor.

Vorher aber war es notwendig, sich ein wenig mit der Funktionsweise dieser Waffe vertraut zu machen. Und das sollte sie vielleicht nicht tun, ohne gewisse Vorkehrungen zu treffen. Zum Beispiel auch im Salon die Vorhänge zuzuziehen. Sie erhob sich und trat ans Fenster.

Sie erstarrte, eine Hand in den Vorhangstoff gekrallt. Dieses Auto dort draußen, gleich neben dem Rollcontainer, hatte sie vorhin schon gesehen, aus Vaters Fenster. Sie hatte sich nichts dabei gedacht, war ganz auf Schublade und Schlüssel fixiert gewesen. Jetzt aber hatte sie das deutliche Gefühl, den Wagen zu kennen. Wer fuhr denn solch einen großen Geländewagen?

Ein riesiger orangefarbener Müllwagen schob sich in ihr Blickfeld. Zwei Müllwerker zerrten den Rollcontainer vor die Ladeluke des Ungetüms und betätigten die Hebevorrichtung. Evelyn achtete nicht darauf, wie der Behälter angehoben und entleert wurde. Ihr Blick hing an dem, was hinter dem Container zum Vorschein gekommen war. Es war die Frontpartie eines englischen Sportwagen-Klassikers.

Hinter sich hörte sie ein Klicken. Als sie herumfuhr, blickte sie in ihr eigenes Gesicht. Und in die stupsnasige Mündung eines Revolvers.

Der Schuss traf sie wie ein harter Schlag. Sie hat genau meine Frisur, dachte sie noch, und sie trägt die gleiche Kleidung wie ich.

Wie sie auf den Boden aufschlug, spürte sie schon nicht mehr.

»Sehr schön«, sagte Michael Blohm. »Jetzt leg ihr die Waffe locker in die rechte Hand. Sie hat das Ding ja dankenswerterweise ausgiebig angegrabscht. Dann zieh dir die Latexhandschuhe aus und bring dem alten Herrn seinen Tee. Der Schuss dürfte ihn geweckt haben.«

»Was heißt hier Schuss! Das war doch nur eine Fehlzündung auf der Straße.« Eva ahmte Evelyns barschen Tonfall gekonnt nach, lachte und verließ den kleinen Salon.

Wenige Minuten später war sie zurück. »Er hat nichts gemerkt«, sagte sie stolz. »Hat mich glatt für Evelyn gehalten! Und die Sache mit der Fehlzündung hat er auch geschluckt, ebenso wie den Tee.« Sie strich sich über ihre ungewohnte Frisur. »Außer uns ist niemand im Haus; die Pflegerin kommt erst in einer Stunde.«

»Sehr schön«, erwiderte Dr. Michael Blohm. »Wenn der alte Herr den Tee getrunken hat, wird er bald den ganz tiefen, langen Schlaf schlafen. Und? Tut es dir leid?«

Eva schnaubte verächtlich. »Warum sollte es? Wenn

es nach ihm gegangen wäre, wüsste ich doch bis heute nicht, wer mein Vater ist! Ihm scheint das all die vielen Jahre nichts ausgemacht zu haben. Solch einen Vater brauche ich nicht.« Sie zeigte auf den Fußboden vor dem Fenster: »So ein Biest von Halbschwester auch nicht, und wenn sie mir noch so ähnlich sieht.«

»Hartnäckig war sie ja.« Michael Blohm lachte. »Dein Auto, dann das Paddelboot, der Rasenmäher ... erst bei der Sache mit der Gasflasche sind wir ihr auf die Schliche gekommen.«

Eva schlang ihre Arme um Michaels Hals, stellte sich auf die Zehenspitzen und küsste ihn. »Jetzt musst du nur noch dafür sorgen, dass die Totenscheine auch richtig ausgestellt werden! Ihr Todeszeitpunkt muss unbedingt vor seinem liegen. Nicht, dass ihr noch das halbe Erbe zugesprochen wird und dadurch womöglich an den Staat fällt. Die andere Hälfte ist zwar auch ein Batzen Geld, aber erst mit der ganzen Summe kann man sich ein richtig schönes Leben machen. Warum also teilen?«

Er lachte. »Das sehe ich auch so! Mach dir keine Sorgen, darum kümmere ich mich persönlich. Der diensthabende Notarzt ist ein Tennis-Kumpel von mir und keine große Leuchte. Da ich diese Woche den Hausarzt deines Vaters vertrete, kann ich dem Notarzt unauffällig zur Hand gehen.« Er schaute auf seine Armbanduhr: »Inzwischen dürfte es so weit sein. Ruhe sanft, reicher alter Mann!«

»Jetzt sollten wir aber zusehen, dass wir wegkommen«, drängelte Eva. »Wer weiß, vielleicht kommt die Pflegerin heute früher! Du darfst unbedingt erst nach ihr hier erscheinen.«

Seite an Seite gingen sie die Treppe hinunter. »Übrigens hast du vorhin einiges vergessen«, sagte Eva, als sie auf ihre Autos zusteuerten. »Bei deiner Aufzählung. Da war doch noch der ausgehängte Blumenkasten, der mich fast erwischt hätte. Und dann die gelösten Radmuttern an meinem Fahrrad! Damit hätte sie mich beinahe erwischt, wenn ich an dem Tag nicht zufällig meinen Helm getragen hätte. Teufel, war das knapp! Ich frage mich immer noch, wie die Frau eigentlich in unsere Garage gekommen ist.«

»Oh ja, sie war ein findiges Biest«, sagte Dr. Michael Blohm versonnen. »Jetzt kann sie uns das leider nicht mehr sagen.«

Eva schaute zur Uhr. »Was machen wir denn in der nächsten halben Stunde? Hier stehen bleiben können wir ja schlecht. Fahren wir noch eben nach Hause?«

»Ja«, sagte Michael Blohm, »fahren wir noch eben nach Hause. Ich mach dir auch einen Tee. Der wird dich beruhigen.«

NACHTRAGEND

Uke Müller war nachtragend. Wenn es sich einer mit ihm verdarb, dann vergaß er es ihm nie. Da war er wie ein Elefant.

Uke war auch sonst einem Elefanten nicht unähnlich. Nur nicht so geschickt. Das Geschäft, das er in der Leeraner Altstadt eröffnet hatte, wäre vielleicht ganz gut gelaufen, wenn Uke nicht so ein Paddel gewesen wäre. Er bestellte nur Ware, die seinem Geschmack entsprach – meistens nur seinem. Auf Kundenwünsche ging er grundsätzlich nicht ein. Wagte jemand ein kritisches Wort, dann fuhr er ihm frech über den Mund. Als ein Lieferant von Kundenbindung sprach, lachte er nur.

Es dauerte keine fünf Monate, dann drehte man Uke den Geldhahn zu. Kreditlinie zweimal erhöht, Zahlen konstant rot – die Bank zog die Reißleine. Da nutzte auch kein Bitten und kein Betteln, kein Klagen und kein Motzen. Uke musste dichtmachen.

Das vergaß Uke der Bank nicht. Uke schwor Rache. Denn er war nachtragend.

Die Bank baute ein neues Geschäftshaus, ein großes, teures Ding, mitten in der Fußgängerzone. Es war so gut wie fertig, bald würden die ersten Angestellten ihre Büros beziehen. Töten wollte Uke ja keinen, aber der Bank sollte es richtig wehtun. Also war der Zeitpunkt günstig.

Uke baute eine Bombe. Das konnte er, denn er saß oft nächtelang am Internet. Der lachende Typ mit dem

Islamisten-Bart machte genau vor, wie das ging. War gar nicht so schwer.

Als Uke den Tatort ausbaldowerte, stellte er fest, dass schon sauber gemacht wurde. Höchste Zeit! Heute Abend würde er zuschlagen.

Er kam, als die Putzkolonne gerade Feierabend machte. In seinem blauen Kittel fiel er nicht weiter auf. Er platzierte die Bombe, getarnt als Postpäckchen, in einer Ecke der brandneuen Schalterhalle. Auf all die Scherben und den Schutt freute er sich schon.

Als die letzten Reinigungskräfte das Haus verließen, aktivierte er den Zeitzünder. Fünf Minuten mussten reichen. Eilig schlüpfte er mit durch die Seitentür. Der Mann mit dem Schlüssel guckte irritiert, sagte aber nichts.

Als Uke ein paar Hauseingänge weiter Deckung nehmen wollte, tippte ihm jemand auf die Schulter. Es war eine der Putzfrauen. »Hier, das haben Sie vergessen«, sagte sie und drückte ihm das Päckchen in die Hand, das sie ihm nachgetragen hatte. »Keine Ursache! So, ich muss schnell weiter, die anderen warten schon. Tschüß!« Und weg war sie.

Uke starrte fassungslos auf die Bombe in seinen Händen. Wie kann man nur so nachtragend sein, war das Letzte, was er dachte.

Helgoländer Wurzeln

Sie hatte gehofft, dass er sie am Kai erwartete. Und sie war gespannt gewesen, was für ein Gesicht er machen würde. Eine deutliche Reaktion hatte sie sich gewünscht, eine Gefühlseruption, die die sonst so glatte Oberfläche seiner männlich-herben Coolness durchbrach und zertrümmerte. Wann, wenn nicht jetzt, hatte sie gedacht.

Das hier aber übertraf alle Erwartungen.

Immo Hamkens war ein Friesenkerl wie aus dem Bilderbuch, einsfünfundneunzig groß, schmalhüftig, breitschultrig, flachsblond, die blauen Augen von borstigen Brauen halb verborgen, die Nase kräftig, der Mund breit, der Unterkiefer stark. Alles in allem ein stattlicher Mann von siebenundzwanzig Jahren, dessen Umarmungen ihr den Atem geraubt und dessen Küsse sie süchtig gemacht hatten.

Aber wie er da so stand, mit baumelnden Armen, hängenden Schultern und offenem Mund, sah er nicht mehr so aus wie der Mann, auf dessen Klopfen hin sie gar nicht schnell genug ihre Zimmertür hatte öffnen können. Der schönste Mann des gesamten Lehrgangs, und sie hatte ihn in ihrem Bett! Ein höchst befriedigendes Gefühl.

Der Rest war ... na ja, auch nicht schlecht. Aber wirkungsvoll. Was die Folgen anging.

Betont langsam schritt sie die kurze Gangway hinab. Sehr betont wiegte sie sich in den Hüften. Und ganz besonders betont reckte sie ihren Babybauch vor. Eine runde Sechs prangte auf dem rosa Sticker an ihrem Shirt; trotzdem wurde sie immer wieder gefragt, in welchem Monat sie denn sei. Manche Leute kapierten auch gar nichts.

Immo schien einer von denen zu sein. Jedenfalls stand sein Mund immer noch offen.

Tomke blieb direkt vor ihm stehen, die Arme in die Seiten gestemmt, und strahlte ihn an. Die übrigen Passagiere mussten sich hinter ihr vorbeizwängen. Ein breiter Klotz mit weißblonder Stoppelfrisur glotzte sie vorwurfsvoll an. Seine Begleiterin mit dem kecken Pferdeschwanz lachte nur.

Immo lachte nicht. »Was soll das denn?«, stieß er hervor, kaum dass er seinen Unterkiefer wieder in der Gewalt hatte.

»Wie, was das soll?« Tomke, die ihre Hände just zur Begrüßungsumarmung erheben wollte, ließ sie wieder sinken.

»Na das! Das da!« Immos Zeigefinger zielte anklagend auf Tomkes pralle kleine Halbkugel. »Ist das … war das …« Sein Gesicht verzog sich zu einem Ausdruck des Ekels: »Du willst mir doch wohl nicht erzählen, dass ich …«

Tomke war wie vor den Kopf geschlagen. Mit vielem hatte sie gerechnet, auf manches gehofft. Dies aber hatte nicht auf ihrer Liste gestanden.

Na ja, vielleicht hatte sie ein bisschen zu lang gezögert. Das war ja überhaupt ihre Art, das Zögerliche, in vielerlei Hinsicht. Den Besuch beim Gynäkologen hatte sie hinausgezögert, obwohl sie natürlich ahnte, warum ihre Regel ausgeblieben war. Den Termin bei der Beratungsstelle hatte sie zweimal verstreichen lassen. Und als es dann für eine Abtreibung endgültig zu spät gewesen war, da war sie richtig erleichtert gewesen.

Ja, verdammt, sie wollte das Kind. Dieses Kind, das von Immo. Sie wollte es bekommen und haben und großziehen. Mit Immo.

Nachdem ihr das klar geworden war, hätte sie es Immo wohl gleich sagen sollen. Aber es war nicht so einfach gewesen, sich dazu aufzuraffen, zumal sie schon länger nichts von ihm gehört hatte. Genau genommen seit dem Ende dieses gastronomischen Fortbildungslehrgangs in Cuxhaven nicht. Ein paar flotte Nächte, ein paar schnelle Schwüre – rückwirkend betrachtet, nahm sich die Sache mit Immo wie ein flüchtiges Abenteuer aus. Das war es natürlich nicht. Nicht mehr, denn ein Kind änderte ja alles.

Am besten, hatte sie sich irgendwann gedacht, fahre ich einfach zu ihm hin. Nach Helgoland, wo er lebt und arbeitet und seine Wurzeln hat. Dann wird er ja sehen, dann wird er sich freuen, hoffentlich, dann wird alles gut werden.

Tja, und da stand sie nun.

»Natürlich will ich das!« Tomke konnte nicht verhindern, dass sie laut wurde. »Was denkst du denn, von wem sonst! Wofür hältst du mich?«

Jetzt endlich begann Immo zu lächeln. Aber was sein markantes Gesicht da in die Breite zog, war nicht das glückliche Lächeln eines werdenden Vaters. Vielmehr war es eine gehässige Antwort auf ihre Frage. Ja, wofür hielt er sie wohl? Für ein neunzehnjähriges Hotelflittchen, dessen Tür leicht zu öffnen und deren Bett leicht zu entern war. Und das wohl Spaß machen durfte, so für ein Weilchen, aber mit Sicherheit keine Probleme, oh nein.

Helgoland, dachte sie, ein harter Felsen im kalten Meer. Was hab ich mir bloß gedacht? Ihr fiel wieder ein, was sie in der Schule über die Engländer gehört hatte, die diese Insel nach dem Zweiten Weltkrieg hatten auslöschen wollen. Sie nannten sie »Hell-go-land«, das Land, das zur Hölle geht.

Plötzlich waren Immos Hände doch auf ihren Schultern, ihren Armen, sein Gesicht war ganz nah, das gehässige Lächeln wie weggewischt. »Mensch, Mädchen, was denkst du dir denn«, flüsterte er ihr ins Ohr. »Das ist jetzt alles anders bei mir! Ich bin jetzt Hotelier, weißt du, nicht mehr bloß Angestellter, ich leite das *Haus Hallund*, das mir mein Onkel vererbt hat! Ich bin jetzt zweiter Vorsitzender vom Museumsverein, und die Börteboot-Touren rüber zur Düne, die mache ich auch. Verstehst du?«

Sie schaute hoch, ihm ins Gesicht, erkannte ihn kaum, vielleicht wegen des Tränenschleiers. Was wollte er ihr sagen? Wohl, dass er jetzt jemand war. Und sie und ihr Kind, waren sie denn niemand?

»Und außerdem«, flüsterte er weiter, noch leiser und intensiver und drängender, »bin ich ja nicht mehr ungebunden. Ich bin verheiratet, verstehst du? Mit Annegret. Und da kann ich doch nicht einfach ankommen mit … mit … du weißt schon.«

Sie spürte seinen vorwurfsvollen Zeigefinger an ihrem Bauch. Das Ungeborene bewegte sich zuckend. Auch Tomke zuckte zusammen. »Verheiratet?«, fragte sich heiser. »Was denn, so plötzlich? Davon hast du doch gar nichts … Wann war das denn?«

Er wand sich, sein Blick schweifte hin und her, seine kräftigen Hände kneteten ihre Oberarme, dass es schmerzte. »Letzten Februar«, erwiderte er dann. »Solche Sachen machen wir hier immer außerhalb der Saison.«

»Im Februar?« Jetzt war sie froh über den derben Griff seiner Hände, denn für einen Moment schien sich alles um sie zu drehen. »Im Februar? Der Lehrgang war doch im März! Dann warst du also schon verheiratet, als wir …«

Jetzt war Oktober.

Er zuckte die Achseln. »Ach, du weißt doch, wie das ist. So ein Lehrgang, das ist doch nichts, das ist doch *off limits*! Zählt nicht, quasi.« Er fixierte sie mit seinen blauen Augen. »Das war doch klar, oder? Dachte ich.«

Wie kalt sein Blick auf einmal ist, dachte sie. Fröstelnd schüttelte sie seine Hände ab. »Zählt nichts, ja?«, erwiderte sie scharf. »Dachtest du, ja? Und was ist hiermit? Zählt das auch nichts?« Sie streckte ihren Babybauch noch weiter vor.

Wieder dieses Achselzucken. »Dein Problem. Ich dachte, du nimmst die Pille. Ist doch normal.« Er kratzte sich hinterm Ohr. »Kann man das nicht noch wegmachen lassen?«

Ihr war, als hätte sie diese Frage bereits Sekundenbruchteile früher gehört, als er sie ausgesprochen hatte. So klar war ihr auf einmal, wie dieser Typ tickte. Und dass sie niemals auf ihn würde bauen können. Aus, dachte sie, bloß weg. Fort mit Schaden. Oder vielmehr: Den Schaden, den wird er haben. Denn das wird ihn etwas kosten.

Wortlos drehte sie sich weg, ganz ruhig ging sie davon. Aber nicht zurück aufs Schiff, auf die *Funny Girl*, die sie hergebracht hatte. Sondern Richtung Unterland, dorthin, wo es Hotels gab. So schnell wollte sie das Feld hier nicht räumen.

Die Frau mit der rotblonden Mähne, die im Schatten einer der bunten Hummerbuden stand, Füße auf Schulterbreite, Fäuste in die Hüften gestemmt, die Augen weit aufgerissen, und zu ihnen herüberstarrte, bemerkte sie nicht.

*

»Da runter?« Stahnke wischte sich den Schweiß von der Stirn. »Diese steile Stiege? Nur, damit wir an diesen Steinbrockenstrand kommen? Nachdem wir vorhin erst mühsam die tausend Stufen vom Unter- zum Oberland hochgekraxelt sind?«

Sina lachte spöttisch. »184 Stufen waren es bloß! Und ich fand's überhaupt nicht mühsam.« Leichtfüßig begann sie die schmalen Stufen am Steilufer hinunterzuhüpfen. Ihr rötlichbrauner Pferdeschwanz hüpfte keck mit.

Hauptkommissar Stahnke stöhnte und rieb sich die Handflächen an seinen weißblonden Stoppelhaaren trocken. Für hochgebirgsartige Kletteraktionen war er eindeutig zu schwer gebaut, fand er. Auch wenn dieses Gebirge aus Buntsandstein nur gut einundsechzig Meter hoch war und sich auf hoher See, also in Stahnkes angestammten Revier, befand.

»Vorsicht, Sina, nicht so schnell«, rief er. »Sonst brichst du dir noch den Hals!«

Sie lachte nur, sprang weiter von Stufe zu Stufe und winkte ihm dabei zu. Es sah aus, als halte sie sich für eine Möwe und wollte jeden Moment abheben. Stahnke keuchte und klammerte sich mit doppelter Kraft ans Geländer.

Über Nacht hatte der Wind deutlich aufgefrischt; das hatten sie beim Spaziergang übers menschenleere Oberland zu spüren bekommen. Eine besonders starke Böe hatte Sina tatsächlich von den Füßen gerissen. Stahnke hatte noch mit ihr gesprochen und erst mit Verspätung bemerkt, dass sie schon über die Wiese kugelte. Statt über sich selbst lachte Sina dann über ihn.

Tja, auch eine Form von partnerschaftlicher Unterstützung.

Stahnke war erst am vorletzten Treppenabsatz, als Sina schon den Strand erreicht hatte. Übermütig sprang sie zwischen Sandsteintrümmern herum, schlug dabei die Richtung ein, aus der sie gekommen waren, statt sich wenigstens dem Unterland zuzuwenden, wo sich das *Hotel Hallund* befand. Nach dem Aufstehen hatte sie darauf bestanden, gleich zum Spaziergang aufzubrechen. »Ehe alle anderen unterwegs sind. Danach schmeckt das Frühstück doppelt so gut.« Seinen Einwand, dass es in der Nachsaison doch nur wenige Übernachtungsgäste auf Helgoland gab, hatte sie vom Tisch gewischt. Nur eine schnelle Tasse Kaffee hatte er durchsetzen können.

»Die andere Richtung! Die andere! Rechts herum!« Stahnkes Stimme wurde vom Wind ebenso gründlich verweht wie Sinas ehedem straff gezurrte Frisur, und sein Gefuchtel beantwortete Sina mit erneutem Winken. Dann lief sie weiter in die falsche Richtung. Stahnke sah seine Hoffnung auf ein baldiges Frühstück entschwinden und stöhnte.

Dann blieb Sina plötzlich wie angewurzelt stehen. Die Arme hielt sie einen Moment lang unnatürlich abgespreizt, ehe sie sich beide Hände vors Gesicht schlug.

Eine böse Ahnung ergriff den Hauptkommissar.

Fast wäre er die letzten Stufen hinab gesprungen. Den Slalom zwischen den Steinen am Strand absolvierte er mit einer Trittsicherheit, die ihm nur unter Adrenalin zu Gebote stand. Als Sina ihn kommen hörte, trat sie einen Schritt beiseite.

Zwischen den Sandsteinblöcken lag jemand. Ein Mann, ein großer Mann, ein Kerl mit schmalen Hüften, breiten Schultern und flachsblondem Haar auf der linken Seite seines Kopfes. Die rechte Seite allerdings war mehr rot, und die Haare dort hatten sich mit anderen Substanzen vermengt, die zuvor vermutlich Haut, Knochen und Hirn gewesen waren. Auch der Hals des Mannes war links voller Blut. Seine Augen standen offen und seine Gliedmaßen waren unnatürlich verrenkt.

Trotz allem tastete Stahnke nach einem Puls. Erwartungsgemäß gab es keinen. Dafür war noch ein Rest Körperwärme zu spüren. »Lange liegt der hier noch nicht«, sagte er.

»Erkennst du ihn denn gar nicht?«, fragte Sina. Sie war bleich, hatte sich jedoch im Griff. Die Jahre mit Stahnke hatten sie ziemlich abgehärtet.

»Erkennen?« Der Kriminalbeamte beugte sich erneut über die Leiche, während er in seiner Hosentasche nach dem Handy kramte. »Richtig, das ist doch der Typ, der sich gestern am Kai mit der kleinen Schwangeren rumgestritten hat. Und später haben wir ihn auch noch in unserem Hotel gesehen.«

»Das ist der Manager vom *Hotel Hallund*«, präzisierte Sina. »Offenbar auch der Besitzer. Seine Frau, die mit der rotblonden Walle-Mähne, leitet den Service, er machte den Hotelchef. Obwohl diese Rolle irgendwie nicht zu ihm gepasst hat. Er wirkte deplatziert, fandest du nicht?«

Stahnke zuckte die Achseln. »Tja, etwas unbeholfen war er schon. Aber dabei hab ich mir nun wirklich nichts gedacht. Typischer Nordfriese eben.« Er drückte den Notruf. »Außerdem wirkt er hier noch viel deplatzierter.«

Sina schüttelte den Kopf. So ein Spruch konnte wohl nur von einem Ostfriesen kommen.

*

»Entschuldigung – Frau Gersema? Herr Hauptkommissar? Dürfte ich Sie beide kurz stören?«

Aha, die Inselkollegen hatten ihre Arbeit aufgenommen. Zeit wurde es ja. Noch kauend, nickte Stahnke bestätigend, ehe er hochblickte – und konnte nur mit Mühe verhindern, den Inhalt seiner Mundhöhle quer über den Tisch zu prusten. Denn der schmalbrüstige Typ in dunkelblauer Uniform, der sich da in Habachtstellung aufgebaut hatte, sah mit seinen Hasenzähnen und seiner goldumrandeten Brille einfach zum Schießen aus. Die Krönung aber war sein Fahrradhelm, den abzunehmen er wohl vergessen hatte. Der Farbe nach gehörte das Ding sogar zur Uniform. Sowas bekämpfte auf Helgoland also Verbrecher! Die sollten sich wohl totlachen.

»Sie gestatten?« Das Männlein griff nach einer Stuhllehne. »Oberkommissar Battermann. Sie beide haben also den Toten entdeckt?«

Ein unauffälliger, grauhaariger und grau gekleideter Mann mit dunkelbraun gegerbtem Gesicht erschien an der Schmalseite des Tisches wie aus dem Boden gewachsen. »Moin, Helmut«, grüßte er den Polizisten und nickte dann in die Runde. »Darf es noch etwas sein? Frischer Kaffee vielleicht?«

»Das wäre nett«, erwiderte Stahnke, der seinen Brötchenbissen inzwischen hinuntergeschluckt hatte. Unauffällig schaute er auf seine Uhr – fast zwölf. »Überhaupt sehr nett von Ihnen, dass wir um diese Zeit noch frühstücken dürfen.«

»Ich bitte Sie.« Der Grauhaarige hob abwehrend die Hände. »Das sind doch außergewöhnliche Umstände heute. Nach dieser schlimmen Sache mit Immo ...« Er nickte noch einmal verbindlich und entfernte sich Richtung Küche.

»Nette Bedienung«, sagte Sina. »Sehr verständnisvoll.«

»Das ist Nummel Hamkens«, erklärte Battermann. »Immos Onkel. Ist freundlicherweise für Carla eingesprungen. Carla, das ist Immos Frau. Vielmehr Witwe. Sie kann derzeit nicht hier sein.«

Stahnke wiegte den Kopf. »Vollauf verständlich. Nach solch einem Schock wäre ich wohl auch nicht dazu in der Lage, meinen Dienst ganz normal ...« Er brach ab. Etwas in Battermanns Miene sagte ihm, dass er auf dem Holzweg war. »Oder hat sie etwa gar keinen Zusammenbruch erlitten? Was hält sie denn dann von ihrer Arbeit fern?«

»Wetten, die Dame sitzt bei Ihren Kollegen auf der Polizeistation?«, warf Sina wie beiläufig ein. »Zur Vernehmung? Als Tatverdächtige?«

»Also das ... dazu kann ich gar nichts ...« Battermann schien sich endlich seines Fahrradhelms zu entsinnen und zog ihn sich umständlich vom Kopf. Nach vorn, wie um sich dahinter zu verstecken.

»Fangen Sie bloß nie das Pokern an, Herr Kollege. Bluffen liegt Ihnen nicht.« Auch bei Stahnke war jetzt der Groschen gefallen. »Hab mir gleich gedacht, dass das kein Unfall gewesen ist. Obwohl es natürlich auf den ersten Blick so ausgesehen hat. Absturz vom Oberland, die Steilküste runter und hinein in die dicken Felsbrocken und so. Aber was ein echter Insulaner ist, der kennt seine Insel, dem passiert das nicht. Da hat einer nachgeholfen. Stimmt's?«

Battermann wand sich auf seinem Stuhl. »Sie werden verstehen, dass ich zum gegenwärtigen Zeitpunkt noch gar keine Auskünfte geben kann. Die Ermittlungen laufen erst an. Unser Doktor ist ja gerade erst mit der Inaugenscheinnahme des Toten fertig.«

»Das Blut am Hals«, warf Sina ein. »Alles andere – der zerschmetterte Schädel, die Knochenbrüche, die Verrenkungen – sind potentielle Sturzverletzungen, die auch Folgen eines unfallbedingten Absturzes gewesen sein könnten. Woher aber sollte das Blut am Hals gekommen sein? Vom Kopf her nicht, da war die andere Seite blutig, und so wie der Tote lag, ist nichts rübergetropft. Und aus der Nase kann es auch nicht gekommen sein.«

»Vermutlich also eine Stichverletzung«, nahm Stahnke den Faden auf. »Linksseitig, das passt auf einen Rechtshänder. Oder?«

Battermann seufzte. »Ach, wenn Sie sowieso schon alles wissen ...« Er räusperte sich. »Jedenfalls fast.«

»Wieso fast?«, fragte Sina.

»Es war nicht eine Stichverletzung«, sagte Battermann.

»Kein Stich?«, fragte Stahnke erstaunt.

»Doch«, erwiderte Battermann.

»Was denn nun?«

»Nicht einer, sondern vier.«

»Vier Stiche.« Stahnke pfiff durch die Zähne. »Das ist heftig.«

»Wo ist es denn überhaupt passiert?«, fragte Sina.

»Oben, in den Kleingärten«, antwortete der Inselpolizist.

»Kleingärten? Sowas gibt es hier?« Stahnke staunte.

»Oh ja!« Battermann lächelte. »Die Kleingartenanlage mit dem schönsten Ausblick Deutschlands! 75 Gärten gibt es da. Das sind begehrte Fleckchen Erde. Hier, wo es fast nur Sand und Felsen gibt, sind diese Parzellen natürlich etwas ganz Besonderes. Die Leute ziehen sich ihr Gemüse, ihre Kartoffeln und Mohrrüben selbst. Frisches Grünzeug ist hier sehr begehrt.«

»Ist ja auch sehr gesund«, sagte Stahnke, ohne nachzudenken.

»In diesem Fall aber tödlich«, murmelte Sina. »Vitamine am Abgrund …«

Zwei weitere Männer betraten den Frühstücksraum, der eine ebenso uniformiert wie Battermann, der andere in legerer Sportkleidung. »Dr. Hinrichs, der Inselarzt«, stellte er sich vor, als er sich zu den anderen setzte. Der zweite Polizist beugte sich zu Battermann und flüsterte ihm ein paar Sätze ins Ohr, ehe er sich wieder entfernte.

Battermann legte die Stirn in Falten. »Frau Hamkens leugnet nicht nur die Tat, sie bestreitet auch, heute früh überhaupt auf dem Oberland gewesen zu sein«, berichtete er. »Seit dem Aufstehen hätte sie durchgehend hier im Hotel zu tun gehabt. Und wie es aussieht, gibt es auch Zeugen, die das bestätigen können. Wir überprüfen das gerade.«

»Was wäre denn überhaupt ihr Motiv gewesen?«, erkundigte sich Sina.

Battermann lächelte fein. »Gestern soll ein junges Mädchen mit der *Funny Girl* hier eingetroffen sein.

Ziemlich schwanger, wie es heißt. Von Immo Hamkens. Der wollte das Mädchen umgehend wieder loswerden. Frau Hamkens hat das Ganze mitbekommen und ihrem Gatten direkt am Kai eine Szene gemacht.«

»Woher wissen Sie das alles?«, fragte Stahnke.

Battermanns Lächeln verstärkte sich. »Wir haben hier nur etwa 1250 Einwohner. Aber Sie glauben ja gar nicht, wie viele Augen und Ohren die haben!«

»Loswerden wollte er das Mädchen?«, schaltete Sina sich wieder ein. »Aber zurück an Bord gegangen ist sie nicht, daran kann ich mich noch erinnern; wir sind ja zur selben Zeit angekommen. Und wenn die Frau Hamkens es nun nicht gewesen sein kann …«

Battermann nickte. »Dann haben wir eine neue Hauptverdächtige, ganz recht! Meine Kollegen klappern auch schon die Hotels nach ihr ab. Ich muss auch gleich zurück ins Büro. Eigentlich warte ich nur noch auf den versprochenen Kaffee.«

Wie aufs Stichwort näherte sich der Grauhaarige, in jeder Hand eine Thermoskanne.

Der Inselarzt hatte inzwischen ein paar Computerausdrucke vor sich auf dem Tischtuch ausgebreitet. Stahnke äugte hinüber. Der oberste Ausdruck war ein Foto vom inzwischen gesäuberten Hals des Toten. Die vier Einstiche waren deutlich zu erkennen. Sie waren rund, mit leicht ausgefransten Wundrändern, und bildeten zusammen ein fast exaktes Rechteck. Merkwürdig, dachte der Hauptkommissar. Ein Messer war das nicht.

Versonnen schaute er auf Nummel Hamkens Hände, während der die Kaffetassen füllte. Plötzlich hatte er eine Idee.

»Immo Hamkens hatte dieses Hotel noch nicht lange, stimmt's?«, fragte er Battermann.

»Nee«, erwiderte der und rührte in seiner Tasse. »Letztes Jahr geerbt.«

»Von seinem Vater?«

»Nein, von seinem Onkel, dem älteren Bruder des Vaters. Sein Vater ist schon vor Jahren auf See geblieben. Der Onkel war kinderlos.«

Stahnke fixierte Nummel Hamkens. »Sie sind der jüngere Bruder der beiden Verstorbenen?«

Hamkens nickte stumm.

»Und Sie sind bei der Verteilung des Erbes leer ausgegangen?«

Achselzucken.

»Obwohl Sie das Hotel sicher auch gerne gehabt hätten.«

»Nein«, sagte Nummel Hamkens ganz ruhig. »Chef sein, das ist nichts für mich. Ich bin lieber Angestellter, festes Geld, feste Arbeitszeiten. Immo hat das genauso gesehen. Wollte das Erbe eigentlich gar nicht antreten. Aber seine Frau, die rote Clara, hat ihm fix die Hölle heiß gemacht, von wegen einmalige Chance und so. Tja, so ist er denn doch Chef geworden. Viel Glück hat's ihm ja nicht gebracht.«

Im Raum herrschte solche Stille, dass man eine Seifenblase hätte platzen hören können. Verdammt, dachte Stahnke, ich war mir doch so sicher! Welches Motiv bliebe denn dann noch?

Wieder starrte er auf Nummel Hamkens Hände.

Und dann wusste er es.

»Das Hotel haben Sie Ihrem Neffen wohl gegönnt«, sagte er langsam. »Aber nicht den Kleingarten. Diese

Gärten sind begehrt, die kann man nicht so einfach kaufen, die gehen von Hand zu Hand. Immo hat den Kleingarten der Familie Hamkens geerbt, zusammen mit dem Hotel. Er machte mir nicht den Eindruck, als hätte er viel damit anfangen können. Aber Ihnen überlassen wollte er das Fleckchen Erde auch nicht.«

Er starrte Nummel Hamkens ins dunkel gegerbte Gesicht, das sich zusehends dunkler färbte. Hamkens Hände dagegen waren bleich. Sie zitterten. Er setzte die Kannen ab.

»Dabei arbeiten Sie doch so gerne dort oben, richtig? Am liebsten in jeder freien Minute. Immer Sonne und Wind und den schönsten Ausblick der Welt.«

In Nummel Hamkens Augen sammelten sich Tränen.

»Sie können gut mit einer Gartenkralle umgehen, nicht wahr? Sie wissen schon, dieses Ding mit den vier Zinken? Zum Auflockern der Erde zwischen den Kartoffeln und Wurzeln?«

Nummel Hamkens wischte sich die Tränen weg. Mit seinen kräftigen Fingern, deren Nägel peinlich sauber waren, in deren bleichen Hautrillen sich aber die Reste dunkler Gartenerde deutlich abzeichneten.

PROBEALARM

»Wirklich genau um zwölf? Sind Sie ganz sicher?«
Stahnkes Stimme klang flehend: »Nicht vielleicht halb
eins?«

»Nee, genau zwölf Uhr.« Der Zeuge war unerschüt-
terlich. »Ich hatte gerade geduscht, weil ich den ganzen
Samstagvormittag im Garten gearbeitet hatte. Wollte
danach mit meiner Frau essen gehen. Als ich mich anzog,
hörte ich die Sirene. Probealarm, wie jeden Samstag
um zwölf.«

Der Hauptkommissar nickte ergeben. Das Sirenenge-
heul war überall in der Stadt zu hören. »Und dann?«,
fragte er zum hundertsten Mal.

»Dann«, sagte der Zeuge, »habe ich aus dem Fenster
geguckt. Dabei habe ich die Tat beobachtet. Eindeutig
Mord, hinterrücks, mit einem Messer! Und den Täter
habe ich auch erkannt.«

»Tja, das behaupten Sie.« Stahnke seufzte. »Leider hat
der Mann für zwölf Uhr ein wasserdichtes Alibi. Das
versuchen wir schon seit einer Woche zu erschüttern,
klappt aber nicht. War es nicht doch vielleicht schon
halb eins?«

Der Zeuge schüttelte den Kopf: »Nee, genau zwölf.
Da war ja …«

»Ich weiß. Die Sirene.« Der Hauptkommissar wusste
nicht weiter. Da nützte es auch nichts, dass er seinen
eigentlich freien Samstag mit fruchtlosen Befragungen
in der Polizeiinspektion verbrachte. Vorhin, als er auf

den Zeugen wartete, hatte er auch hier die übliche Samstags-Sirene vernommen.

»Kann ich noch etwas für Sie tun?«, fragte der Zeuge. Er wollte eindeutig los. Wer mochte es ihm verdenken?

Ehe Stahnke antworten konnte, rumpelte es auf dem Flur. Die Bürotür flog auf. »Oh, hier ist ja noch wer!«, rief die Putzfrau erstaunt. »Na, dann mach ich erst mal den Flur.« Sie wandte sich ab; die Tür blieb offen.

»Meine Frau hat jetzt auch so einen Staubsauger«, bemerkte der Zeuge. »Der schafft enorm was weg, sagt sie.«

Die Putzfrau trat auf den Schalter. Das Ding heulte los wie eine Sirene.

Der Zeuge starrte den Hauptkommissar mit großen Augen an. »Wissen Sie was«, sagte er dann, »ich glaube, es war vielleicht doch schon halb eins.«

GREETSIELER
GERECHTIGKEIT

»Das Leben ist schön, aber teuer«, sagt der bullige Mann und grinst. »Man kann's natürlich auch billiger haben, aber dann ist es nicht so schön.« Sein Blick ruht geringschätzig auf dem Wohnmobil seines Nachbarn. »So wie in Ihrem Fall, mein Lieber! Schund auf Rädern, kann ich nur sagen. Natürlich auf *Fiat*-Basis. Wissen Sie überhaupt, wofür *Fiat* steht? Fehler in allen Teilen!« Für seinen eigenen Witz kann er sich mächtig begeistern. »Immerhin können Sie den Wert Ihrer Karre leicht verdoppeln: einmal volltanken! Hähä!« Sein Lachen blubbert wie dicke Bratensoße.

Tiedeken wird schlecht. Schlecht vor Wut.

Was ist das nur für ein Großkotz, denkt Tiedeken, während er versucht, die herabwürdigenden Äußerungen seines ungehobelten Stellplatznachbarn zu überhören und gute Miene zu wahren. Was ihm nicht gelingt. In ihm brodelt es. Klar, der Kerl da fährt einen *Arto*, ein teures Teil, vollgepackt mit Luxus vom Ledersofa bis zum Kristallkelchhalter und auch mit allerhand sinnvollen Sachen, das muss Tiedeken zugeben. Dagegen kann sein *Elliot* nicht anstinken. Aber ist das denn ein Grund ... ist das eine Art ... ?!

»Oh Schatz, schau mal!« Tiedekens Frau steht in der Tür, ein scharfkantiges Stück Plastik in der Hand. Sieht aus wie der Zahnputzbecherhalter aus dem WoMo-Bad.

Oder vielmehr ein Teil davon. »Da ist mir gerade ein Missgeschick unterlaufen«, sagt sie kleinlaut. »Einmal umgedreht, schon war's passiert.«

Tiedeken sagt nichts. Gerne hätte er seine Frau beruhigt und getröstet, aber er beißt lieber die Zähne zusammen. Er weiß schon, was kommt.

Der Bulle blubbert schon wieder vor Schadenfreude. »Was ich sage, der reine Plunder!«, dröhnt er, damit es auch bloß jeder mitkriegt. »Wie kann man sich nur solchen Mist andrehen lassen! Mann, Sie müssen ja blind sein wie ein Maulwurf. Oder blöd vor Geiz! Von wegen Geiz ist geil. Man sieht ja, was dabei herauskommt. Dreimal billig wäre mir echt zu teuer!«

Tiedeken und seiner Frau hat es die Sprache verschlagen. Der Bullige kostet seinen Triumph noch ein paar Sekunden aus, dann dreht er ab und wendet sich Richtung Dorf. Ein paarmal noch blubbert feistes Lachen zu den Tiedekens herüber, auch noch, als der Bullige längst zwischen den Reihen der anderen WoMos verschwunden ist.

»Machen Sie sich nichts draus.« Tiedekens Stellplatz-Nachbarin von der anderen Seite linst um den Fahrradträger herum. »Erziehung ist Glückssache, und dieser Typ hat einfach Pech gehabt!« Sie lacht hell, und die Tiedekens lachen erleichtert mit. Trotzdem, so ganz können sie sich von der eben erlittenen Demütigung nicht freimachen. Das wird wohl noch dauern.

»Der Mann beleidigt alles und jeden, und es gibt keinen, mit dem er sich nicht anlegt.« Die Nachbarin nähert sich ein paar Schritte, und Frau Tiedeken winkt sie zu sich unter die Markise, was nach Eigenheim-Maßstäben einer Einladung auf die Terrasse entspricht.

»Irgendwie kann der wohl nicht anders. Ist direkt krankhaft«, erzählt die Nachbarin weiter und setzt sich auf den angebotenen Campingstuhl. Kunststoff, weiß, aus dem Baumarkt. Nicht so edel wie die hauchdünn bespannten, federleichten Alurohrdinger aus dem Fachhandel, die vor dem *Arto* stehen, aber viel billiger und bestimmt genauso bequem, verteidigt sich Tiedeken im Stillen. Als er sich dabei ertappt, wächst seine Wut auf den Bulligen weiter.

»Ach, über Sie ist er auch hergezogen?«, fragt seine Frau die Nachbarin voller Mitgefühl.

Die schüttelt den Kopf. »Nein, das nicht. Aber heute früh, beim Brötchenholen, hat er die Bedienung im Mühlenladen fürchterlich runtergeputzt. Von wegen, dass dieser ganze Biokram doch bloß Betrug sei, nichts als grünes Öko-Gewäsch, um den Leuten ein schlechtes Gewissen einzureden und ihnen so das Geld aus der Tasche zu ziehen. Und das in einer Lautstärke, dass nicht nur jeder im Laden, sondern auch draußen vor der Tür jedes Wort verstehen konnte! Die junge Frau war völlig fertig mit den Nerven und den Tränen nahe.«

»Nicht zu fassen!« Tiedeken ist ehrlich entsetzt. Die Nähe zu den Zwillingsmühlen am Ortseingang ist ein gewichtiges Argument für den Wohnmobilstellplatz in Greetsiel, der ansonsten nicht wirklich anheimelnd ist. In der Mühle Schoof, der roten, bekommt man nicht nur Brötchen, sondern auch fast alles andere, was der Camper so zum Leben braucht, einschließlich erstklassigem Wein und spannenden Ostfriesland-Krimis. Außerdem gibt es dort ein nettes Mühlen-Café, ebenso wie in der anderen, der grünen Mühle, und hin und wieder sogar Lesungen und Konzerte. Ein echter Glücksfall für WoMo-Touristen. »Was denkt sich dieser bullige Blödmann bloß dabei, sich dort so aufzuführen!«

»Ja, nicht wahr?« Die Nachbarin greift dankbar nickend nach dem Kaffeebecher, den Frau Tiedeken ihr zureicht, und trinkt genüsslich. »Dabei kann er noch von Glück reden, dass der Besitzer der Mühle gerade nicht im Laden war! Als der später von dem Vorfall erfuhr, ist er fuchsteufelswild geworden.« Noch ein Schluck Kaffee, ein anerkennendes Heben der Augenbrauen. »Genau wie der Mann auf diesem kleinen Dampfer am Hafen.«

»Was für ein Dampfer?« Tiedeken liebt historische Dampfschiffe, deshalb weiß er genau, dass es so etwas in Greetsiel nicht gibt. Aber für viele Menschen sind eben Schiffe, die keine Segel tragen, automatisch Dampfer.

»Na, diese *MS Gretchen*, mit der man Rundfahrten machen kann, durch den Hafen und bis zu dieser großen Schleuse«, erklärt die Nachbarin. »Besonders groß ist das Schiffchen ja nicht, und von Komfort kann man auch nicht wirklich sprechen. Aber irgendwie ist das doch gerade reizvoll, nicht?«

Die Tiedekens nicken synchron.

»Unser Meckerfritze sieht das selbstverständlich anders«, fährt die Nachbarin fort. »Dem hat überhaupt nichts gepasst, weder am Schiff noch an der Tour, und der Kuchen hat ihm natürlich auch nicht geschmeckt. Das hat er alles lauthals rausposaunt, wie es seine Art ist. Die Leute an Bord haben mehr auf ihn geachtet als auf die schöne Aussicht! Und der Steuermann, der hat gekocht vor Wut. Wenn der nicht an seinem Steuerruder hätte bleiben müssen, wäre er dem Störenfried bestimmt an den Kragen gegangen, ganz egal, wie bullig der ist.«

»Kann ich nachvollziehen«, entfährt es Tiedeken im Brustton innerster Überzeugung.

»Mein Mann und ich waren heilfroh, als wir von dem Schiff endlich wieder runter waren und ein paar Meter Sicherheitsabstand zwischen uns und diesen peinlichen Burschen legen konnten«, erzählt die Nachbarin weiter. »Wir haben genau drauf geachtet, wohin er gegangen ist. Und als wir gesehen haben, dass er ins *Fischerhus* essen gehen wollte, sind wir lieber ins *Hohe Haus* gegangen. Denn bestimmt hat dieser Bullige auch am besten Essen und an der freundlichsten Bedienung noch etwas auszusetzen! Davon wollten wir uns auf keinen Fall den Appetit verderben lassen.«

»Das kann ich gut verstehen«, sagt Frau Tiedeken. »Noch etwas Kaffee? Ich habe auch noch ein paar Stücke Kuchen da, lecker und gesund, auch aus dem Mühlenladen. Na, wie wär's?«

Die Nachbarin strahlt.

*

Als Tiedeken am nächsten Morgen kurz nach sieben gerade zum Brötchenholen aufbrechen will, klopft es an die Tür des Wohnmobils. Draußen steht ein mittelgroßer, drahtiger Mann um die vierzig mit ausdrucksloser Miene. »Kramer, Kriminalpolizei«, stellt er sich vor und präsentiert seinen Dienstausweis. »Wenn Sie mir bitte folgen würden?«

»Um Gottes willen, wohin denn? Und warum?« Tiedeken ist ebenso erschrocken wie seine Frau, die mit großen Augen hinter der Badtür hervor späht. »Was ist denn passiert?«

»Zum Mühlencafé, gleich dort drüben.« Den zweiten

Teil der Frage lässt der Beamte unbeantwortet. »Ihre Frau kann Sie gerne begleiten, wenn sie möchte.«

Natürlich möchte sie das.

Der Weg zur Mühle Schoof führt zwangsläufig am Luxusgefährt des bulligen Großkotzes vorbei, und in Tiedeken keimt eine böse Ahnung auf. Der teure *Arto* steht still und verschlossen da, kein Kaffeeduft ist zu wittern, nicht einmal der Vorgarten unter der Markise ist bestuhlt. Was, wenn das Auftauchen der Polizei etwas mit diesem Mann zu tun hat? Wenn der Bullige mit seinen Frechheiten an den Falschen geraten ist und der ihm das dreiste Maul nachhaltig verschlossen hat? Himmel, wie schrecklich, denkt Tiedeken. Nicht unverdient, sicher, aber doch schrecklich.

Aber was will die Polizei dann von ihm?

Das Mühlencafé empfängt ihn unerwartet anheimelnd. Frisch aufgegossener Tee dampft in blau-weißen Kannen auf Messingstövchen, Butter glänzt auf Korinthenstuten. Obwohl das Café noch gar nicht geöffnet hat, sind mehrere Personen anwesend, lauter Männer; jeder sitzt an einem Tischchen für sich, keiner bedient sich an den typisch ostfriesischen Leckereien. Was vermutlich an den beiden Männern liegt, die vorne am Tresen stehen.

Der eine ist der bullige Großkotz. Er lebt also, denkt Tiedeken und ist erleichtert. Jedenfalls sagt ihm das sein Verstand; mit dem Herzen ist er eher nicht dabei. Aber wie sieht der Kerl aus! Ein Auge schillernd und dick zugeschwollen, eine geheftete Platzwunde quer über der linken Augenbraue, das Nasenbein geschient, das Kinn verpflastert. Schrammen und Schürfwunden überall im Gesicht. Ein Netzverband, der von seinem fast kahlen Hinterkopf bis über seinen Specknacken reicht, lässt an

einen Rollbraten denken; seine vorsichtigen Bewegun-
gen und sein aufdringliches Gestöhne weisen auf derbe
Prellungen an weiteren Körperstellen, vielleicht sogar
auf eine angebrochene Rippe und den entsprechenden
Druckverband hin. Tiedeken weiß, wie weh das tut.

Ein zufriedenes Lächeln umspielt seine Lippen.

Der andere Mann ist ebenso groß und genauso bullig
wie der Bullige. Seine weißblonden Haare sind zu einer
Bürste gestutzt; seine Hände hat er in die Taschen eines
zerknitterten Trenchcoats gerammt. »Hauptkommissar
Stahnke, Kripo Leer/Emden«, stellt er sich vor. »Mein
Kollege Kramer und ich unterstützen unsere Auricher
Kollegen, weil die zur Zeit überlastet sind und wir
gerade zufällig hier in Greetsiel waren, auf Segeltour,
drüben im Yachthafen. Es geht, wie unschwer zu erkennen ist, um einen Fall von Körperverletzung ...«

»Von schwerer Körperverletzung!«, blafft der Bullige
dazwischen.

Mit einem grimmigen Seitenblick bringt der Hauptkommissar ihn zum Schweigen. »Also Körperverletzung,
begangen am gestrigen Abend, nach Aussage des Opfers
gegen zwölf Uhr, am Hafen, in der Nähe des Siels. Und
Sie, meine Herren« – seine kreisende Handbewegung
nimmt von den Sitzenden nur Frau Tiedeken aus – »sind
allesamt verdächtig!«

»Was?!« Tiedeken zuckt von seinem Stuhl hoch. »Aber
ich ... ich ...«, stottert er empört, »Wie kommen Sie
denn ... das ist doch wohl ...« Seine Stimme erstirbt,
Tiedeken sinkt auf seinen Platz zurück. Ihm ist etwas
klar geworden.

Die anderen drei Männer sind gleich sitzen geblieben.
Ihnen ist das wohl schon länger klar.

»Jeder von Ihnen«, fährt Stahnke fort, »hegt einen massiven Groll gegen das Opfer. Die Gründe dafür sind durch Zeugenaussagen belegt. Außerdem hat jeder von Ihnen gegenüber Dritten die Absicht bekundet, die erlittene Kränkung dem hier anwesenden Opfer heimzuzahlen. Entweder ganz offen oder in verdeckter, aber deutlich zustimmender Form.« Sein Blick ruht kurz auf Tiedeken.

So so, denkt der, die liebe Stellplatznachbarin.

»Herr Glogowski«, wendet sich der Hauptkommissar an den bandagierten Bulligen, »erkennen Sie einen der hier Anwesenden als den Angreifer von letzter Nacht wieder?«

Tiedeken mustert die anderen aus den Augenwinkeln. Gleich neben ihm sitzt der Besitzer der Mühle, den kennt er aus dem Laden. Der Mann einen Tisch weiter hat es nicht für nötig befunden, seine Elbseglermütze abzunehmen; seiner ganzen Erscheinung nach könnte er der Steuermann der *Gretchen* sein. Der Mann ganz auf der anderen Seite trägt weißes Arbeitszeug, das ihn als Koch ausweist. *Fischerhus* steht auf der Brust eingestickt. Alles klar, denkt Tiedeken. Uns alle hat dieser Glogowski gestern schwer beleidigt, und wir alle hätten ein Motiv gehabt, ihn gründlich zu vermöbeln. Er ist gespannt, was der Bullige dazu zu sagen hat.

»Sagen Sie mal, sind Sie eigentlich taub?«, schnauzt der zurück. Diesmal lässt er sich von Stahnkes bösem Blick nicht beeindrucken. »Ich hab' Ihnen doch schon mal gesagt, dass ich nichts gesehen habe! Es war dunkel. Nachts ist es dunkel, hallo, schon mal davon gehört? Sogar hier bei Ihnen in der Einöde, wo alles hundert Jahre später passiert als anderswo, geht irgendwann mal die Sonne unter!«

Tiedeken bereitet sich auf die geharnischte Antwort vor, die der Hauptkommissar diesem Frechkopf doch bestimmt geben wird. Die aber bleibt überraschenderweise aus. Stahnke schweigt. Stattdessen sagt Kramer ganz ruhig: »Mäßigen Sie sich bitte und beantworten Sie unsere Fragen in der gebotenen Art und Weise. Sie haben also den Angreifer nicht sehen können, weil es dunkel war. Gibt es vielleicht etwas, wodurch Sie den Täter identifizieren könnten? Seine Stimme etwa oder einen bestimmten Geruch?«

»Gesagt hat er nichts«, knurrt der Bullige. »Nur geprügelt, wortlos! Immer drauf mit beiden Fäusten, immer drauf. Und gerochen … ja, irgendwie schon, aber nach nichts Bestimmtem. So … insgesamt etwas muffig, verstehen Sie? Irgendwas hing ihm in den Klamotten. Aber was, kann ich nicht sagen.«

»Gemüffelt hat er? Nach Küche? Nach Schiff? Nach altem Gemäuer?« Stahnke mustert die Verdächtigen der Reihe nach. Tiedeken atmet schon auf, als der Hauptkommissar ergänzt: »Oder nach Wohnmobil?«

Tja, da ist schon etwas dran. Wenn man länger in einem doch recht engen Kasten unterwegs ist, in dem unter anderem auch gekocht wird, dann kann es schon sein, dass einem Gerüche in den Klamotten hängen, die man selber gar nicht mehr wahrnimmt. Bei alten Häusern ist das ähnlich, bei Schiffen und Booten noch viel schlimmer, da kommen Diesel und Bilgenwasser hinzu. Eine Restaurantküche ist in diesem Vergleich natürlich Spitzenreiter, dafür wechseln und waschen Köche auch viel öfter ihre Kleidung. Noch ist also keiner der Verdächtigen aus dem Rennen.

Als Nächstes fragt der Hauptkommissar die Alibis ab.

Es stellt sich heraus, dass der Steuermann spät abends noch an seinem Schiff gearbeitet, der Koch den Kühlraum inspiziert und der Mühlenbesitzer nach einer Veranstaltung den Kornboden aufgeräumt hat. Alle waren zum fraglichen Zeitpunkt allein. Tiedeken lag kurz vor Mitternacht in seiner Koje, in einen spannenden Inselkrimi vertieft. Seine Frau könnte das bezeugen – wenn sie nicht schon tief und fest geschlafen hätte. Ihren fragenden Blick quittiert Tiedeken mit einem leichten Kopfschütteln. Mit einer Lüge soll sie sich nicht belasten, schließlich hat er sich ja nichts vorzuwerfen.

»Keiner von Ihnen hat also ein hieb- und stichfestes Alibi«, fasst Stahnke zusammen. »An sich ist das nichts Ungewöhnliches. In diesem Fall aber hilft das uns allen nicht gerade weiter.«

»Mehr fällt Ihnen dazu nicht ein?«, poltert der Bullige los. »Mann, dass die Leuten hier unten alle ein bisschen bekloppt sind, wusste ich ja schon vorher. Dass die Ostfriesen aber *so* dämlich sind, die Polizei allen voran, das ist ja wohl der Hammer! Aber ich hätte es ahnen müssen. Schon gestern habe ich ja sofort gesehen, wie unfähig Sie sind. So ein bescheuertes ...«

»Jetzt reicht es mir aber!« Der Hauptkommissar kann sich nicht länger beherrschen, platzt laut heraus. »Was bilden Sie sich eigentlich ein, sich solche Unverschämtheiten zu erlauben! Kein Wunder, dass Sie sich ständig Feinde machen. Ich frage mich, warum Sie nicht schon längst jemand ...« Stahnke unterbricht sich, atmet tief durch. »Sie verlassen jetzt erst einmal den Raum und lassen uns in Ruhe arbeiten. Halten Sie sich in Ihrem Dings, ihrem Wohnwagen, zu unserer Verfügung, verstanden?«

»Wohnwagen? Wohnwagen?« Der Bullige schnappt nach Luft. »Ja, wissen Sie denn überhaupt nichts? Kennen Sie nicht einmal den Unterschied zwischen ...«

»Raus!!« Stahnke drängt den tobenden Bulligen vor sich her aus dem Raum, was er erstaunlicherweise schafft, ohne die Hände aus den Manteltaschen zu nehmen. Die Tür des Cafés fällt hinter den beiden Männern zu.

Drinnen herrscht einen Moment betroffene Stille. Dann sagt Kramer ganz ruhig: »Zeigen Sie mir bitte mal Ihre Hände.«

Verblüfft folgen alle dieser Aufforderung. Kramer geht langsam von Tisch zu Tisch, leicht vornübergebeugt wie ein Lehrer, der im Landschulheim die Fingernägel seiner Schutzbefohlenen inspiziert. Die Hände des Steuermanns sind schwielig, seine Nägel haben Ölränder. Die kräftigen Hände des Kochs sind rosig geschrubbt. Die Hände des Mühlenbesitzers weisen keinerlei Auffälligkeiten auf, ebenso wenig wie die von Tiedeken.

»Den Wunden im Gesicht des Herrn Glogowski nach zu urteilen, hat der Angreifer sein Opfer mit bloßen Fäusten traktiert«, erläutert Kramer sein Vorgehen. »Das dürfte angesichts der Härte der Schläge und der Statur des Angegriffenen kaum ohne Spuren an den Händen des Täters abgegangen sein. Und Sie, meine Herren, weisen solche Spuren allesamt *nicht* auf.« Kramer seufzt leise. »Was uns ebenfalls nicht weiterbringt.«

Plötzlich fällt Tiedeken etwas ein. »Was hat der Glogowski eigentlich gerade gemeint?«, fragt er.

»Gemeint? Womit?« Kramer ist die Aufmerksamkeit in Person.

»Na, als er sagte, er hätte schon gestern bemerkt ...

na ja, von wegen Unfähigkeit und so. Worauf bezog sich das?«

Kramer lächelt. »Vermutlich auf unser Anlegemanöver«, sagt er. »Mein Vorgesetzter und ich sind nicht gerade eine eingespielte Crew, wissen Sie, deshalb ist uns da etwas schiefgegangen. Mit so einem alten Segelboot ist das aber auch nicht einfach. Ich stand vorne und habe die Leine wohl zu früh belegt, dadurch lag unser Boot plötzlich quer in der Box. Fast hätten wir die Nachbarboote beschädigt. Ich fürchte, ich habe damit den Hauptkommissar, der am Ruder stand, schlecht aussehen lassen. Dass der Herr Glogowski just in diesem Moment am Ufer stand, war natürlich Pech. Sie können sich vorstellen, dass der die Häme kübelweise über uns ausgeschüttet hat, und zwar lauthals! Na, ich bin ja Anfänger, mir kann's egal sein, aber …« Er stockt.

Die Tür öffnet sich. Stahnke erscheint, die Hände in den Taschen.

Kramer tritt nahe an ihn heran und schnuppert. »Typischer Bilgenmuff«, konstatiert er.

Die Augen seines Vorgesetzen runden sich. »Spinnst du?«, flüstert er.

»Zeig mal deine Hände«, sagt Kramer ruhig.

»Was?« Jetzt steht auch Stahnkes Mund offen.

»Bitte.«

Der Hauptkommisar erkennt, dass sein Kollege es ernst meint. Langsam zieht er seine rechte Hand aus der Manteltasche. Alle Augen sind auf ihn gerichtet.

Tiedeken zählt drei Pflaster auf den Knöcheln.

Die Hand verschwindet wieder. Stahnke und Kramer blicken einander ratlos an.

Unvermutet erhebt sich Frau Tiedeken. »Dann brauchen Sie uns wohl nicht mehr«, stellt sie fest. »Die Sache ist ja erledigt. Stimmt's?«

Der Steuermann zieht seine Füße an. »Jau, erledigt!«, bekräftigt er und richtet sich auf. Auch der Koch und der Mühlenbesitzer erheben sich und nicken bestätigend.

Im Hinausgehen klopfen sie dem Hauptkommissar allesamt anerkennend auf die Schulter. »Gute Arbeit!«, knurrt der Steuermann noch. Dann gehen sie in verschiedene Richtungen davon.

Tiedeken bleibt noch kurz stehen und wirft einen besorgten Blick auf Kramer. Ist wirklich alles erledigt?

Aber Kramer grinst. Ja, es scheint wirklich alles erledigt zu sein.

»War das nun Recht?«, fragt Tiedeken auf dem Heimweg.

»Recht wohl nicht«, antwortet seine Frau. »Aber gerecht.«

Tiedeken läuft ein Schauer über den Rücken. Greetsieler Gerechtigkeit, denkt er und nimmt sich vor, künftig nur noch einwandfreie Höflichkeit an den Tag zu legen. Nicht nur, solange sie in Greetsiel sind.

GEZEITENDRUCK

»Nein«, sagte der klotzige Blondschopf. »Ich war es nicht! Wie oft habe ich Ihnen das schon gesagt!«

Stahnke hatte nicht mitgezählt. »Sie hatten das Motiv, Sie hatten die Gelegenheit«, knurrte der Hauptkommissar. »Und ein Alibi haben Sie auch nicht.«

»Ich war es aber nicht!«, beharrte der Klotz. Er mochte zwar etwas beschränkt sein, dafür war er hartnäckig. Vor allem beim Leugnen. Für Stahnke kam nur dieser Klotzkopf als Mörder in Betracht. Hatte ihn seine Großtante nicht erst zwei Wochen vor ihrem gewaltsamen Tod als Alleinerben in ihr Testament eingetragen? Nur hatte der Hauptkommissar nichts Beweiskräftiges in der Hand. Was er brauchte, war ein Geständnis. Also musste er etwas Druck entfalten.

»Was soll ich überhaupt hier?« Unbehagen sprach aus der Stimme des Klotzes. »Ich gehe nicht gerne auf Friedhöfe!«

So siehst du auch aus, dachte der Hauptkommissar, griff nach seinem Ellbogen und zog ihn mit. »Nur noch ein letzter Test, dann sind Sie mich los«, sagte er und bog in den Weg ein, der zu den frischen Gräbern führte. Er konnte spüren, wie der Klotzkopf zitterte. Sein wettergegerbtes Fischergesicht war verkniffen, als hätte er in eine Zitrone gebissen.

Der große Mann zuckte zusammen, als eine Katze seinen Weg kreuzte. »Was für ein Test denn?« Das klang jetzt nach Panik.

»Sie sagen ja, Sie seien unschuldig«, sagte Stahnke. »Mag sein. Wenn Ihre Großtante das auch so sieht, sind Sie mich los.«

»Meine Großtante?« Der klotzige Mann kreischte wie ein Kind. »Aber die ist doch … die ist doch tot! Wie soll die denn noch etwas sagen?«

»Tote haben so ihre Möglichkeiten«, erwiderte der Hauptkommissar. »Wussten Sie das nicht?«

Die beiden bogen um eine große Konifere. Das Grab der Ermordeten lag direkt vor ihnen. Es war völlig verwüstet; der Stein war umgefallen, Pflanzen und Erde lagen verstreut. Der Sarg ragte halb heraus, schräg wie ein Wrack, das dunklen Tiefen als Geisterschiff entsteigt.

Der Klotz brach in die Knie. »Lass mich!«, schrie er und streckte abwehrend seine Hände vor. »Geh weg von mir! Ich will ja alles gestehen. Ja, ich bin es gewesen! Aber geh bloß weg, fass mich nicht an mit deinen Geisterfingern!«

Auf dem Weg zurück zum Streifenwagen wiederholte er diese Worte unablässig, auch noch, als die beiden Uniformierten ihm Handschellen angelegt und ihn auf der Rückbank verstaut hatten.

»Wie haben Sie den denn zum Reden gebracht?«, fragte der jüngere Polizist. »Haben Sie einen geheimen Trick?«

Stahnke zuckte die Achseln. »Eigentlich nicht. Bloß einen Tidenkalender. Und ich weiß, was ein hoher Grundwasserspiegel bei Vollmond und Gezeitendruck mit einem Sarg anrichten kann.« Leise fügte er hinzu: »Und was Aberglauben mit dem menschlichen Verstand anrichten kann, das weiß ich auch.«

Wenn die Gondeln
Schätze tragen

»Ach, ist Venedig nicht herrlich?« Die schrille Stimme der Touristin erinnert an einen Glasschneider und lässt Fabio um seine Vitrinen fürchten. Der Museumswärter verdrückt sich in die Ecke neben den geschichtsträchtigen Uniformen. Die Touristen interessieren sich erfahrungsgemäß mehr für die riesigen Kanonen, die vielen Säbel und Musketen und die historischen Schiffsmodelle. Bei den bunten alten Klamotten hat Fabio meist seine Ruhe. Seine nervige Chefin, die ihn auf dem Kieker hat und gerne mal kontrolliert, hört er hier schon von weitem heranklackern.

Nicht, dass er die Begeisterung die Touristen nicht verstehen könnte. Venedig ist unbestritten eine Schönheit. Jedenfalls der alte Teil; die Neustadt ist weniger vorzeigbar. Das wahre Venedig beginnt für Fabio erst mit dem Eintauchen in das Gewirr enger und engster Gässchen, das pure Geschichte atmet. Nur Ortskundige schaffen es, sich hier nicht zu verirren.

Am besten nähert man sich Venedig ohnehin von der Wasserseite her, über die Lagune, mit einer der städtischen Fähren, die in Treporti und am Lido Station machen und dann direkt auf den Anleger am Markusplatz zuhalten.

Selbst Fabio, der hier geboren ist, gönnt sich dieses Erlebnis von Zeit zu Zeit. Zu gerne steht er auf der vorderen Galerie eines dieser Schiffe, hoch über dem Bug, der schäumend das klare Wasser zerteilt, eine herrliche Sommerbrise auf dem stolz gereckten Gesicht, und fühlt sich wie Marco Polo bei der Rückkehr aus dem fernen China, während voraus Campanile, Dom und Dogenpalast emporwachsen und sich die unvergleichliche Silhouette Venedigs aus der Lagune erhebt.

An einem dieser Tage hat er Flaviana zum ersten Mal gesehen. Seither ist in seinem Leben nichts mehr so, wie es vorher war.

Fabio entstammt einer venezianischen Seefahrerfamilie. Seefahrer, nicht Seefahrerinnen. Der Umgang mit Schiffen ist Männersache, so hat es Fabio gelernt. Früher ohnehin, als die Schiffe noch aus Holz waren und die Männer aus Eisen. Aber das gilt noch heute, basta. Auch für Venedigs Wasserbusse.

So hat Fabio seinen Augen kaum trauen wollen, als er ausstiegsbereit an der Relingspforte stand und plötzlich in das Gesicht der kleinen, drahtigen Gestalt blickte, die mit schlanken Fingern und großer Zielsicherheit ein dickes Tau um einen Poller schleuderte und professionell verknotete. In ihrem weiten, blauen Diensthemd, das ihre weiblichen Formen kaschierte, und der dunklen Mütze, unter der sie ihre schwarzen Locken verbarg, unterschied sich Flaviana auf den ersten, flüchtigen Blick kaum von ihren männlichen Kollegen. Ihr Gesicht aber war eindeutig das einer Frau, und es war wunderschön. Fabio verfiel ihr auf der Stelle.

»Beeilung bitte! Vorwärts, nicht trödeln!« – Flavianas erste Worte an seine Adresse waren nicht sonderlich freundlich, steigerten seine Bewunderung aber noch. Was für eine Frau, hat er gedacht, als er endlich von Bord und auf den Steg gestolpert ist. Was für eine Energie, welch ein Durchsetzungsvermögen!

Fabio wollte, er musste diese Frau erobern! Auch wenn das sicher nicht leicht werden würde.

Nein, wirklich nicht leicht. Und bis heute hat Fabio dieses Ziel noch nicht erreicht.

Versucht hat er es schon. Aber eben auf seine Weise. Und die ist – nun ja, freundlich gesagt: sehr behutsam. Manche sagen: unterhalb der Nachweisgrenze. Fabio ist eben ein sehr schüchterner junger Mann. Zu einem einladenden Lächeln muss er gründlich Anlauf nehmen, und wo andere ihre Anmachsprüche parat haben, braucht Fabio ein Drehbuch. Für eine längere Unterhaltung am besten einen Souffleur.

Flaviana hat seine Annäherungsversuche trotzdem bemerkt. Schließlich hat sie Augen im Kopf und auch einen flinken Verstand. Wenn Fabios Verstand ein Schäfchen wäre, dann wäre Flavianas ein Bordercollie. Ja, sie hat es bemerkt, und wenn sie sich auch streng und schwer beschäftigt gibt, wann immer er in ihre Nähe tappst, so findet sie ihn doch irgendwie süß. Immerhin ist er groß und sieht ganz gut aus, auf eine bärige Art. Gut genug, dass Flaviana sich sogar schon nach ihm erkundigt hat. Dabei aber ist sie auf ein Problem gestoßen.

Flaviana denkt nämlich gar nicht daran, ewig das Festmacheräffchen zu spielen und sich von Rodolfo am Ruder herumkommandieren zu lassen. Nein, Flaviana will selbst Kommandantin werden! Leicht ist das nicht in dieser Macho-Domäne, aber die Gesetze sind auf ihrer Seite – schließlich ist das hier Venedig und nicht etwa irgend so ein Emirat oder gar der Vatikan. Niemand konnte sie daran hindern, das erforderliche Patent abzulegen, und das hat sie getan, mit Bravour. Jetzt wartet sie nur noch darauf, dass eine Stelle frei wird, dann schippert sie demnächst selbst ein Vaporetto durch die Lagune! Oder vielmehr den Canal Grande, denn zuerst wird man ihr natürlich einen der kleinen Wasserbusse geben. Sie aber wird sich bewähren, und dann werden andere Kommandos folgen, größere, bessere. Flaviana wird das schaffen, da ist sie sich sicher, denn sie ist sehr ehrgeizig.

Fabio ist das nicht. Und genau da liegt das Problem. Fabio ist ein zufriedener Mensch. Zufrieden mit sich, seinem Job, seinem Einkommen und dem Leben, das er führt. Für seine schäbige, kleine Wohnung fühlt er sich reichlich entschädigt durch die Tatsache, dass sein Onkel Francesco ihn regelmäßig mit der Belegschaft seines Lokals essen lässt, abends, wenn das Museum gerade geschlossen hat und ehe der Betrieb in den Restaurants richtig losgeht. Onkel Francescos Lokals heißt wie er selbst, *Da Francesco*, und liegt abseits von Markusplatz und Rialto-Brücke, in einer winkligen Gasse beim Campo San Barnaba, die im Freien gerade mal eine Reihe Tische zulässt, aber wer in Venedig gute Fischgerichte essen möchte, der kennt diesen Laden und scheut weder den Weg durch das Gassenlabyrinth noch Francescos gesalzene Preise. Für Fabio ist jede Mahlzeit dort ein Fest. Mehr verlangt er gar nicht vom Leben.

Höchstens noch Flaviana.

Die aber verlangt mehr. Sie will weiterkommen, und sie will einen Mann, der sie dabei anspornt und unterstützt. Keinen mit allem zufriedenen Kuschelbären, der ihr durch seine Trägheit womöglich den Schwung raubt. Nichts gegen Kuscheln, denkt Flaviana, und warum nicht mit Fabio? Aber nicht um diesen Preis. Sie hat in ihrem Leben noch zu viel vor, als dass sie sich an einen Bremsklotz binden würde. Gesagt hat sie ihm das noch nicht. Schließlich hat er sie ja auch noch nicht richtig gefragt. Aber die einzelne rote Rose, die Fabio ihr neulich auf den Poller gelegt hat, kurz vor dem Anlegemanöver am Markusplatz, die hat Flaviana über Bord gewischt. Und ihm dabei in die Augen geblickt. Rodolfo am Ruder hatte einen schlechten Tag, und als er die Fähre gegen den Steg donnern ließ, da klang es, als würde Fabios Herz zerbrechen. Natürlich tut er Flaviana leid, aber was soll sie machen? Ihr Leben verlangt nach Prioritäten.

*

Ein paar Tage später, nach Feierabend, sieht Fabio ein Vaporetto schwungvoll in den Canal Grande einbiegen, einen von den Wasserbussen, die zwischen Markusplatz und Bahnhof verkehren. Am Ruder steht Flaviana, unverkennbar mit ihrem Bausch schwarzer Locken, der sich jetzt unter der Mütze hervor in ihren Nacken kräuseln darf, die Hände fest um die Speichen des Steuerrades, den Blick selbstsicher geradeaus gerichtet. Natürlich nimmt sie ihn nicht wahr. Er ist ja nicht wichtig genug. Fabios Herzsplitter zerfallen zu Staub. Statt nach Hause geht er zu Onkel Francesco, setzt sich zwischen die Angestellten, die sich gemeinsam für das Abendgeschäft stärken, lässt sich Risotto nero vorsetzen und eingelegte Sardinen. Alle sind nett zu ihm, denn sie mögen den schüchternen, bescheidenen Fabio, der so lieb und tapsig ist. Auch wenn sie ihn nicht so richtig ernst nehmen können – aus genau denselben Gründen. Heute ist Fabio durch rein gar nichts aufzuheitern, und

die anderen merken das natürlich. Paola, die kleine Kö-
chin, stupst den Onkel an, flüstert in sein Ohr, deutet
mit dem Finger. Was mag er nur haben, der Gute?

Francesco zuckt die Achseln. »Na was wohl? Liebes-
kummer! Du weißt, seine Kapitänin.«

Paola nickt. Natürlich, sie weiß. Aber was kann man
machen?

Als Küchen- und Servicepersonal schon an die Arbeit
gehen, lässt sich Francesco schwer auf den Stuhl gegenüber Fabio fallen. »Kopf hoch, Junge«, sagt er rau, aber
herzlich. »Noch ist es nicht zu spät. Sie mag dich doch
auch, das sieht jeder! Aber du musst ein bisschen mehr
aus dir machen, verstehst du? Beruflich zum Beispiel.
Wie sieht's denn aus mit deiner Karriere?«

Fabio rollt die Augen. Heute Mittag erst hat er einen
Anpfiff von seiner Chefin kassiert, weil er angeblich
geschlagene zwanzig Minuten bewegungslos an seiner
geliebten Vitrine mit den Uniformen gelehnt und dabei
mindestens zwei Hilfe suchende Touristinnen ignoriert
haben soll. Schon möglich, aber was soll er denn tun,
wenn seine Gedanken immerzu um Flaviana kreisen?
Überhaupt, seine Chefin – auch so eine von diesen ehr-
geizigen Frauen, die ihm jeden Mut rauben.

»Nicht so toll«, antwortet er mit Verspätung.

Onkel Francesco legt die fleischigen Unterarme auf
den Tisch. »Mach's doch wie ich! Werde selbstständig.
Dann kannst du zu etwas kommen, dann bist du wer!
Kostet zwar etwas Zeit und Arbeit, aber glaube mir, das
macht Eindruck.«

Das glaubt Fabio sofort. Onkel Francesco ist ein
geachteter Mann, obwohl sein Restaurant keins von
den großen ist. Aber wie soll Fabio so etwas schaffen?

»Ich kann doch kein eigenes Museum gründen«, sagt er weinerlich.

Francesco rollt die Augen. »Tja, wenn das alles nicht geht, dann musst du sie dir wohl aus dem Kopf schlagen, deine Flaviana«, sagt er und sieht, wie Fabio unter diesen Worten zusammenzuckt wie unter harten Schlägen. Der Onkel wartet zwei Sekunden, dann schiebt er nach: »Es sei denn, du wirst auf andere Art reich. Sehr, sehr reich.«

Fabio, gerade noch kurz davor, in Tränen auszubrechen, sperrt den Mund auf. »Wie denn? Etwa mit Lotto?« Dieses Glücksspiel wurde zwar in Genua erfunden, aber erst Giacomo Casanova, ein Venezianer, verbreitete es in ganz Europa.

Onkel Francesco schlägt sich an die Stirn. »Ich denke, du arbeitest im Museum! Hast du da denn nichts gelernt? Über Venedigs Vergangenheit?«

Na sicher hat Fabio das. Venedigs Vergangenheit, das waren Schiffe und Kanonen, wohl wegen dem vielen Wasser hier und dem dauernden Krieg. Sieht vielleicht auch nur so aus, weil Fabios Museum das Marinemuseum ist ... Moment mal. Will der Onkel ihn zu etwas Unrechtem anstiften? Etwas, wozu man Waffen braucht und statt eines Fluchtwagens ein Schiff?

Der Onkel ist zu ungeduldig, um abzuwarten, dass die Rädchen in Fabios Kopf endlich ineinandergreifen. »Venedig war früher eine Macht!«, stößt er hervor, gedämpft, weil sich schon die ersten Gäste an den Tischen niederlassen. »Eine richtige Großmacht! Großmächte sind reich, sehr reich. Auch Venedig war reich, meistens jedenfalls. Und am reichsten war der Doge.«

Fabio nickt. Der riesige, prachtvolle Dogenpalast

spricht Bände. Und die Geschichte vom Murano-Glas, das heute in jedem zweiten Touristenladen feilgeboten wird, kennt er auch. Dass die Venezianer die Rezepturen für buntes Glas geheim hielten, indem sie sämtliche Glasbläsereien auf die benachbarte Inselgruppe Murano auslagerten, vorgeblich aus Brandschutzgründen. Wie sie sich heimlich den Grundstoff für blaues Glas beschafften, Kobalt, das es in Venedig nicht gab. Wie sie kleinwüchsige Bergleute aussandten, die nachts in fremde Minen eindrangen und das wertvolle Metall illegal schürften. Wie diese zufällig beobachtet wurden und daraus die Legende von den sieben Zwergen entstand. Viele dieser Kleinwüchsigen wurden sehr reich. Ganz Venedig wurde reich. Und der jeweilige Herrscher, der Doge, natürlich am reichsten.

»Mancher Doge verfügte über sagenhafte Schätze«, fährt Onkel Francesco fort. »Alle wussten das, und mancher wollte sich diese Schätze unter den Nagel reißen. Mehr als einmal wurde Venedig angegriffen und belagert. Aber unsere Vorfahren haben sich gut verteidigt.«

Abermals nickt Fabio versonnen. Teile der alten Befestigung an der Lagunenseite sind noch erhalten, man kann sie sehen, wenn man mit der Fähre … ach, Flaviana!

»Einmal aber sah es übel aus; die Angreifer standen kurz vor dem Durchbruch.« Francesco hat sich in Hitze geredet. »Wann genau das war, weiß ich nicht mehr. Jedenfalls war der Doge in Panik, hatte Angst um die Stadt, aber vor allem um seinen Schatz, nicht wahr? Den wollte er unbedingt in Sicherheit bringen. Und weil es so aussah, als hätte er nicht mehr viel Zeit, raffte er so viel Gold wie möglich zusammen, stopfte es in alte, stabile Kisten, warf sich einen grauen Mantel über und rief den nächstbesten Gondoliere herbei.«

»Kann ich mir nicht vorstellen«, wundert sich Fabio. »Da war doch bestimmt kein Gondoliere mehr unterwegs, wenn es darum ging, die Stadt zu verteidigen.«

»Ach was.« Sein Onkel winkt ungeduldig ab. »Das war ein alter Mann, einäugig dazu, so einer muss nicht mehr kämpfen. Er erkannte ja nicht einmal den Dogen, als er mit ihm zusammen die Kisten in seine Gondel schaffte, was nur mit größter Mühe gelang. Dann steuerte er sein Boot zu einer bestimmten Stelle, die der Doge ihm anwies. Und dort …« Blitzschnell schnappt sich Francesco ein Fischmesser und richtet es auf Fabio, der erschrocken zurückweicht. »Zack! Kalter Stahl zwischen die Rippen, der Gondoliere ging über Bord, und das Boot wurde an Ort und Stelle versenkt. Der Doge musste nur eine einzige Planke einschlagen, schon sank die Gondel wie ein Stein. Danach schlich er sich pudelnass, aber ungesehen in seinen Palast zurück.«

Fabio runzelte die Stirn und rieb sich nachdenklich das Kinn. »1798 wurde Venedig von den Franzosen besetzt – meinst du das? Später gab es ja keinen Dogen mehr. Und vorher wüsste ich nicht, wann unsere Stadt je erobert worden wäre.«

»Wurde sie ja auch nicht!« Francesco schlägt mit der flachen Hand auf den Tisch, so fest, dass die Touristen ringsumher verwundert ihre Blicke aus den Speisekarten heben. »Der Angriff wurde ja noch zurückgeschlagen. Das hat der Doge aber nicht mehr erlebt. Er kam gerade noch dazu, auf einer Karte der Stadt, die er sich rasch hatte bringen lassen, zu markieren, wo genau sein Schatz versunken war. Als er die Karte versteckt hatte, raffte ihn eine Herzattacke dahin. Ja, ja, die Reichen dieser Zeit lebten nicht gerade gesund, und die Plackerei mit den Kisten voller Gold war wohl zu viel für seinen Kreislauf. Der Kammerdiener, der ihm die Siegesnachricht überbringen wollte, fand den Dogen tot in seinem Gemach. Und der neue Doge, der wenig später gewählt wurde und als Erstes natürlich die Schatzkammer inspizierte, fand dort nur schäbige Reste vor.«

»Und die Schatzkarte?«, fragt Fabio atemlos.

»Die Karte?« Onkel Francesco lehnt sich zurück, genießt den Augenblick ungeteilter Aufmerksamkeit. »Die Schatzkarte«, fährt er endlich fort, »die fand man nicht. Sie ist bis heute verschwunden. Dass sie existiert, weiß man von besagtem Diener. Aber gefunden hat man das Ding nie, obwohl der ganze Palast immer und immer wieder akribisch durchkämmt worden ist. Weg, einfach weg! Irgendwer muss sie sich unter den Nagel gerissen haben.«

»Der Glückliche! Der wird ja im Gold gebadet haben.« Fabio stellt sich vor, wie es wäre, er über Kisten voller Edelmetall zu verfügen. Dann könnte er sich leicht selbstständig machen, einen Laden eröffnen oder ein Restaurant, vielleicht sogar ein eigenes Museum. Warum nicht, so etwas gab es! Und Flaviana würde schwer beeindruckt sein.

Allerdings würde sie auch Fragen stellen …

Dabei fällt ihm etwas ein. »Ist man dem Schatzkartendieb denn nicht auf die Schliche gekommen? Es fällt doch auf, wenn einer so mir nichts, dir nichts reich wird!«

Lächelnd schüttelt Onkel Francesco den Kopf. »Ist

man nicht! Konnte man auch nicht, denn dieser Schatz ist niemals gehoben worden.«

»Niemals? Aber dann ...« Fabio schwirrt der Kopf. »Und warum nicht? Ich meine, wenn einer die Chance hat, warum ergreift er sie nicht?«

Jetzt beugt sich der Onkel wieder vor und raunt: »Weil es früher Menschen gab, denen das Wohl Venedigs mehr bedeutet hat als persönlicher Reichtum! Menschen, denen es ein Dorn im Auge war, dass sich die Herrschenden die Taschen vollstopften mit Geld, das ihnen gar nicht zustand, anstatt es für die Belange der Stadt zu verwenden. Der Kammerdiener, der den toten Dogen fand, soll so einer gewesen sein. Angeblich hat er die Karte beiseite geschafft und den Schatz dort gelassen, wo er war. Sicher vor dem Zugriff der Gierigen! Er sollte quasi als Reserve dienen, für den Fall, dass Venedig wieder einmal in größte Not geriet. Dann sollte der Schatz gehoben und das Gold verwendet werden! Bis dahin aber wurde die Karte verborgen, und ihr Versteck wurde nur von einem Eingeweihten zum anderen weitergegeben.«

Fabio läuft ein Schauer über den Rücken. Mann, klingt das geheimnisvoll! »Und das geht so bis zum heutigen Tag?«, fragt er leise. »Aber Venedig ist seither doch mehr als einmal in Nöten gewesen! Warum hat man den Schatz denn niemals gehoben? Denk nur an das große Sperrwerk, das uns vor Überflutungen schützen soll. Mit so viel Gold hätte man das doch schon viel früher bauen können!«

Bedauernd schüttelt Francesco den Kopf. »Leider ist da etwas schiefgegangen. Die Kette der Eingeweihten wurde unterbrochen, ohne dass das Geheimnis weitergereicht worden wäre. Und das hat ausgerechnet mit unserer Familie zu tun.«

»Mit unserer Familie?« Fabio, bass erstaunt, überlegt, welcher seiner Vorfahren wohl Kammerdiener beim Dogen gewesen sein könnte, und kommt auf keinen. Nein, seine Ahnen waren, soweit er weiß, sämtlich Seefahrer. Einige davon bei der Marine … Plötzlich schwant ihm etwas. »Womöglich mit Urgroßonkel Fabrizio?«

Onkel Francesco hebt anerkennend die Augenbrauen. »Bene! Du weißt ja Bescheid, muss ich schon sagen, mein Lieber.«

Wenn ihre gemeinsame Familie einen Helden hat, dann ist es Urgroßonkel Fabrizio. Als Seefahrer ist er nie besonders erfolgreich gewesen, denn er litt ständig unter Seekrankheit. Dann aber wurde er Kommandant der Seefestung, und diese Aufgabe erfüllte er mit Hingabe und großem Geschick. Ja, zu Fabrizio würde es passen, eine Schatzkarte zu besitzen und keinen Gebrauch davon zu machen.

»Urgroßonkel Fabrizio hatte also die Karte?«, vergewissert sich Fabio. »Und was wurde daraus?«

Francesco hebt die Schultern. »Überliefert ist, dass Fabrizio die Karte einmal erwähnt hat, und zwar bei einer fürchterlichen Überschwemmung. Fabrizio hat sich an der Bekämpfung der Flut beteiligt und dabei total verausgabt. Einem jungen Offizier soll er erzählt haben, er verfüge über die Mittel, Venedig nach dieser Katastrophe wieder auf die Beine zu helfen, nämlich durch eben diesen Schatz. Und er hat dem Mann sogar verraten, wo die Schatzkarte versteckt war.« Onkel Francesco tippt sich an die Stirn: »Nämlich im Schweißband seiner Uniformmütze. Säuberlich zusammengefaltet.«

»Also wurde der Schatz doch schon gefunden?« Fabio ist verwirrt.

»Aber nein!« Onkel Francesco wirft die Arme hoch. »Urgroßonkel Fabrizio ist noch in derselben Nacht verstorben, an Überanstrengung, genau wie seinerzeit der Doge! Er war ja auch nicht mehr der Jüngste. Und seine Frau folgte ihm vor lauter Gram nur wenige Tage später in die Ewigkeit. Der junge Offizier hatte zunächst anderes zu tun, als sich um die Erzählung eines wunderlichen alten Mannes zu kümmern. Als er das dann doch tat, waren Fabrizio und seine Frau bereits unter der Erde.« Francesco seufzt: »Und die Uniformmütze mit der Karte unter dem Schweißband blieb unauffindbar. Bis heute.«

Das Restaurant ist inzwischen bis zum letzten Platz gefüllt, und einer der Kellner bittet Onkel Francesco um Mithilfe.

Der Chef erhebt sich prompt.

Fabio starrt noch eine Weile vor sich hin. Dann steht auch er auf, murmelt einen unbestimmten Abschiedsgruß und stolpert davon. Der Raum in seinem Kopf wird von wenigen Worten, die sich ständig wiederholen, in Anspruch genommen: »Ich weiß es! Ich weiß, wo die Karte ist!«

*

Das vordere Portal des Marinemuseums führt auf den Teil der Uferpromenade hinaus, wo die Luxusyachten der Superreichen anlegen. Dieser Eingang ist für Angestellte tabu, außer für die Chefin natürlich. Die niederen Bediensteten müssen durch den Hintereingang. Der Lärm einer nächtlichen Yachtparty dringt bis zur

Rückseite des Gebäudes. Fabio ist es recht. So kann er ungehört aufschließen und ins Haus schlüpfen, obwohl die Türangeln quietschen. Die Alarmanlage ist scharf geschaltet, aber er weiß, wie man sie deaktiviert. Dann huscht er die breite Steintreppe hoch. Die kleine Taschenlampe benötigt er gar nicht. Fabio kennt sich hier so gut aus, er würde den Weg auch mit geschlossenen Augen finden.

Den Weg zur Vitrine. Zu seiner Vitrine.

Als Onkel Francesco vorhin die Sache mit Urgroßonkel Fabrizios Uniformmütze erwähnt hat, da wäre Fabio beinahe der Mund übergelaufen, so voll war ihm plötzlich das Herz von dem Wissen, das da so unerwartet in ihm aufgestiegen war. Aber zum Glück hat der Restaurantchef ja plötzlich weg müssen, und so hat Fabio seine kostbare Information für sich behalten. Besser so, schließlich geht es darum, Flaviana zu beeindrucken, nicht wahr?

Die Mütze! Er weiß, wo sie ist. Und das Papier unter ihrem Schweißband auch.

Die Vitrine mit den historischen Uniformen, seine Vitrine, hat er nämlich vor kurzem selbst eingerichtet. Jeden Rock, jede Mütze hat er eigenhändig und behutsam den Kleiderpuppen umgelegt und aufgesetzt. Dabei hat er entdeckt, dass auf dem Schweißband einer besonders farbenprächtigen, ausladenden Mütze Urgroßonkel Fabrizios Name geschrieben steht, verwischt und verblichen zwar, aber eindeutig. Seine Urgroßtante muss die Uniform ihres verblichenen Gatten dem damals bereits existierenden Museum übereignet haben, ehe sie bald darauf selbst verstarb. Niemand aus der Familie weiß davon. Außer Fabio.

Und der weiß auch, dass ein gefaltetes Papier unter dem altersbrüchigen Schweißband der Mütze steckt! Was darauf steht, weiß er zwar nicht, denn er traute sich bisher nicht nachzuschauen, aus Angst, das alte Artefakt zu gefährden. Aber jetzt wird er es wagen. Heute Nacht noch! Denn warten will Fabio jetzt nicht mehr. Die Zeiten sind vorbei.

Seine Vitrine liegt im selben Stockwerk wie die neuen Besuchertoiletten, die bei den Touristen so beliebt sind, weil man darauf sitzen kann und nicht hocken muss. Ob wohl viele Touristen nur deshalb in sein Museum kommen, um hier zu ... Fabio schüttelt sich den Gedanken aus dem Kopf. Wieso muss er ausgerechnet jetzt so etwas denken? Ist er bekloppt?!

Die Vitrine ist leicht zu öffnen. Auf Zehenspitzen schleicht sich Fabio an die Kleiderpuppe heran, die Urgroßonkel Fabrizio darstellt – ohne Beine und mit leerem Gesicht, aber mit bunter Uniformjacke und ausladender Kopfbedeckung.

Ganz vorsichtig greift sich Fabio diese Mütze vom Puppenkopf und verlässt mit Bedacht die Vitrine. Wäre ja dumm, jetzt aus Versehen eine der Puppen umzustoßen.

Draußen freilich hätte er darauf achten müssen, sich nicht an die Wand zu lehnen, an der die alten Gemälde hängen. Er tut es aber, und als plötzlich ohrenbetäubende Alarmglocken losschrillen, erkennt er, dass er einen der Rahmen verschoben haben muss. Stupido! Fabio rennt los, die Treppe hinunter, sein Beutestück in der Hand. So war das nicht geplant! In der Eile vergisst er, seine kleine Taschenlampe einzuschalten, und rennt prompt gegen eine der riesigen Segelschiffslampen, die das Treppenhaus zieren. Aua, das tut weh! Er spürt es warm über seine Wange rieseln; eine Platzwunde, auch das noch! Wie soll er das nur morgen erklären?

Kurz bevor Fabio den rettenden Hinterausgang erreicht, bricht das Alarmklingeln plötzlich ab. In die ohrenbetäubende Stille hinein hört er die Tür des Vorderportals schwer zufallen. Verdammt! Schon die Polizei? Schritte ertönen. Aber nicht das befürchtete Trampeln von Uniformschuhen, sondern der harte Aufschlag metallener Stöckelspitzen. Den Klacker-Rhythmus dieser Schritte kennt Fabio gut – so geht nur seine Chefin! Sie geht eilig, und sie kommt näher.

Auf einmal arbeitet Fabios Gehirn schnell, so schnell, dass er selbst erst gar nicht hinterherkommt. Er macht auf den Absatz kehrt und läuft direkt auf seine Chefin zu. »Signora, hallo, ich bin's, Fabio!«, ruft er panisch und atemlos, wozu er seine Stimme kein bisschen verstellen muss. »Ich habe ihn schon gehabt, den Dieb! Leider hat er mich niedergeschlagen und ist entkommen. Aber seine Beute, die habe ich ihm abgejagt!«

Mit beiden Händen streckt Fabio die bunte Uniform-mütze vor sich hin ins Dunkel, das im selben Augenblick gleißender Helligkeit weicht; die Chefin hat den Licht-schalter betätigt.

Jetzt steht sie da und schaut Fabio mit offenem Mund an. Der junge Mann bietet aber auch einen Anblick für die Götter: Abgehetzt und aufgelöst, schweiß- und blutüberströmt, die geblendeten Augen verkniffen, die Arme zur Opfergeste erhoben.

Die Chefin schreitet auf ihn zu und nimmt ihm vorsichtig die kostbare Mütze aus den Händen. »Fabio, das ist ja phantastisch«, haucht sie dabei.

Fabio steht wie erstarrt. In seiner Hosentasche knistert gefaltetes Papier.

*

Wie er danach zu Onkel Francescos Lokal gekommen ist, vermag Fabio nicht zu sagen; seine Erinnerung setzt erst wieder ein, als er sich schwer auf einen Stuhl an einem noch unabgeräumten Tisch fallen lässt und eine mitfühlende Seele ihm ein Glas Wein hinstellt, das er gierig in sich hineinschüttet. Die letzten Gäste sind gerade gegangen, das allnächtliche Saubermachen ist in vollem Gange. Fabio blickt verstohlen in die Runde: lauter bekannte Gesichter um ihn herum. Endlich traut er sich, das knisternde Papier aus seiner Tasche zu ziehen und vorsichtig zu entfalten. Dies ist der große Moment, denkt er. Gleich werde ich wissen, wo der Schatz zu finden ist. Und dann werde ich zu Flaviana …

Sein Gedankengang stockt, sein Gehirn wird zu Eis, seine Finger erstarren. Das Papier, das er da gerade entfaltet hat, ist keine Schatzkarte. Es ist nichts anderes als ein Stück Speisekarte von *Da Francesco*. Auf den oberen Rand hat jemand eine grinsende Fratze gemalt, die höhnisch die Zunge herausstreckt; dem ungelenken Zeichenstil nach war das Onkel Francesco selbst. Und der steht plötzlich leibhaftig vor Fabio, umgeben von seinen Leuten, und lacht schallend.

Alle lachen, alle lachen Fabio aus. »Wach endlich auf, du Träumer!«, ruft Onkel Francesco noch, die Wangen nass von Tränen der Schadenfreude.

In Fabios Finger kehrt das Leben zurück. Die seiner rechten Hand krampfen sich um ein Messer, das noch neben einem benutzten Teller liegt. Das Messer ist scharf und spitz. Da hat doch tatsächlich jemand Steak bestellt, was für ein Frevel, denkt Fabio noch. Dann stürzt er sich auf Onkel Francesco.

*

»Entschuldigung.« Unsicher wendet sich Flaviana an die vornehm aussehende Dame, die gerade durch den Museumssaal stöckelt, so besitzergreifend, dass sie nur die Chefin sein kann. »Entschuldigung, ich suche Herrn Fabio. Ist er nicht für diese Vitrine hier zuständig?«

Der Chefin hebt eine makellos gezupfte Augenbraue und mustert Flaviana streng. Deren Schiffermütze, unter der das schwarze, lockige Haar kaum gebändigt hervorquillt, das weite Uniformhemd, die dunkle Hose und die schwarzen Männerschuhe scheinen ihr Missfallen zu erregen. »Früher«, sagt sie streng. »Das ist vorbei. Herr Fabio arbeitet nicht mehr an dieser Vitrine.«

»Nicht?« Ein banges Gefühl beschleicht Flaviana. »Aber warum denn nicht? Es wird ihm doch wohl nichts passiert sein?«

»Wie man's nimmt.« Jetzt kann man doch ein mildes Lächeln auf den Zügen der Chefin erahnen, wohldosiert, damit die Schminke keine Sprünge bekommt. »Er hat letzte Nacht heldenhaft einen Museumsraub verhindert. Dabei wurde er verletzt, aber keine Sorge, es geht ihm wieder gut. Er war so tapfer, dass er die Stichwunde in seinem Arm erst viel später bemerkt hat. Natürlich habe ich ihn daraufhin befördert. Er macht jetzt keinen einfachen Wachdienst mehr, sondern ist Abteilungsleiter. Sie finden ihn einen Stock höher; er beaufsichtigt die Inventur.«

Flaviana hastet die Treppe hinauf und läuft Fabio fast

in die Arme. Einer davon, der linke, steckt verbunden in einer Schlinge. Nur gut, dass Fabio so ungeschickt ist, daher konnte sein Onkel die wütende Attacke leicht abwehren. Die Fleischwunde, die Fabio sich dabei selber zugefügt hat, ist zum Glück nicht sehr tief. Anschließend gab es ein paar saftige Ohrfeigen, einen doppelten Grappa und ein langes Gespräch. Jetzt sind sich Onkel und Neffe wieder gut, und die Angestellten halten eisern die Klappe. Ehrensache.

Fabio strahlt, als sein Schatz so unerwartet vor ihm steht, breitet anderthalb Arme aus – und zögert. Vieles hat sich verändert in der letzten Nacht, aber eben nicht alles.

Zum Glück auch Flaviana nicht. Sie greift Fabio rechts und links am Kragen, zieht seinen Kopf zu sich herunter und verpasst ihm einen Kuss aus der Abteilung für Erwachsene. Erst als Fabios Gesicht glüht wie ein Schiffsdiesel mit verstopfter Kühlung, gibt sie es wieder frei.

»Dein Onkel Francesco hat mich angerufen«, sagt sie leise. »Wahnsinn, was du alles für mich tun wolltest! Wusste gar nicht, dass du so ein verrückter Typ bist.« Schon folgt der nächste Kuss. Mit Fabios Gesicht könnte man inzwischen die gesamte Lagune zum Kochen bringen.

Trotzdem, die Arbeit geht vor, und so muss sich der beförderte Fabio bald wieder seinen neuen Aufgaben zuwenden.

Flaviana hat erst später Dienst und schlendert noch ein wenig im Museum umher, immer dicht bei Fabio. Ihrem Fabio.

»Was sind das hier eigentlich für Dinger?«, fragt sie

und zeigt auf ein paar matt schimmernde Metallplatten an der Wand.

»Historische Druckplatten«, erklärt Fabio. »Man hat früher schon amtliche Mitteilungen gedruckt und verteilt. Übrigens auch Karten. Und Stadtpläne. Wir haben ein paar prächtige Stücke hier. Leider werden sie kaum beachtet.«

»Wahrscheinlich, weil man nur mit Mühe etwas drauf erkennen kann«, sagt Flaviana. Sie wechselt den Blickwinkel und legt den Kopf schief. »Dies hier könnte ein Stadtplan sein. Natürlich seitenverkehrt, aber eindeutig. Und was ist das?«

Fabios Blick folgt ihrem Zeigefinger. »Was soll das sein?«

»Da hat jemand etwas eingekratzt«, sagt sie. »Ein kleines Kreuz, in einem der Seitenkanäle, nahe bei einer Brücke. Was das wohl zu bedeuten hat?«

»Mein Schatz«, stammelt Fabio.

Flaviana lächelt ihn glücklich an.

ALTER HASE

»Logo ist er gefilzt«, knurrte Walter Hase ins Handy.
»Ja, gründlich. Mensch, Stahnke, ich weiß doch wohl,
wie man einen Gefangenentransport abwickelt! Bin
schließlich ein alter Hase.« Er zog seine Nase kraus.
»Nein, der Mann hat nichts dabei als sein Waschzeug.
Wie bitte? Natürlich ohne gefährliche Gegenstände drin!
Dreimal gecheckt. Oder glaubst du, der könnte mir mit
Zahnbürste oder Einwegrasierer etwas anhaben?!« Er
beendete das Gespräch. »Blödmann«, knurrte er.

Die Klinge des Einwegrasierers, befestigt am Griff
der Zahnbürste, fuhr ihm durch die Kehle. Walter Hase
verstummte. Für immer.

WILD WILD WICKEDE

Sie nannten ihn Wickie, weil er mal erzählt hatte, seine Großeltern seien Ostfriesen gewesen, und alle dachten, Ostfriesen wären die mit den Drachenbooten. Wickie – dabei war er nicht einmal halb so intelligent wie der kleine Wikingerbengel. Aber er wusste sich immer zu helfen, und darauf kam es an.

So wie damals, als sie ihm beinahe den Hauptschulabschluss nicht gegeben hätten. Okay, er war faul gewesen wie die Sünde. Aber nachdem alle seine Freunde zur Realschule oder zum Gymnasium gewechselt waren, hatte ihm echt die Motivation gefehlt, sich in diesen Schulkram reinzuhängen. Bis auf die paar Wochen, als diese scharfe Referendarin die Geschichtsstunden vom alten Schellkötter übernommen hatte. Da hatte Wickie sogar richtig gelernt für ein Referat über die Geschichte von Wickede, um bei der Neuen zu punkten und vielleicht einen Treffer zu landen. Die Referendarin aber hatte bald die Brocken hingeschmissen. Und Wickie hatte endgültig keine Lust mehr gehabt.

Trotzdem, diesen Abschluss brauchte er unbedingt. Das mit der Lehrstelle bei Kerkenberg war schon eingestielt. Die würden in der Gießerei sicher nicht auf ihn warten, bis er seine Ehrenrunde an der Gerkenschule gedreht hatte. Außerdem hätte seine Mutter ihm die Hölle heißgemacht.

Aber dann war ihm eines schönen Tages Peter Pape über die Füße gelaufen, vor dem Döner-Saloon in der

Hauptstraße. Und da war ihm die entscheidende Idee gekommen, genau wie bei diesem kleinen Wikinger im Zeichentrickfilm. Nur ohne die Sterne.

Der Pape war sein Deutschlehrer, merkwürdiger Typ, Mitte fünfzig, verheiratet, Kinder aus dem Haus, Frau angeblich öfter in der Klapse. In der Schule machte er immer auf Kumpel. Rein notentechnisch aber hatte Wickie davon nie etwas gehabt. Weil Schreiben irgendwie echt nicht sein Ding war. Und schlau daherreden im Unterricht auch nicht. Deswegen stand er auf massiv Fünf. Und nicht einmal Friedi, die Klassensprecherin, wollte ein gutes Wort für ihn einlegen, obwohl sie sich doch mit Pape so gut stand. Meinte nur schnippisch, er sollte vielleicht mal was lernen und beim Test nicht bloß weiße Blätter abgeben, und dass er froh sein könnte, wenn er keine Sechs bekäme.

Titten-Friedi. Ha!

Weil es zwei Friederikes in der Klasse gab, musste man sie irgendwie unterscheiden. Titten-Friedi war unmissverständlich. Bei jedem Test stand Pape neben ihr und guckte. Keine Wunder, ihre Dinger waren echt Weltklasse. Dafür gab's natürlich wieder 'ne Zwei.

Und dann begegnete Wickie der Pape vor dem Döner-Saloon. Ging aber nicht rein, sondern tigerte auf und ab und rauchte eine Kippe nach der anderen. Wickie, der seinen Fladen schon verputzt hatte, hielt sich schön im Schatten. Was hatte der Pape hier zu warten?

Der Pape wartete auf Titten-Friedi. Und als sie kam, nahm er sie in die Arme und küsste sie, voll mit Zunge! Dann lotste er sie zu seinem Auto, und ab ging's nach Echthausen.

Jenseits der Ruhr war alles etwas anders, das wusste

jeder in Wickede. Echthausen lag auf der anderen Flussseite, also schon im Sauerland; 1969 hatten sich die Echthausener nur widerwillig eingemeinden lassen. Merkwürdige Leute, fand Wickie, wie konnte man nicht zu Wickede wollen? Peter Pape war einer von den Merkwürdigen.

Einer, der seine Finger nicht von Schulmädchen lassen konnte.

Wickie konnte es kaum fassen. Plötzlich ergaben sich erstklassige Perspektiven in Sachen Schulabschluss.

Es war nicht schwer, Papes Adresse rauszukriegen. Ein Foto-Handy besaß Wickie sowieso. Er schwang sich auf sein Moped und bekam die beiden vor die Linse, als sie Papes Haus wieder verließen. Die Ehefrau war wohl gerade wieder in der Klinik. Der Kuss wollte kein Ende nehmen, das reichte für drei gute Aufnahmen.

Danach war die Vier in Deutsch kein Problem; Pape machte keine Zicken. Dass Friedi nun nicht mehr mit Wickie sprach, machte die Sache noch unkomplizierter.

Blöd war nur, dass Wickie auch noch in Englisch auf die Fünf rutschte. Und in Erdkunde auch. Wahrscheinlich, weil er nach seinem Fotoshooting irgendwie meinte, jetzt müsste er für die Schule endgültig nichts mehr tun. Englisch und Erdkunde hatte er beim alten Meißner, dem korrektesten Menschen von ganz Wickede. Bei dem würde er rein gar nichts Verwertbares vor die Linse kriegen.

Blieb nur der Notenausgleich. Die Fünf in Erdkunde konnte er mit der Drei in Physik ausgleichen. Aber Englisch war Hauptfach, und Hauptfach-Fünfen ließen sich nur gegen Hauptfach-Dreien aufrechnen. Und Wickies Vier in Mathe stand eisern fest. Blieb nur noch Deutsch.

Also wieder Pape.

»Eine Drei?« Pape glotzte wie ein toter Fisch, als Wickie ihn vor der Schülerbücherei abpasste. »Du spinnst doch! Das kauft uns niemand ab.«

Wickie zeigte ihm die neuesten Bilder. Superscharf, in jeder Beziehung, denn Pape ließ seine Finger noch immer nicht von Friedis Titten. Diesmal hatte er sie nicht zu sich nach Hause geschleppt, so vorsichtig war er inzwischen, sondern in eine kleine Wohnung am Walkenbrügger Weg, eigens als Absteige angemietet. Aber Wickie hatte die beiden auch dort abgepasst.

»Ich muss nur eins dieser Bilder auf Facebook posten, und Sie sind sowas von tot!«, sagte Wickie.

Pape seufzte ergeben.

Die Zeugniskonferenz war ein Brüller. Wickie hatte sich im Gebüsch unter einem der Kippfenster versteckt; es war heiß, die Fenster standen offen, und er konnte alles gut hören und sehen. Pape schwitzte wie ein Schweinebraten, als seine Kollegen ihn wegen Wickies Note grillten. Zum Halbjahr Deutsch Fünf, zum Abschluss Drei – solche Notensprünge mussten begründet werden, und Pape ging durch die Hölle. Wickie feixte.

Am nächsten Tag erzählte er Friedi alles brühwarm. Pape war natürlich in Hörweite; seine Ohren glühten ebenso wie ihre. Keiner von beiden traute sich etwas zu erwidern. Als Friedi dann auch noch die Arme unter ihrer Superbrust verschränkte, wäre Wickie vor Lachen fast geplatzt.

Den Schulleiter hätte er beinahe übersehen. Der stand hinter den Blumenkübeln, die Arme in die Seiten gestemmt, und guckte von Friedis Titten zu Pape und dann wieder zu Friedi. Er runzelte die Stirn.

Eine Woche später war Peter Pape weg von der Schule.

Wickie war's wurscht. Kaum war er nach diversen Abschlussfeten – am heftigsten war die im Western-Club *Colorado* – wieder halbwegs nüchtern, hatte er die Lehrstelle bei Kerkenberg angetreten. Und von da an hatte er kaum noch Zeit gehabt, sich um irgendetwas anderes zu kümmern. Gießereimechanik war keine Kleinigkeit, da hieß es jede Sekunde Obacht geben, wenn man die Pelle heil und die Finger vollständig behalten wollte, und außerdem jede Menge büffeln. Das hatte Wickie irgendwie unterschätzt.

Mehr als einmal dachte er daran, hinzuschmeißen. Aber er lebte jetzt alleine, hatte eine eigene kleine Wohnung weiter unten am Walkenbrügger Weg, die wollte er auf keinen Fall aufgeben. Bloß nicht wieder zurück unter Mutters Fuchtel! Also biss er die Zähne zusammen und hielt durch. Tatsächlich schaffte er seinen Abschluss, nicht glanzvoll, aber immerhin. Er wurde sogar übernommen.

Zur Feier des Tages gönnte er sich abends eine Pizza im *La Posta* an der Hauptstraße. Und da traf er Friedi wieder.

Obwohl sie sich komplett zugeschminkt hatte und eine blondgefärbte Hochfrisur trug, erkannte er sie sofort. Allein schon an ihren Titten. Ihre Klamotten waren grell, und der gegelte Typ, der an ihrem Tisch saß und sich ständig über sie und ihre Markenzeichen beugte, war mit Goldkettchen behängt. Die beiden hatten schon gegessen und gingen bald. Wickie, der sich auf eine Zigarette nach draußen verzogen hatte, sah sie in einen aufgemotzten Sportwagen steigen, Marke Schwanz auf Rädern. Dortmunder Nummer. Die Scheiben klirrten, als sie davonbrausten.

Tja, dachte Wickie. Wer mit dem Pape in die Kiste geht, dem ist ja wohl vor nix fies. Da kann man das Hobby auch gleich zum Beruf machen.

Bei Kerkenberg in der Gießerei gab es dreißig Mitarbeiter – da kam es auf jeden einzelnen an, und Wickie hasste es, wenn es auf ihn ankam. Sich mal eben um die Ecke verdrücken oder den Montag blau machen war hier nicht drin. Schon gar nicht, wenn der Meister einen auf dem Kieker hatte. Es war also besser, schnell den Absprung zu machen, solange er im Lebenslauf noch »nach der Lehre übernommen« und »ungekündigt« schreiben konnte. Und Wickie wusste auch schon, wohin der Abflug gehen sollte.

Wickeder Westfalenstahl, das war ein Name wie Donnerhall! Der größte Arbeitgeber am Ort, und dazu einer mit Geschichte. Wickie hatte in Geschichte tatsächlich mal aufgepasst – der scharfen Referendarin wegen – und wusste, dass der Ort über 1200 Jahre alt war. Wobei er allerdings 400 Jahre gebraucht hatte, um auf sagenhafte fünf Bauernhöfe anzuwachsen. Der älteste davon führte übrigens den schönen Namen *Wikki*. Sachen gab's! Aber richtig interessant wurde es erst im 19. Jahrhundert, mit der Industrialisierung. Und tatsächlich war der erste große Arbeitgeber aus der Stahlbranche ein direkter Vorläufer des Westfalenstahlwerks. Wickede, das war eben Stahl.

300 Leute arbeiteten im Wickeder Betrieb des weit verzweigten Unternehmens. Trotzdem war es gar nicht so leicht, einen dieser Arbeitsplätze zu ergattern. Wickie aber war hartnäckig wie eine Klette. Und hatte am Ende Erfolg.

Er mochte das Werk auf Anhieb. Hier war etwas Gewachsenes, etwas, das im Kern richtig alt war und sich doch stetig entwickelt hatte. Ohne Abriss und Neubau; nein, hier war eins aus dem anderen hervorgegangen, hier hatten sich Zellen geteilt und aneinandergefügt. Der Boden allein sprach Bände. Die Rillen, Riefen und Kerben im teils verwitterten Beton, das war echte Geschichte.

Auch der Geruch faszinierte ihn. Ölig, chemisch, eine Mischung aus Schmier- und Kühlmitteln – er fand das heimelig. Und dann die Vorstellung von Ordnung, die hier herrschte! Wickie hatte mal eine Münzsammlung besessen, na ja, eher eine Art Grundausstattung. Und ein Einsteckalbum dafür. Er fand es total öde, wenn alle Münzen in den Fächern steckten und das Ding im Regal stand. Lieber breitete er sie vor sich auf dem Tisch aus, sortierte sie mal nach Farbe, mal nach Größe, mal nach Herkunft. Dass die Dinger dabei Schrammen kriegten und an Wert verloren, war ihm egal. Was hatte man von den schönen Metalldingern, wenn man sie versteckte?

Hier im Werk sah man das offenbar genauso. Alles, was wichtig war, vor allem die vielen tonnenschweren Coils, die großen Rollen aus kaltgewalzten, plattierten Metallbändern, lag oder stand in ordentlichen Reihen auf dem schrundigen, welligen, Industriegeschichte atmenden Betonboden, so wie Wickies Münzen. Diesen Anblick fand er geil. Bei jedem Gang durch die weitläufigen Hallen fühlte er sich wie Dagobert Duck in seinem Geldspeicher. Oder wie der Stahlkönig von Wickede.

Seine Grundeinstellung zur Arbeit änderte sich dadurch jedoch nicht. Immer noch hielt er sich am liebsten bedeckt. Was herausragt, wird platt gemacht, war seine

Devise – immerhin war dies ein Walzwerk. Also schön den Kopf unten halten und sich möglichst unsichtbar machen.

Das ging natürlich am besten nachts.

Wickie verbrachte seine Vormittag gerne schlafend – eine Gewohnheit aus der Schule – und seine Nachmittage angelnd an der Ruhr. Den Rest seiner Zeit füllten Fernsehen und Videospiele. Wenn er Bedürfnis nach weiblicher Gesellschaft hatte, fuhr er ins nahe Dortmund, in die Linienstraße. Ansonsten wusste er mit seinen Abenden und Nächten wenig anzufangen. Da konnte er auch gleich arbeiten gehen.

Leider gab es im Werk keinen ständigen Nachtdienst, sonst hätte er sich sofort dafür gemeldet. Schichten tauschen aber war gestattet, und so bekam er es hin, überwiegend nachts zu arbeiten, wenn große Teile des Werks still dalagen wie ein schlafender Riese, nur schwach durchpulst von den fernen Schlägen seiner großen Herzen, der Plattierwalzen, von denen immer irgendwo welche in Betrieb waren. In den äußeren Hallen stieß man dann weit und breit auf keinen Menschen, und nur ein gelegentlich durch einen Quergang vorbeihuschender Riesenstapler, der mit seinem einzelnen Tragholm an ein gigantisches Nashorn erinnerte, zeigte an, dass auch um diese Zeit die Produktion nicht ruhte.

Als Wickie wieder einmal eine seiner ungeliebten Tagschicht-Wochen hatte und einen nächtlichen Abstecher nach Dortmund machte, stand er in der Linienstraße hinter dem Hauptbahnhof plötzlich Friedi gegenüber. Sie schien um viele Jahre gealtert zu sein, und hätte er sie nicht seinerzeit im *La Posta* schon unter ihrer Schminkmaske gesehen, er hätte sie vielleicht nicht wiedererkannt. Trotz ihrer Markenzeichen, die noch top in Schuss waren.

Er grüßte, ganz erschrocken. Sie haute ihm eine runter und spuckte ihm ins Gesicht.

Das fand er ziemlich stark, und so schien es ihm nur gerecht, als er im Gehen mitbekam, dass dieser Goldkettchentyp auftauchte und Friedi derbe verdrosch. Immer in den Nacken, wollte wohl sein Kapital schonen. Nicht, dass Wickie jemals erwogen hätte, mit Friedi zu pennen, früher nicht und für Geld schon gar nicht. Aber so musste sie ihm denn doch nicht kommen.

Während seiner nächsten Nachtschicht, als Wickie sich wieder einmal kurz ins Lager verdrückte und bei einer Zigarette die schweren Bicolor-Münzbandrollen bewunderte, fühlte er sich plötzlich an der Schulter gepackt und rüde herumgerissen. Schützend riss er die Arme hoch: »Hömma, nicht durchdrehen, war nur eine Kippe …« Er stutzte, denn der Mann, der da vor ihm stand, war nicht sein Schichtleiter, sondern sein früherer Deutschlehrer. Die Haare grau und ungepflegt, das faltige Gesicht unrasiert, das fleckige Hemd halb aus der Hose, speckige, zu enge Jeans mit Bauarbeiter-Dekolleté – Peter Pape sah echt verkommen aus.

»Herr … Pape?« Wickie fasste es nicht. »Was tun Sie hier? Wie sind Sie überhaupt hier reingekommen?«

»Hinterm Lkw durch am Pförtner vorbei«, knurrte Peter Pape. Sein Schlag kam ansatzlos und hart und fühlte sich an, als hätte der Absender lange darauf gespart. »Du Drecksau«, zischte er.

Wickie schmeckte Blut. »Was denn … wieso?« Er stolperte zurück. Pape setzte nach. Er keuchte, vielleicht von der Anstrengung, wahrscheinlich aber auch vor Wut. »Als ob du das nicht wüsstest!«, stieß er hervor. »Du konntest ja den Hals nicht voll kriegen! Mit einer Vier war der Herr ja nicht zufrieden, nein, er musste es ja auf die Spitze treiben! Nach deiner Drei in Deutsch hat die Schulleitung mich in die Mangel genommen. Pädagogisch unfähig, charakterlich fragwürdig, das volle Programm. Dann haben die mich nach Werl abgeschoben. Mit Friedis Eltern haben sie auch gesprochen. Danach hatten wir beide Kontaktverbot. Kannst du dir vorstellen, durch welche Hölle das Mädchen deinetwegen gegangen ist?«

Pape war so in Rage, dass Wickie Mühe hatte, dem Sprühnebel seiner Speicheltröpfchen auszuweichen. Er wich zurück und spürte die scharfen Kanten einer Plattierbandrolle durch sein Hemd hindurch. »Was geben Sie überhaupt mir die Schuld?«, schrie er Pape an. »Ich hab die Friedi doch nicht angegrabscht! Das waren Sie!«

»Angegrabscht?« Papes Augen drohten aus ihren Höhlen zu quellen. »Hör zu, du Arsch, auch wenn du sowas nicht kennst: Das mit Friedi und mir, das war Liebe!« Er stürzte sich auf Wickie, die Finger zu Klauen gekrümmt.

Jetzt dreht er endgültig durch, dachte Wickie und schaute sich verzweifelt nach Hilfe um. Niemand in Sicht, nachts waren die vorderen Werkshallen wie ausgestorben.

Einen Augenblick hatte er Pape aus den Augen gelassen. Der war flinker als gedacht und erwischte ihn am Ärmel. Wickie schrie laut auf, als sich Fingernägel in seinen Arm bohrten und Hemdknöpfe wegspritzten. »Verdammt, was wollen Sie von mir?«, kreischte er. »Wenn das Liebe ist, wie Sie sagen, dann gehen Sie doch hin zu ihr in die Linienstraße und holen sie da raus, verdammt noch mal!«

»Das mach ich auch, du Dreckstück, wenn ich hier mit dir fertig bin!«, brüllte Pape. »Friedi hat mich angerufen und mir erzählt, wo sie ist und dass du bei ihr warst, dass du es bei ihr versucht hast. Aber du fasst Friedi nicht an, verstanden? Du nicht! Ich hole sie da raus. Sobald ich das mit meiner Frau geklärt habe.«

»Ach ja.« Wickie verzog das Gesicht. »Hab schon gehört, dass Ihre Frau 'ne Klatsche hat.«

Auf dem Boden liegend fand er sich wieder; Pape hatte einen schweren Schwinger gelandet. »Meine Frau ist krank, du Dreckschwein!«, schrie sein Ex-Lehrer ihn an. »Sehr krank. Ich kann sie unmöglich verlassen. Sie hat eine psychische Wertbeimessungsstörung.« Bei diesen Worten wurde Papes Miene weicher, und seine Fäuste entkrampften sich.

»Hä? Sie hat – was?« Wickie verstand gar nichts.

»Das Messie-Syndrom hat sie, du Blödmann!« Pape brüllte wieder. »Sie kommt allein nicht zurecht. Darum ist sie immer wieder in der Klinik.«

»Gut für Sie. Wenn Ihre Alte in der Klapse war, konnten Sie ungestört mit Friedi rummachen, was?« Wickie grinste und rappelte sich auf.

Dann erkannte er pure Mordlust in Papes Augen. Okay, der sieht das anders, dachte er und rannte los, Richtung Halle vier. Irgendwo bei den Pausencontainern, da, wo die Getränkeautomaten standen, hoffte er auf Kollegen zu treffen. Richtige Freunde hatte er sich im Werk noch nicht gemacht, aber gegen diesen rasenden Prügelpädagogen würden ihm die anderen hoffentlich trotzdem beistehen, schon aus Prinzip.

Natürlich war nirgendwo einer in Sicht. Typisch, wenn man mal jemanden brauchte! Ewig konnte er nicht vor Pape weglaufen; so gut war Angeln auch nicht für die Kondition. Ein Schulterblick zeigte ihm, dass der Ältere, der ihn um einen Kopf überragte, hartnäckig dranblieb. Irgendwann und irgendwo würde er sich ihm stellen müssen, zum Showdown. Zum Henker noch mal, war Wickede denn der Wilde Westen?!

Jetzt hatten sie den Pausenbereich fast erreicht. Immer noch war niemand in Sicht. Neben den Automaten stand einer dieser riesigen, gasbetriebenen Stapler, über zwanzig Tonnen schwer, die an ihrem Lade-Dorn Plattierbandrollen anheben und transportieren konnten, die fast genauso schwer waren wie sie. Wickie stellte fest, dass der Motor des Giganten noch lief. Der Fahrer konnte also nicht weit sein, denn nach fünf Minuten bei leerem Fahrersitz schalteten sich diese Dinger automatisch ab. War wohl eben zum Klo in Halle sechs gelaufen.

Als Wickie sich auf den Fahrersitz schwang, war er selbst überrascht. Noch nie zuvor hatte er auf solch einem Ding gesessen, geschweige denn eins gefahren. Aber der Motor lief, und Lenkrad und Gaspedal gab es auch. Wenn schon Showdown, dann wenigstens im Sattel, schoss es Wickie durch den Kopf. Wenn das hier Wild Wickede war, galt es jeden Vorteil zu nutzen.

Pape stoppte abrupt, Entsetzen im Blick. Er taumelte ein paar Schritte zurück, während der einhörnige Bolide auf ihn zurollte. Spät erkannte er, dass seine Rettung nur im Hakenschlagen liegen konnte. Mit einem Satz warf er sich zur Seite.

Erstaunlich, wie wendig dieses Riesenteil ist, dachte Wickie, während er am Lenkrad kurbelte. Im nächsten

Augenblick warf ihn ein mächtiger Ruck nach vorn. Was Wickie aber nicht überraschte. Genau diesen Pfeiler hatte er anvisiert.

Er zog den Schlüssel und stieg aus der Fahrerkabine. Gut, dass das Horn genau in der richtigen Höhe stand, dachte er. Es hatte Pape die Brust zermalmt.

In den nächsten Sekunden ging Wickie so einiges durch den Kopf. Er starrte auf den blutüberströmten Körper des Mannes, den er getötet hatte, und er fühlte nichts. Nicht einmal sein Puls, von der Verfolgungsjagd noch leicht erhöht, beschleunigte sich. War ihm das hier wirklich so egal, wie es den Anschein hatte? Und war es dann also richtig gewesen?

Er wusste es nicht. Er wusste auch nicht, woher er so etwas hätte wissen können.

Er dachte an Friedi, deren Leben im Eimer war, und an Papes Messie-Frau, die jetzt niemanden mehr hatte, der ihr hinterher räumte. Viel hätte nicht gefehlt, und er hätte die Schultern gezuckt. All dies berührte ihn nicht. Na gut, dachte er. Dann geht es mich ja wohl auch nichts an.

Diese übel zugerichtete Leiche aber, die nur vom Dorn des Staplers aufrecht gehalten wurde, die ging ihn etwas an. Die musste weg, sonst kamen die Leute ihm todsicher mit blöden Fragen. Klar, es war Notwehr gewesen, eindeutig – wie im Wilden Westen halt. Aber die ganze Vorgeschichte, die musste ja nun wirklich nicht öffentlich breitgetreten werden.

Also musste die Leiche weg. Um ein Transportmittel brauchte er sich auch keinen Kopf zu machen. Wickie wollte gerade wieder auf den Fahrersitz steigen, als sein Blick auf die vielen Buckel und Wellen im abgenutzten

Hallenboden fiel. Das würde keine ruhige Fahrt werden. Um zu verhindern, dass ihm die Leiche unterwegs vom Dorn rutschte, musste er sie mit einem Seil oder einem Packgurt sichern. Und zwar schnell, denn der zuständige Staplerfahrer konnte jeden Moment vom Klo zurück sein. Wickie sprintete los, schnurstracks über die nächste Gangkreuzung hinweg.

Eine Bewegung, die er nur aus dem Augenwinkel wahrnahm, ließ ihn zusammenzucken. Als er einen Stapler der gleichen Baureihe mit einem tonnenschweren Coil am Dorn auf sich zukommen saß, strauchelte er vor Schreck. Auf dem Rücken liegend, sah er den Stapler rasend schnell größer werden, bis er über ihm aufragte wie ein Berg. Der Fahrer aber hatte ihn gesehen und rechtzeitig reagiert. Wenige Handspannen vor ihm kam der Koloss abrupt zum Stehen. Wickie atmete auf.

Dann erkannte er, wie hart das Notbremsmanöver gewesen war. Zu hart für das Coil vorne am Dorn. Er sah, wie die massige Metallbandrolle ins Rutschen kam, bis sie kippte. Direkt auf ihn herab.

Aber irgendwie berührte ihn auch das erst ganz am Schluss.

GESCHÄFTSGEHEIMNIS

»Mauke«, sagte Manni Meinders zu seinem Sohn, »du hast dich sicher schon gefragt, warum wir so ein großes Haus haben und zwei dicke Autos, obwohl ich seit zwanzig Jahren nicht mehr arbeiten war.«

»Nö«, erwiderte Mauke. »Aber erzähl ruhig.« Wenn Vater erzählte, gab es immer Korn.

»Das liegt daran, dass ich einen speziellen Service anbiete, der in gewissen Kreisen sehr gefragt ist«, sagte Meinders und schenkte ein. »Nämlich: Leichen verschwinden lassen. In den Kreisen, die ich meine, fallen nämlich immer mal wieder Leichen an, die diskret entsorgt werden müssen. Wer hat schon gerne Leichen im Keller, was?« Er lachte dröhnend.

»Jo, nö!« Mauke lachte auch und hielt sein leeres Gläschen hoch.

»Natürlich habe ich ein Geschäftsgeheimnis, das sich jahrelang bewährt hat.« Meinders kippte seinen Schnaps; er lag in Rückstand. »Und weil du das Geschäft übernehmen sollst, gebe ich dieses Geheimnis jetzt und hier an dich weiter.«

Mauke machte große Augen. Ein bedeutender Moment, das begriff sogar er.

»Merke dir«, dozierte Vater Meinders, »vergrabe deine Leiche immer dort, wo schon eine liegt! Möglichst da, wo gerade erst eine beerdigt wurde. Da sucht keiner. Verstehst du?«

Mauke nickte eifrig: »Verstehe.« Er strahlte. Jetzt also würde auch er reich werden!

Eine Woche später war die Polizei da. Sie sackte Mauke ein und seinen Vater gleich mit. Ihr Anwalt verschaffte ihnen eine Vernehmungspause.

»Was hast du bloß angestellt?«, jammerte der alte Meinders.

»Gar nichts!« Mauke war die Unschuld selbst. »Hab nur getan, was du mir gesagt hast! Vergrab die Leiche dort, wo schon eine liegt, hast du gesagt. Genau so hab ich's gemacht.«

»Und warum haben sie dich dann innerhalb einer Stunde geschnappt, hä?«

»Keine Ahnung! Woher soll ich das denn wissen!«

Der Anwalt hob die Hand, mit der er auf seinem Smartphone herumgewischt hatte. Er hielt das Display in die Höhe; es zeigte die Website einer Zeitung. Die Schlagzeile lautete: »Leichenfund auf Haustierfriedhof – Täter verwüstet Hamstergrab!«

TATORT TATORT

»Wenn ich den zwischen die Finger kriege!«

Helge Wichmann blieb wie angewurzelt stehen. Lieferungen ans *Tatort Taraxacum* in der Rathausstraße führte er eigentlich immer gerne aus. Das schöne alte Haus mit den gusseisernen Säulen, der vorgelagerte Krimibuchladen, die Leute dort, die ganze Atmosphäre, all das mochte er. Mal abgesehen vom Geschäftlichen, und das war auch nicht zu verachten; die tiefen Kerben in den beiden Steinstufen vor dem Eingang gingen auch auf seine zahlreichen Lieferungen zurück.

»Der soll mir bloß kommen!«

Heute aber war alles anders. Nicht nur, dass der Buchladen völlig verwaist war. Von hinten aus dem Restaurant, aus dem sonst meist fröhliches Stimmengewirr ertönte, schallte ihm lautes Gebrüll entgegen. Dicke Luft, konstatierte Wichmann. Sollte er vielleicht ein andermal wiederkommen? Andererseits war seine Karre bis obenhin mit Weinkartons vollgepackt, und die beiden ramponierten Stufen hatte er auch schon überwunden. Seufzend schob er seine Last durch den mittleren Raum, der Laden und Restaurant verband.

»Den Kerl bringe ich um!«

Oha, das war Onno. Der bullige Koch schien mächtig in Fahrt zu sein. Hoffentlich hatte er keins seiner höllisch scharfen Küchenmesser in der Hand.

»Von mir aus gerne. Aber dazu müsste er ja erst mal antanzen!« Das war die Chefin. Nanu, die war doch sonst so ausgeglichen und freundlich? So viel Mordlust hätte der Weinhändler bei dieser zierlichen Person niemals vermutet, trotz der vielen Krimis in ihrem Buchladen. Auf wen mochten die beiden wohl so sauer sein?

Doch wohl nicht auf ihn? War seine letzte Rechnung etwa zu hoch ausgefallen?

»Ach, da kommt ja unser Wein.« Die Chefin hatte ihn entdeckt. »Gleich nach hinten durch, bitte, wir hatten schon keine Reserven mehr.« Freundlich lächelte sie ihn an.

»Wenigstens einer, auf den Verlass ist«, brummelte der Koch und verzog sich durch die Schwingtür in sein Reich.

Wichmann schnaufte unauffällig durch und stellte seine Lieferung am gewohnten Platz ab. »Und sonst so?«, fragte er betont beiläufig. »Läuft alles hier?«

»Ach, eigentlich schon«, erwiderte die Chefin. »Wenn uns nur dieser Pallhuber nicht immer wieder hängen lassen würde! Einen Termin nach dem anderen lässt der Kerl platzen. Der Koch ist schon total sauer. Tja, und weil der den ganzen Tag herumpoltert, bin ich jetzt auch mit den Nerven zu Fuß.« Sie klopfte prüfend ihre Taschen ab und förderte nacheinander ein Handy, ein Schweizer Taschenmesser und ein zerknautschtes Zigarettenpäckchen zu Tage. »Ich muss jetzt dringend eine rauchen. Kommst du mit raus auf den Hof?«

Pallhuber! Der Name erklärte natürlich einiges. Wichmann kannte den Mann. Einer der wenigen Fachmänner für Küchentechnik, die es im Landkreis Leer gab – und wenn man nur die bezahlbaren rechnete, war er fast der einzige. Das *Tatort Taraxacum* war erst vor anderthalb Jahren neu eröffnet worden; das historische Gemäuer war zwar ein echter Hingucker, hatte aber bestimmt allerhand Renovierungskosten verursacht. Kein Wunder, dass die Chefin nach all den Investitionen knapp kalkulieren musste, auch wenn der Laden inzwischen recht gut lief. Daher war sie bei allem, was die Restaurantküche betraf, auf Pallhuber angewiesen.

Eine Situation, die der gnadenlos auszunutzen schien.

Wichmann hatte die Türklinke noch in der Hand, da hing die Chefin schon gierig an ihrem Glimmstängel. Handy, Taschenmesser und Zigarettenpäckchen stopfte sie mit fliegenden Fingern in ihre Taschen zurück. Ihr Nervenkostüm schien wirklich nicht mehr das beste zu sein. »Regt sich Onno denn öfter so auf?«, fragte der Weinhändler mitfühlend.

Die Chefin zuckte die Achseln. »Ich kann's ja verstehen«, sagte sie und blies Rauch aus dem Mundwinkel. »Ohne vernünftige Entlüftung ist es in der Küche kaum auszuhalten. Den ganzen Sommer über war es furchtbar, und jetzt im Herbst ist es auch nicht viel besser. Manch anderer hätte die Brocken längst hingeschmissen.«

»So lange geht das schon? Und wie begründet Pallhuber sein Verhalten?«

Die Chefin lachte auf. Es klang leicht hysterisch. »Wie er das begründet? Wie es ihm gerade passt! Jedes Mal, wenn ich ihn überhaupt ans Telefon bekomme, hat er eine andere Ausrede. Es ist nicht zum Aushalten! Also echt, ich könnte diesen Kerl …« Sie sprach es nicht aus, aber ihr Blick sprach Bände.

Die Turmuhr der Großen Kirche schlug sechs, und vom Rathaus her ertönte ein Glockenspiel. Die Melodie war nicht zu erkennen; irgendwo klemmte ein Ton. Oder zwei. Wieder einmal, dachte Wichmann.

»Ich werd' dann mal wieder«, sagte er. »Wünsch dir alles Gute. Vielleicht kommt Pallhuber ja doch noch vorbei.«

»Weiß gar nicht, ob ich ihm das wünschen würde«, erwiderte die Chefin mit einem bitteren Lachen. Sie drückte ihre Zigarette aus. »Geh mal lieber durch die kleine Gasse mit deiner Karre, Imke hat vorne bestimmt schon abgeschlossen.«

»Imke? Ich dachte, du hättest heute selber Buchladendienst«, sagte Wichmann. »Als ich vorhin kam, war vorne nämlich gar keiner am Tresen.«

»Keiner da?« Die Chefin guckte irritiert, dann besorgt. »Niemand im Laden? Ach du Schande. Hoffentlich …« Sie unterbrach sich, winkte Wichmann flüchtig zu und verschwand durch die hintere Restauranttür Richtung Laden.

Wichmann schaute ihr mitleidig nach. Manchmal fand er es ja nicht ganz leicht, sich als Selbstständiger selbst und ständig um alles kümmern zu müssen, und hatte sich schon öfters fleißige Mitarbeiter gewünscht. Aber dadurch schienen sich nur andere Probleme aufzutun, um die er die *Tatort-Taraxacum*-Chefin nicht beneidete.

Er wollte ihr schon nach, um seine Karre zu entladen und sich in den Feierabend zu trollen, da fiel ihm noch etwas ein. Ganz hinten auf dem Grundstück, bei den Küchenfenstern, dort, wo Pallhuber vor etlichen Monaten das lange Entlüftungsrohr unübersehbar an die Wand gelehnt hatte, ohne seither einen Handschlag daran zu tun, da lagerte doch auch das Leergut! Am besten, er nahm die Steigen mit den leeren Weinflaschen gleich mit. Zwei Fliegen, eine Klappe. Pfeifend schlenderte er zu dem Bretterverschlag hinter dem Papiercontainer.

Und blieb wie angewurzelt stehen. In der offenen Tür des Verschlags, halb verdeckt vom Container, lag jemand am Boden. Auf dem Rücken. Ein Mann. Eindeutig Pallhuber; Wichmann erkannte das knubbelige Gesicht und die gedrungene, stämmige Figur sofort.

Vorsichtig beugte der Weinhändler sich vor. Nur nichts berühren, bloß keine Spuren zerstören! Das war ihm schon in Fleisch und Blut übergegangen.

Fleisch. Blut. Pallhubers Oberhemd war rot gefleckt, seine fleischige Brust aber lag bloß, so als hätte der Mann im Todeskampf an seiner eigenen Kleidung gezerrt. Die tödliche Wunde lag frei. Offenbar eine Stichwunde.

Wichmann pfiff durch die Zähne und richtete sich auf. Hatte der erzürnte Koch also tatsächlich ernst gemacht! Gründe hatte er ja mehr als genug. Der Weinhändler versuchte sich vorstellen, wie es sein musste, bei prächtig laufendem Feriengeschäft in einer überhitzten Küche gleichsam gesotten zu werden. Da musste der Zorn doch hochkochen! Zumal der gute Onno ohnehin ein heißblütiges Temperament besaß …

Stopp. Wichmann fasste sich an die Stirn. Hatte er nicht eben erst mit dem Koch gesprochen? Musste zu diesem Zeitpunkt die Tat nicht schon verübt gewesen sein? Hatte Onno nicht lauthals und überzeugend Mordgedanken gegen den – bereits toten – unzuverlässigen Pallhuber geäußert? Falls Onno der Täter war, wäre das mehr als unvorsichtig gewesen. Unwahrscheinlich. Oder hatte er sich genau deshalb so verhalten, eben weil das für einen Täter so unwahrscheinlich war? Dann musste er aber ein guter Schauspieler sein.

Genug gemutmaßt, fand der Weinhändler; Zeit, die Profis von der Polizei zu alarmieren. Dumm, dass er sein Handy im eigenen Laden hatte liegen lassen! Aber hier im Haus gab es ja Telefone genug. Er entschied sich, vom Buchladen aus anzurufen. Das Telefon hinter der Restauranttheke stand ihm zu nahe an der Küche. Vielleicht hatte der Koch ja doch etwas mit diesem Mord zu tun – und an Messern mangelte es ihm nicht.

Den Laden fand Wichmann immer noch leer, aber inzwischen abgeschlossen vor. Das Licht der großen Kronleuchter war gedimmt. Aus dem benachbarten Treppenhaus waren Schritte zu hören, die sich nach oben entfernten. Aha, die Chefin forschte nach, wo die Buchhändlerin abgeblieben war. Imke bewohnte eine der oberen Wohnungen, die kleinere im Hinterhaus; die große vorne stand gerade leer.

Hatte Imke vielleicht Kopfschmerzen gehabt und sich eine Tablette holen wollen? Aber warum hatte sie den Laden unbeaufsichtigt und offen zurückgelassen? Das sah ihr doch gar nicht ähnlich.

Der Einfachheit halber rief Wichmann nicht seinen Kripo-Freund Karstens an, sondern wählte die 110, gab seine Meldung ab und quittierte die Aufforderung, nichts anzufassen und sich nach Möglichkeit nicht von der Stelle zu rühren, mit einem knappen »Jawohl«. Als ob er das alles nicht längst wüsste!

Während er den Hörer zurücklegte, wanderte sein Blick absichtslos über die Papierdünen und -halden auf dem Schreibtisch der *Tatort-Taraxacum*-Chefin. Und verfing sich an einem der obenauf liegenden Schriftstücke. Genauer gesagt an einem Namen. Pallhuber! Eine Rechnung, eine quittierte sogar. Da war Geld geflossen. Wieso das denn, wenn Pallhuber hier angeblich noch gar nichts getan hatte?

Wichmann griff sich das Schriftstück und studierte es genauer. Dass sich das eigentlich nicht gehörte, focht ihn nicht an. Kein bisschen! Hier ging es darum, ein Verbrechen aufzuklären, da hatten solch kleinliche Bedenken zurückzustehen.

Soso, Pallhuber hatte also doch im *Tatort Taraxacum* gearbeitet. Allerhand Kücheninstallationen hatte er erledigt und auch die dazugehörigen Geräte geliefert, wie aus der Einzelaufstellung hervorging. Alles in allem eine eindrucksvolle Summe! Wichmann blickte auf das Datum: Ach, das war ja alles schon anderthalb Jahre her! Damals war das Lokal gerade für die Neueröffnung vorbereitet worden. Und Pallhubers Firma hatte auch noch anders geheißen, nämlich *Pallhuber* Küchen*technik KG* und nicht, wie heute, *Pallhuber GmbH – Küchen und mehr*.

Der Weinhändler ging noch einmal die Aufstellung durch. Wieder blieb sein Blick hängen. Da: »Küchenentlüftung, Material und Installation«. Einer der höheren Posten. Aha, Pallhuber hatte diese Arbeit also schon seinerzeit in Rechnung gestellt, aber noch gar nicht erledigt! Und die Chefin hatte die Rechnung trotzdem komplett bezahlt, was wohl nur mit der Hektik der bevorstehenden Neueröffnung zu erklären war.

Später hatte Pallhuber dann seine Firma liquidiert und eine neue gegründet. Jeder rechtliche Anspruch auf Rückerstattung der ohne Gegenleistung gezahlten Summe war damit erloschen. Und die Chefin schaute in die Röhre. Die Pallhuber ihr auch noch wie zum Hohn hinten in den Bretterverschlag gestellt hatte …

Vor Wichmanns innerem Auge begann das Täterprofil des bulligen Kochs zu verblassen, und das Konterfei der zierlichen Chefin rückte an dessen Stelle. In einer Gründungsphase war Geld immer knapp, da hatte sie dieser leichtsinnige Verlust bestimmt doppelt gewurmt. Warum mochte sie wohl trotzdem weiterhin auf Pallhuber gesetzt haben? Vielleicht hatte sie sich aufs Betteln verlegt, denn verklagen konnte sie ihn ja nicht, die Rechtslage war auf seiner Seite. Wichmann sah das spöttisch verzerrte Gesicht des vierschrötigen Mannes direkt vor sich, glaubte seine hohntriefende Stimme zu hören: »Na ja, ach Gott, mal sehen – weil Sie es sind! Aber heute schaffe ich es nicht mehr, morgen auch nicht. Vielleicht nächste Woche. Ganz bestimmt übernächste!« Tja, gepfiffen! Und in der Küche tobte derweil der dampfgegarte Koch.

Wichmann nickte. Der Chefin war dieser Mord zuzutrauen, keine Frage. So zierlich diese Frau auch war, so entschlossen konnte sie sein. Und ein Messer besaß sie auch.

Er schaute auf die Uhr: Erst wenige Minuten waren seit seinem Anruf vergangen, von der Polizei war noch nichts zu sehen oder zu hören. Durch die Seitentür neben dem Büro huschte der Weinhändler hinaus auf die schmale Lohne, die von der Rathausstraße am Haus entlang zur Terrasse führte, und näherte sich ein zweites Mal vorsichtig Pallhubers Leiche. Es dämmerte bereits; die Sensorlampen leuchteten auf. Die tödliche Wunde war deutlich zu sehen.

Wichmann schüttelte nachdenklich den Kopf. Nein, die Tatwaffe konnte kein Schweizer Taschenmesser gewesen sein! Mal abgesehen davon, dass man mit einem Federmesser auch nicht besonders kraftvoll zustoßen konnte, ohne dass die Klinge einklappte. Der Wunde nach zu urteilen, die diese Klinge verursacht hatte, als sie mit Wucht in Pallhubers Fleisch gerammt worden war, musste sie viel dicker und kräftiger gewesen sein. Deutlich dicker auch als die Klinge eines Küchenmessers. Und wiederum nicht so breit.

Während Wichmann noch seinen schönen Tat-Rekonstruktionen nachtrauerte, hörte er vor dem Haus Bremsen quietschen. Blaulichtblitze huschten geisterhaft über die Mauern der Gasse. Aha, endlich! Der Weinhändler eilte nach vorne, um die Polizei in Empfang zu nehmen. Dabei traf er auf die Chefin, die neugierig aus ihrem Büro trat. Schnell klärte er sie über seinen Fund auf. Sie gab sich überrascht und schockiert.

Ehrlich überrascht? Oder nur gut geschauspielert? Wichmann schüttelte resigniert den Kopf. Dieser Fall war eine Nummer zu groß für ihn! Sollten sich doch die Staatsbediensteten ihre Köpfe darüber zerbrechen.

Er begrüßte Hauptkommissar Karl Karstens, mit dem er gut bekannt war, und führte ihn und seine Mannschaft zum Fundort. Während die Kriminaltechnik den Schauplatz sicherte und mit der Spurenauswertung begann, gab Wichmann zu Protokoll, was er gehört, gesehen und gefunden hatte. Nicht mehr und nicht weniger. Seine Spekulationen behielt er für sich; er hatte keine Lust, sich zu blamieren.

Mit einem Kopfnicken war er entlassen. Ein paar Minuten noch sah er den Kriminalisten bei der Arbeit zu, fühlte sich aber überflüssig. Zeit, den Rückzug anzutreten, dachte er und schnappte sich seine leere Transportkarre. Blöd nur, dass er jetzt nicht an das Leergut herankam.

Im Buchladen angekommen, fiel ihm ein, dass die Tür

zur Straße ja inzwischen versperrt war. Wie gedankenlos von ihm! Jetzt musste er den Weg noch einmal machen.

Da rasselte ein Schlüsselbund, und die Ladentür wurde von draußen geöffnet. Es war Imke, die Buchhändlerin. Ihr verstörtes Gesicht war tränennass.

»Himmel, was ist denn mit dir?« Wichmann ließ seine Karre stehen und kramte nach einem sauberen Taschentuch. »Hattest du einen Unfall? Oder bist du unter die Räuber gefallen?«

»Nein.« Die junge Frau schüttelte heftig den Kopf. »Es ist nur … es war nur so eklig …« Ängstlich schaute sie sich nach allen Seiten um. »Ist er weg? Oder lungert der Kerl etwa noch da hinten rum?«

Kerl? Meinte sie etwa … »Pallhuber?«, fragte Wichmann.

Imke nickte. »Ja, der«, bestätigte sie und verzog dabei das Gesicht. »Sag mir bitte, dass der weg ist, ja?«

»Nun ja.« Wichmann hob die Arme. »In gewisser Weise ist er das. Ja, man kann sagen, der Kerl ist weg.«

»Gott sei Dank.« Die Buchhändlerin schien an Wichmanns geschraubtem Gehabe keinen Anstoß zu nehmen. Die Erleichterung war ihr deutlich anzusehen. »Dieses blöde Ekelpaket! Also wirklich, den könnte ich …« Mit beiden Händen vollführte sie die Geste des Halsumdrehens.

»Da kommst du etwas spät«, murmelte Wichmann vor sich hin.

»Was?«

Wichmann winkte ab: »Ach, nichts. Aber sag mal, was hat es denn gemacht, dieses, äh, Ekelpaket, dass du so wütend bist?«

»Was Pallhuber gemacht hat?« Imkes Blick flackerte,

und ihre Stimme wurde schrill. »An die Wäsche ist er mir gegangen! Ins Büro ist er mir nachgekommen! In die Ecke hat er mich gedrängt! Wollte mir was erzählen von wegen ›Zwei einsame Herzen sollten doch zueinander finden‹. Ha! Von wegen Herzen. An den Hintern hat er mir gepackt und unter die Bluse auch! Hier, halb zerrissen. Das muss passiert sein, als ich mich losgerissen hab und nach vorne auf die Straße geflüchtet bin. Diese blöde Sau.« Anklagend wies Imke auf ihr derangiertes Oberteil. »Was der sich wohl denkt! Was der sich rausnimmt! Und das ausgerechnet heute, wo Keno bei mir auf Besuch ist.«

»Keno?« Fragend legte Wichmann die Stirn in Falten.

»Mein Bruder«, erklärte Imke. »War den ganzen Sommer unterwegs. Jobbt als Decksmann auf Segelyachten, weißt du, auf diesen ganz großen Millionärsdingern. Ist anstrengend und man ist lange weg von zu Hause, aber man verdient gutes Geld. Und ein gutes Kraft- und Fitnesstraining ist das auch. Bloß gut, dass Keno so müde war, als er ankam! Jetzt liegt er oben und schläft. Wenn der mitgekriegt hätte, was dieser Pallhuber hier getrieben hat, dann wäre dem das bestimmt nicht gut bekommen.«

Imke ging hinter der Kasse hindurch ins Büro und weiter zum Treppenhaus. Wichmann folgte ihr. Tatsächlich, im Treppenhaus stand ein zünftiger Seesack, prall gepackt, aber mit offener Verschnürung, direkt neben der Kellertür. Die junge Buchhändlerin schien ihn gar nicht bemerkt zu haben. »Keno!«, rief Imke laut nach oben. »Keno, aufwachen! Komm, lass uns einen Kaffee trinken. Und die Küche hat auch schon aufgemacht. Zeit fürs Abendessen!«

Keine Antwort. »Keno?«, wiederholte Imke. Sie lief die

Treppe hinauf, blieb eine halbe Minute verschwunden, tauchte dann am Treppenabsatz wieder auf. »Komisch, er ist weg«, rief sie Wichmann zu. »Vermutlich musste er noch etwas von Bord holen; sein letztes Schiff liegt ja noch bis morgen früh im Leeraner Hafen. Trotzdem eigenartig – erzählt hat er mir nichts davon. Aber so ist er eben, ziemlich sprunghaft, heute hier, morgen dort. Aber lieb ist er. Irgendwann lässt er sicher wieder von sich hören.« Imke zuckte die Achseln, winkte noch einmal und verschwand in ihrer Wohnung.

Wichmann stand da wie versteinert. Vor seinem inneren Auge lief ein Film ab. Imke, wie sie aufgelöst nach vorne flüchtet. Pallhuber, wie er sich grollend nach hinten verzieht. Und Keno, wie er wütend die Treppe heruntergepoltert kommt. Wie er seinen Seesack aufschnürt, den er unten abgestellt hat, und das Takelmesser herausholt. So eins, wie es jeder Segler hat. Mit einer dicken, scharfen Klinge, die sich feststellen lässt, damit sie nicht im falschen Moment wegklappt. Zum Beispiel, wenn ein zorniger Seemann sie kraftvoll in eine Handwerkerbrust rammt. Dazu braucht es allerhand Power, so dick, wie die Klinge ist. Aber wer sonst sollte diese Power haben, wenn nicht einer, der den ganzen Sommer lang auf Segelschiffen geschuftet hat?

In Höhe des Verschlages musste Imkes Bruder Pallhuber eingeholt haben; der Kampf dürfte kurz gewesen sein. Und dann? Nach hinten raus, links über den Parkplatz, da gab es eine weitere Gasse, die ziemlich direkt zum Hafen führte. Wenn dieser Keno schlau war, dann heuerte er auf seinem früheren Schiff gleich wieder an. Für den zurückgelassenen Seesack fand sich bestimmt Ersatz.

Hinter Wichmann betrat jemand den Buchladen. Karl

Karstens' schwere Schritte waren ihm wohlvertraut. »Hallo, Helge?«, rief der Hauptkommissar. »Bist du hier irgendwo?«

»Hier!«, gab sich Wichmann zu erkennen. »Im Treppenhaus.«

Die schweren Schritte näherten sich, nunmehr gedämpft durch den Nadelfilz des Büros. »Wir sind jetzt so weit durch«, sagte der Ermittler. »Noch ergibt das alles kein klares Bild. Ist dir inzwischen noch etwas eingefallen? Irgendein Detail? Du weißt ja, jede Kleinigkeit kann wichtig sein.«

Stimmt, dachte Wichmann. Ganz vorsichtig ergriff er den Knauf der Kellertür, zog sie einen Spalt breit auf und gab dem Seesack einen sanften Tritt. Der Sack kippte nach vorne, genau durch den Spalt hindurch, und begann die hölzerne Treppe hinunterzurollen. Die dumpfen Geräusche, die er dabei verursachte, waren sehr leise, und als Wichmann die Tür wieder zugedrückt hatte, waren sie gar nicht mehr zu hören.

Der Weinhändler wandte sich genau in dem Augenblick um, als der Hauptkommissar in der Tür zum Büro erschien. Er schaute ihm direkt in die Augen. »Nein«, sagte er. »mir ist nichts mehr eingefallen. Tut mir leid.«

»Schade«, sagte Karstens und wandte sich ab. »Aber nicht zu ändern.«

Wichmann nickte bestätigend. Richtig, zu ändern war hier nichts mehr. Warum also alles noch schlimmer machen?

»Tatort Taraxacum«, Rathausstraße 23

Die »Krimi-Kathedrale des Mordwestens« thront unübersehbar an der zentralen T-Kreuzung der Leeraner Altstadt. Das Gebäude von 1858 hat eine wechselvolle Geschichte, war schon Tuchhandlung und Eisenwarenladen, literarische Buchhandlung und Restaurant. 2011 wurde es von Heike und Peter Gerdes erworben, gründlich renoviert und weitgehend in den baulichen Urzustand versetzt. Die helle Fassade mit ihren vielen Bögen, gusseisernen Säulen und Kapitellen, die schwere hölzerne Eingangstür, der fünf Meter hohe Verkaufsraum mit seinen gewaltigen Deckenbalken und den Ständerregalen, die an ein Chorgestühl erinnern, verleihen dem Haus ein besonderes Flair.

Da Heike und Peter Gerdes auch den LEDA-Krimiverlag betreiben, erhielt das *Tatort Taraxacum* eine kriminelle Ausrichtung und Gestaltung, die sich von der Buchhandlung, die zugleich Veranstaltungsraum ist, bis ins angeschlossene Krimi-Café durchzieht. Das Lokal bietet neben hausgemachten Kuchen, Torten und Eis auch pikante und deftige Speisen sowie eine breite Getränkepalette.

Und warum »Taraxacum«? Diesen Namen (lateinisch für Löwenzahn) trägt das Gebäude seit über 30 Jahren. Die Pflanze steht als Symbol für Überlebenswillen und Durchsetzungsvermögen; man schaue sich nur einen Löwenzahn an, der durch die Risse einer asphaltierten Straße wächst.

BODENLOSE FRECHHEIT

»Eine bodenlose Frechheit!«, schimpfte der Vermieter atemlos, während er die knarrende Altbautreppe hinauf hastete. »Was bilden sich diese Leute überhaupt ein! Statt dass sie froh sind, ein Dach über dem Kopf zu haben, sind sie nur am Meckern!«

Der Hausmeister hatte Mühe, Anschluss zu halten. »Ein bisschen was ist da aber schon dran«, rief er seinem Boss hinterher.

»Jetzt fangen Sie nicht auch noch an!« Der Vermieter rasselte mit dem Schlüsselbund. »Was erwarten diese Typen denn? Kommen ungerufen in unser Land, der Staat zahlt ihnen die Miete, und dann ist das noch nicht genug!« Er riss die Wohnungstür auf. »Sieht doch gut aus hier. Was wollen die Typen denn noch? Echt, eine bodenlose Unverschämtheit.«

»Es ist wegen dem Bad«, keuchte der Hausmeister, der eine halbe Treppe zurück war. »Da ist …«

»Ja was denn? Etwa keine goldenen Wasserhähne?« Die Schritte des Vermieters dröhnten auf den Dielenbrettern. »Oder weil die Tür klemmt?« Mit einem Stoß seiner Schulter stemmte er sie auf.

»Nein«, sagte der Hausmeister. »Es ist, weil …« Seine Worte wurden von einem schrillen Schrei übertönt.

»Weil, da ist keine Boden drin«, vollendete der Hausmeister seinen Satz. Da war es schon wieder still.

FEUCHTWARMER TOD

»Ey, Alter, was läuft falsch bei dir?« Der Junge mit der blauen Basecap hatte sich vor dem graubärtigen Polizisten aufgebaut wie ein zu schmal geratener Wrestler, die Arme ausgebreitet, den Kopf vorgestreckt, den Mund über dem eckigen Kiefer halb geöffnet. Auf seinem Gesicht lag ein Ausdruck des Ekels.

»Ich möchte doch nur, dass du deine Flasche aufhebst«, wiederholte der Beamte. Man konnte hören, dass er sich zur Ruhe zwang. Was sicher nicht leicht war angesichts der wilden Party, die ringsumher tobte. Der Ferienbeginn lag diesmal früh im Jahr, Anfang Juli, und das Wetter war traumhaft. Hunderte und Aberhunderte Leeraner Schüler feierten zwischen Denkmalsplatz und Hafenpromenade ihre Zeugnisse, völlig unabhängig von den Noten.

»Heb' sie doch selber auf!«, brüllte der Junge heiser zurück. Seine glasigen Augen drohten ihm aus dem Kopf zu quellen. Die Flasche, um die es ging, hatte mal Wodka enthalten.

Wenn er die alleine geleert hat, wird er wohl bald umkippen, dachte Stahnke, der sich die Szene aus einigen Metern Entfernung besah. Bis dahin aber ist er eine kritische Ladung ungehemmter Aggression. Der Hauptkommissar überlegte, ob er seinem uniformierten Kollegen wohl zu Hilfe kommen sollte. Eigentlich hatte er heute ja dienstfrei. Und der graubärtige Rieken wusste durchaus selber auf sich aufzupassen, auch wenn man ihm das nicht ansah.

Außerdem gesellte sich gerade ein zweiter Graubart zu ihm. Aha, Kollege van Dieken! Klar, dass die beiden Stiefzwillinge nur als Duo auftraten. Zumal in brenzligen Situationen wie dieser, auch wenn unmissverständlich Deeskalation angeordnet worden war.

»Hör mal zu, mein Junge«, säuselte van Dieken, »du hast die Flasche da hingeworfen, du hebst sie auch wieder auf, verstanden?« Seine Stimme troff nur so vor falscher Freundlichkeit.

Jetzt war auch Stahnke klar, was da lief. Er sprintete los, sprang förmlich die wenigen Schritte bis zu den drei Kontrahenten auf dem Promenadensteg. Aber er kam zu spät. Schon flog die Faust des Jungen los, mitten hinein in van Diekens provozierendes Grinsen gezielt. Dort aber kam sie nicht an, denn ebenso schnell hatte Rieken zugepackt, die Faust im Fluge gefangen und dem Bengel den Arm auf den Rücken gedreht. Der Junge brüllte vor Schmerz und Wut, die Polizisten lachten hämisch und selbstzufrieden. Bis Stahnke direkt vor ihnen auf den bebenden Stegplanken aufschlug.

»Moin, Herr Haupt!«, grüßte van Dieken übertrieben laut. »Ist ja schön, dass du kommst, aber wir haben schon alles unter Kontrolle.« Er nickte in Richtung des Jungen, der sich immer noch in Riekens schmerzhaftem Griff wand und mit überschnappender Stimme zeterte.

»Moin.« Stahnke behielt die Hände in den Tasche und beschränkte sich auf ein Rucken seines Kinns in Richtung Rieken: »So, genug deeskaliert, meinst du nicht?«

Der Graubärtige grinste, lockerte aber seinen Griff so weit, dass der Junge wieder aufrecht stehen konnte, ohne ihn jedoch loszulassen. »Das hier ist ein ganz sauberes Früchtchen, Herr Haupt«, sagte er. »Der säuft nicht nur harten Alk und schmeißt seinen Dreck in die Gegend, der hat vorhin auch einen anderen Schüler mächtig vermöbelt.« Er zeigte in Richtung Hafenkopf, wo sich jenseits der Fußgängerbrücke ein Wiesengelände gleich neben dem Ruderverein befand. Tatsächlich sah man dort zwei Sanitäter einen anderen Jugendlichen versorgen. Tamponagen und Kühlpacks kamen zum Einsatz.

Stahnke besah sich den Jungen in Riekens Griff, der inzwischen das Motzen eingestellt hatte und nur noch betont trotzig guckte, mit anderen Augen. Der Junge war weder besonders groß noch breit, aber anscheinend kräftig. Das Gesicht – breiter Mund, kantiger Kiefer, vorstehende Augen – erschien dem Hauptkommissar geradezu erschütternd abstoßend, was aber vor allem an seinem hasserfüllten Ausdruck lag. Hass macht hässlich, dachte Stahnke, da sieht man es mal live und in Farbe. Wen mag der Bengel bloß dermaßen hassen? Uns natürlich, die personifizierte Obrigkeit. Aber sonst? Womöglich vor allem sich selbst.

»Ruft mal lieber seine Eltern an«, schlug Stahnke vor. »Und nehmt seine Personalien auf, wegen der Körperverletzung. Oder wollt ihr ihn etwa mitnehmen?«

Van Diekens Blick sprach Bände. Natürlich hätte er den Bengel am liebsten mit in die Ausnüchterungszelle genommen! Entweder für den Rest des Tages oder gleich über Nacht. Das verstanden er und sein Partner unter Erziehung. Rieken und van Dieken waren bekannt für ihre erzkonservativen Ansichten und Vorlieben, und Stahnke war schon öfter deswegen mit ihnen aneinandergeraten. Auf der anderen Seite waren die beiden tadellos kollegial; davon hatte der Hauptkommissar selbst schon einmal profitiert, nachdem er eine schnelle Aussage per Knüppel auf Kniescheibe erzielt hatte. Rieken und van Dieken waren Zeugen gewesen, und sie hatten ihn nicht verpetzt.

Das Grinsen der beiden Graubärte ließ erkennen, dass sie sich des betreffenden Vorfalls ebenfalls erinnerten. »Ist gut, Herr Haupt!«, schnarrte Rieken übertrieben zackig. Beiläufig schüttelte er den Arm des Jungen, den er nach wie vor hielt; der Bengel schrie auf und rieb sich das Schultergelenk. »Na, mien Jung, sag an, wo wohnst du denn?«, erkundigte sich der Beamte voll falscher Freundlichkeit.

»Spandau!«, schnauzte der Jugendliche zurück. »Das is' in Berlin, falls dir das was sagt, du Landei, du ...« Der Rest ging in einem Lauten Stöhnen unter. Rieken hielt den Arm immer noch fest, und er spielte virtuos auf der Klaviatur des Schmerzes.

»Berlin? Und dann feierst du hier den Zeugnistag?«, fragte van Dieken verblüfft.

Stahnke schüttelte den Kopf. »Die Berliner haben noch Schule«, korrigierte er. »Das heißt, ihr seid hier auf Klassenfahrt, richtig?«

Der Junge glotzte ihn an, und der hasserfüllte Blick aus geröteten Augen, die in purem Alkohol zu schwimmen schienen, ließ den Hauptkommissar schaudern. Aber er starrte zurück, bis der Junge nickte.

»Jugendherberge?«

Abermals ein Nicken; Stahnke nahm es auf und spielte es den beiden Graubärten zu. »Dann liefert ihn da ab, okay? Ist ja nicht weit. Und erzählt seinen Lehrern mal etwas von Aufsichtspflicht.«

Die Polizisten grinsten schief, dann schoben sie ab.

Während sie ihren Arrestanten durch die feiernde Menge bugsierten, hörte der Hauptkommissar gelegentliche schmerzerfüllte Schreie, bis sie vom allgemeinen Tumult verschluckt wurden. Kopfschüttelnd setzte er seinen Weg fort.

*

Der Anruf erreichte ihn am nächsten Morgen auf dem Weg ins Büro. Sein Fahrrad pendelte bedenklich, als er das Handy herauszog, ohne anzuhalten. Ein Toter, aha. Und wo? »Jugendherberge?« Ihn beschlich eine Ahnung.

In weniger als zehn Minuten war er am Tatort. Rieken und van Dieken empfingen ihn am Hauptportal des historischen Gebäudes. »Neuer Rekord, was, Herr Haupt?«, kommentierte van Dieken. Stahnke würdigte ihn keiner Erwiderung.

Die Leiche lag im Aufenthaltsraum, nicht weit von den Getränkeautomaten. Die blaue Basecap fehlte, aber auch so erkannte der Hauptkommissar sofort den Jugendlichen von gestern. Eindeutig stranguliert, erkennbar am tief eingekerbten Hals. Auf der linken Wange war eine verschorfte Schramme zu erkennen, sicher noch von der gestrigen Schlägerei.

Dass Oberkommissar Kramer bereits vor Ort war, wunderte Stahnke nicht, trotz seiner eigenen rekordverdächtig schnellen Ankunft, die ja vor allem auf den günstigen Zeitpunkt des Anrufs zurückzuführen war. Sein Kollege schaffte es fast immer, vor ihm da zu sein. Dem Hauptkommissar war es recht, schließlich hatte das große Vorteile.

»Die Klassenkameraden sind alle im Speisesaal«, vermeldete Kramer. »Dito die begleitenden Lehrkräfte. Die

Gruppe wollte eigentlich heute früh abreisen.« Er zeigte auf eine Doppelreihe Gepäckstücke, die in Doppelreihe nahe der Eingangstür standen. »Der Bus wartet schon auf der Großen Bleiche.«

»Hoffentlich nicht mit laufendem Motor«, murmelte Stahnke. »Oder hat sich etwa schon jemand als Täter zu erkennen gegeben?«

»Leider nein.« Kramer war wie immer ironieresistent. Er schaute zur Uhr: »Dr. Mergner und die KTU sind informiert. Die Todesursache scheint ja offensichtlich zu sein, fehlt nur noch der Todeszeitpunkt. Der dürfte irgendwann nach drei Uhr nachts liegen.«

Der Hauptkommissar hob die Augenbrauen. »Hast du einen Rechtsmedizin-Lehrgang gemacht? Ist mir ja völlig entgangen. Du wirst den Toten doch wohl nicht angefasst haben?«

Kramers Miene blieb steinern. »Natürlich nicht. Mit dem Hausmeister habe ich gesprochen! Der musste nämlich um diese Zeit aus dem Bett, weil es im Haus Randale gab. Lautes Geschrei, Kloppereien mit nassen Handtüchern, Jungs in Mädchenzimmern – das Übliche, sagt er. Unser Klient hier soll mit dabei gewesen sein. Da hat er also noch gelebt.«

Stahnke nickte. »Apropos: Hast du sonst noch mit jemandem gesprochen?«

»Bisher nicht.« Kramer zückte einen Notizblock: »Die Lehrer als Nächste?«

Zweierlei musste Stahnke sich eingestehen, als ihm der Klassenlehrer gegenüberstand. Erstens, dass auch er nicht frei von Vorurteilen war. Und zweitens, dass die meisten Vorurteile auf realen Beobachtungen basierten. So waren gewiss nicht alle Lehrer fusselig, fahrig, schlampig gekleidet, umständlich und rechthaberisch. Und mit rotweingeschwängertem Atem. Nein, ein solches Pauschalurteil wäre absolut falsch und ungerecht. Dieser Lehrer hier aber war all das.

»Ich verstehe das nicht«, nuschelte der Mann, der sich als Martin Wohlert vorgestellt hatte, und raufte sich die zottigen grauen Haare. »Der Manuel war doch gut integriert, allgemein anerkannt, letztes Halbjahr sogar zum stellvertretenden Klassensprecher gewählt! So ein netter Junge, wer tut dem denn so etwas an?«

»Ihr netter Manuel hat sich gestern mit Wodka betrunken und mit der Polizei angelegt«, warf Stahnke ein. »Wo waren Sie eigentlich zu dem Zeitpunkt?«

Der Lehrer zwinkerte irritiert. »Die Eltern unserer Schüler haben unterschrieben, dass ihre Kinder sich in Gruppe zu mindestens drei Personen selbstständig in der Stadt bewegen dürfen. Was glauben Sie denn! Wir können die jungen Leute doch nicht vierundzwanzig Stunden am Tag unter Aufsicht halten. Eine Klassenfahrt geht uns auch so schon massiv an die Kräfte.«

Wo er recht hat, hat er recht, dachte der Hauptkommissar. Die Kinder wurden nicht einfacher heutzutage, die Erfahrung hatte er auch schon gemacht. Lauter kleine Prinzen, die mit ihrem wohlgenährten Ego kaum noch durch die Tür kamen. Und die über Eltern verfügten, die Fehler immer nur bei anderen suchten, aber niemals bei sich und ihrer Brut.

»Heute Nacht hat ihr Manuel hier im Haus für allerhand Unruhe gesorgt«, fragte er. »Wie passt das denn mit ihrer Einschätzung seines Charakters zusammen?«

Der Klassenlehrer zuckte die Achseln. »Ist ja nicht gesagt, dass es allein seine Schuld war. Er war eben ein empfindsamer Mensch, auf so einen muss man einzugehen wissen, und das kann halt nicht jeder.« So, wie er den Hauptkommissar anschaute, schien er das ernst zu meinen. »Am letzten Abend einer Klassenfahrt ist ja meistens allerhand los. Der Hausmeister hat mich irgendwann geweckt, und ich hab meine Leute nach und nach wieder in die Zimmer geschickt. Hat eine Weile gedauert.« Wieder eine bedauernde Geste: »Wir Lehrer hatten gestern Abend ein wenig gefeiert, mit einer Flasche Wein, weil es ja heute nach Hause geht. Da gönnt man sich schon mal was, nach all dem Stress. An Einzelheiten der Vorfälle der letzten Nacht kann ich mich wohl auch deswegen kaum erinnern.« Er lächelte schuldbewusst.

Eine Flasche Wein pro Nase meinst du wohl, dachte Stahnke und entließ den Pädagogen mit einem Nicken. Während der zurück in den Speisesaal ging, erhaschte der Hauptkommissar einen Blick auf die wartende Schülergruppe. Bedrückt sahen sie aus, wie man es erwarten konnte. Einige hatten nicht einmal ihre Ohrstöpsel drin, was wohl ein Zeichen großer Betroffenheit war. Die meisten Schüler trugen Jogginghosen, wie es üblich war, wenn eine lange Busfahrt anstand; vermutlich hatten sie schon darin geschlafen. In Sachen Bequemlichkeit waren diese jungen Leute sehr lernfähig.

»Wen jetzt?«, fragte Kramer.

»Stellvertretender Klassensprecher«, sagte Stahnke, scheinbar taub für die Frage seines Kollegen. »Wieso wählen die so einen? Geht es etwa danach, wer das größte Maul hat?«

»Möglich«, erwiderte Kramer. »Aber immerhin war er ja nur Stellvertreter. Vielleicht ist der eigentliche Klassensprecher ja ganz vernünftig.«

Stahnke schnippte mit den Fingern. »Das lass uns doch gleich mal feststellen.«

Der Klassensprecher entpuppte sich als Mädchen, klein für ihr Alter, recht unscheinbar wirkend mit ihren glatten braunen Haaren und dem unförmigen, zerknautschten Jogginganzug, aber mit einem interessanten Gesicht und wachen Augen. Sie verzog kurz den Mund, als Stahnke sie nach dem toten Manuel und seinem Amt fragte. »Der Wohlert hat ihn stark gefeatured, sollte wohl so 'ne Reha-Maßnahme sein, von wegen Verantwortung übernehmen und so. Unser Klassenlehrer meint, dass man niemanden aufgeben darf.« Sie lächelte bitter. »Aber der Manu, der war schon ein besonderer Fall. Gewählt haben den nur die paar Hanseln, mit denen er zusammen abhing. Die anderen haben alle für mich gestimmt, wie immer in den letzten Jahren. Und als Stellvertreter hat Manuel absolut nichts gebracht. Eher noch mehr Scheiße gebaut als vorher.«

Die Eingangstür platzte auf, und herein flog Gerichtsmediziner Dr. Mergner, mit seinen wirren weißen Haaren und den flaschenbodendicken Brillengläsern die Idealbesetzung eines wahnsinnigen Wissenschaftlers, gefolgt von den weitaus bedächtiger schreitenden Kriminaltechnikern. Stahnke dirigierte das Mädchen und seinen Kollegen Kramer zu einer Sitzgruppe am Rand des Aufenthaltsraums. Besser, man hielt sich so fern wie möglich von den Spurenspezialisten, um keine bösen Blicke zu ernten. Außerdem sahen die Polsterstühle sehr bequem aus.

»Was meinst du damit, Manuel hätte, äh, Mist gebaut?«, nahm der Hauptkommissar den Gesprächsfaden wieder auf.

»Na, alles Mögliche.« Die Klassensprecherin zuckte die Schultern. »Die schwächeren Lehrer hat er zur Verzweiflung gebracht. Und bei denen, die ihn besser im Griff hatten, hat er sich dann an die schwächeren Schüler gehalten, wie Kerstin oder Sebastian. Er nannte das *foppen*. Keine Ahnung, was das bedeuten soll, für mich war es eher Mobbing. Aber der Wohlert, der wollte das ja nicht so sehen.« Wieder dieses bittere Lächeln. »Manu war wohl sowas wie sein Projekt. Weltverbesserung im Kleinen, verstehen Sie?«

Stahnkes Blick irrte zu der Leiche hin, die inmitten eines Schwarms weiß gekleideter Gestalten kaum zu erkennen war. Ebenso wenig wie eine Verbesserung der Welt.

Der Tisch, an dem sie saßen, war vom Vorabend noch nicht abgeräumt; allerhand leere Flaschen und Becher standen herum, sogar eine Schüssel war darunter. Für Knabberzeug? Anscheinend waren es die Jugendlichen gewohnt, dass andere hinter ihnen herräumten. Der Hauptkommissar beugte sich vor, nahm sich einen der Becher und schnupperte daran. Er hatte mit Alkoholgeruch gerechnet, aber das war es eindeutig nicht. Eher irgendein Kräutertee, dessen Aroma Stahnke aber nicht zuordnen konnte. Was schenkten die denn nur aus in diesen Jugendherbergen?

Einer der Kriminaltechniker ging quer durch den Raum zur Tür. Stahnkes Blick folgte ihm und blieb an der Doppelreihe Koffer hängen. »Welcher davon gehörte Manu?«, fragte er das Mädchen. Wortlos zeigte sie auf einen schwarzen Rollkoffer ganz am Rand. Ebenso wortlos stand Kramer auf, holte den Koffer her und öffnete ihn. Überwiegend enthielt er getragene Klamotten, wie erwartet. Überraschenderweise auch einen Fön und einen gut gefüllten Kulturbeutel. Hatten Jungs so etwas heutzutage?

Eine Einkaufstüte aus Papier erregte Stahnkes Aufmerksamkeit. Sie enthielt ein Buch, laut Kassenzettel erworben in der Krimibuchhandlung *Tatort Taraxacum* in der Leeraner Altstadt, nicht weit von hier. *Kraut und Krimi* lautete der Titel. Irgendwas über Wildkräuter, garniert mit Fotos und kurzen Kriminalgeschichten. Außerdem waren noch ein paar Beutel mit Kräutertee dabei, anscheinend aus einer Apotheke. Stahnke blätterte das Büchlein durch, überflog ein paar Seiten. Wieso kaufte ein Jugendlicher denn sowas? Noch dazu ein Jugendlicher wie dieser Manuel?

»Sollte wohl ein Geschenk für seine Mutter sein«, beantwortete die Schülerin die unausgesprochene Frage. »Die hat in Spandau einen Schrebergarten und interessiert sich sehr für Nutzpflanzen, auch ungewöhnliche.« Ihre Gesichtszüge wurden weich, als sie hinzufügte: »Manu hatte seine Mutter sehr lieb. Sonst keinen. Vor allem keine Männer. Wohl wegen seines Vaters.«

»Was ist mit seinem Vater?«

»Nichts mehr. Hat sich schon vor Jahren von der Familie abgesetzt, wie so viele andere Väter auch. Aber vorher muss er es Manu wohl sehr schwer gemacht haben mit dem, was er unter Erziehung verstand. Prügel sollen an der Tagesordnung gewesen sein.«

»Und dafür hat er sich dann an allen anderen Männer gerächt?«, warf Kramer ein. Eine naheliegende Vermutung, fand Stahnke, zu diesem Zeitpunkt aber eine höchst ungeschickte Bemerkung. Prompt verstummte die Klassensprecherin. Ihre Miene verhärtete sich.

Zur Inspektion des Koffers hatte sich der Hauptkommissar erhoben. Jetzt ließ er sich wieder in einen
der gepolsterten Sessel fallen. Offensichtlich in einen
anderen als zuvor. Wie von der Tarantel gestochen
schnellte er wieder hoch, so gut es sein massiger Körper
erlaubte, und wischte sich mit beiden Händen über seine
Kehrseite. Das Sesselpolster war nass! Wer hatte denn
da gestern Abend herumgesaut? War das womöglich
Bier? Oder Cola?

Er führte seine Hände zur Nase. Nein, weder Bier
noch Cola. Der leicht stechende Geruch kam ihm bekannt vor. Ungläubig starrte er zuerst seinen Kollegen
an, dann den Teebecher auf dem Tisch, die Schüssel,
das Kräuterbuch.

Und dann wusste er es.

»Kramer«, sagte er. »Hol mir doch mal alle die Schüler
aus dem Speisesaal her, die keine Jogginghosen tragen.«

»Ist gut«, sagte der Oberkommissar, rührte sich jedoch
nicht vom Fleck. »Und wieso?«

»Mach es einfach«, sagte Stahnke.

Kramer tat, wie ihm geheißen. Es dauerte eine Weile,
bis sich die betreffenden Schüler, etwa ein Drittel der
Klasse, erhoben hatten und in den Aufenthaltsraum
geschlurft waren. Da sie keine Ahnung hatten, was man
von ihnen wollte, bewegten sie sich noch langsamer als
sonst. Einige starrten ihren toten Klassenkameraden
unverhohlen an, andere hielten sich die Hände wie
Scheuklappen an die Augen, um die Leiche nicht sehen
zu müssen.

Dr. Mergner tauchte plötzlich vor Stahnke auf wie
ein Geist. »Todeszeitpunkt zwischen halb vier und halb
fünf heute früh«, hauchte er. »Der Jugendliche wurde

von hinten erdrosselt. Mit einer recht dünnen Schnur, wie man sie zum Beispiel für Schuh- oder Wäschebeutel verwendet. Erstaunlich, dass sie überhaupt dem Zug standgehalten hat.«

»Danke«, sagte Stahnke. An die Jugendlichen gewandt, fuhr er lauter fort: »Ihr werdet jetzt bitte einer nach dem anderen eure Koffer holen und öffnen. Wir werden uns den Inhalt gemeinsam anschauen.«

Er drehte sich zur Seite, behielt die Schüler jedoch aus den Augenwinkeln scharf im Blick. So überraschte es ihn denn auch nicht, als einer der Jungen plötzlich lossprintete, der Tür des Hauptportals zu. Mit zwei schnellen Schritten schnitt er ihm den Weg ab, mit einem Bodycheck brachte er ihn zu Fall. Den Rest konnte er Rieken und van Dieken überlassen, die hinzugeeilt kamen.

»Was war denn das?«, wunderte sich Kramer.

»Lass dir mal den Koffer dieses Schülers zeigen und mach ihn auf«, sagte Stahnke. »Der Junge heißt übrigens Sebastian.«

»Und was werde ich finden?« Der Oberkommissar versuchte gar nicht erst, den Gedankengang seines Vorgesetzten nachzuvollziehen.

»Eine nassgepinkelte Jogginghose«, sagte Stahnke. »In einem Wäschebeutel. Mit Schnur. Alles gleich ins Labor, bitte.«

Kramer nickte, ohne den Hauptkommissar aus den Augen zu lassen. Oder sich zu bewegen.

Stahnke seufzte. »Also, zum Mitschreiben: Heute Nacht haben ein paar betrunkene Jugendliche hier in der Herberge Randale gemacht. Es gab einen Anpfiff, und die meisten sind danach ins Bett gegangen. Einige aber nicht, darunter Manuel, das Opfer, und ein paar von seinen Freunden. Außerdem Sebastian.« Mit einer Kopfbewegung deutete er auf den Schüler, der sich ohne weiteren Widerstand abführen ließ. Über seine Wangen liefen Tränen.

»Sebastian war vermutlich ebenso alkoholisiert wie die anderen. Manuel hat ihn irgendwie dazu gebracht, Löwenzahntee zu trinken«, fuhr Stahnke fort. »Teebeutel dieser Sorte hatte er ja gekauft. Hat ihm vielleicht eingeredet, das Zeug würde den Kopf klar machen. Dabei wirkt dieser Tee stark harntreibend, das steht auch in dem Büchlein, das Manuel als Mitbringsel gekauft hat. Unser Täter, so darf ich ihn nach seinem Fluchtversuch wohl bezeichnen, dürfte anschließend in seinem Sessel eingeschlafen sein. Und um die Sache zu beschleunigen, hat Manuel seine Hand noch in warmes Wasser getaucht.« Der Hauptkommissar zeigte auf die leere Schüssel. »Wie geplant, nahm die Natur ihren Lauf, und die Bagaluten hatten ihren Spaß. Danach sind dann fast alle auch ins Bett.«

»Alle bis auf Manuel.« Kramer nickte. »Er blieb noch, um das Opfer seines Streichs aufwachen zu sehen und zu verspotten. Vielleicht hat er Sebastian sogar selber geweckt.«

»Das hätte er besser bleiben lassen«, murmelte Stahnke. Er winkte Rieken und van Dieken mitsamt dem Jungen zu sich. »Hör mal, Sebastian«, fragte er ihn, »hast du Französisch in der Schule?«

Der Junge schüttelte den Kopf. »Ist kein Pflichtfach«, stammelte er mit halb erstickter Stimme.

»Hättest du aber besser doch belegt«, sagte Stahnke. »Denn wenn du gewusst hättest, wie dieser Tee auf

Französisch heißt, hättest du ihn nicht getrunken, und all dies wäre vielleicht nie passiert.«

Sebastian machte große Augen. »Wie heißt er denn?«

»Pis en lit«, sagte der Hauptkommissar. »Sinngemäß: Bettnässer.«

An die beiden uniformierten Graubärte gewandt, fügte er hinzu: »Ihr könnt ihn wegbringen. Aber seid gefälligst ein bisschen nett zu ihm.«

Die kalte Hand

»Eine Hand?« Stahnke klang ungläubig.

»Wenn ich es doch sage!« Die alte Dame zitterte. »Sie ragt aus dem Kofferraum. Leblos und eiskalt! Da will ein Mörder sein Opfer wegschaffen. Schnell, sonst entkommt er noch!«

Mit eiligen Schritten überquerte der Hauptkommissar den Friedhofsparkplatz. Die alte Dame wies auf einen verbeulten Ford. »Das ist der Wagen. Und da ist die Hand. Sehen Sie nur!«

Stahnke bückte sich. Ja, eindeutig eine Hand, leblos und kalt.

Die Dame wimmerte. »Da kommt der Fahrer. Unternehmen Sie doch etwas!«

Der Hauptkommissar hielt den Kopf gesenkt, als inspiziere er das Unkraut. Als der vierschrötige Mann dicht genug heran war, fuhr Stahnke herum und packte ihn am Arm. »Sie sind festgenommen«, sagte er. Vorwurfsvoll fügte er hinzu: »Wenigstens vor Grabschmuck solltet Ihr Kupferdiebe Respekt haben. Die Statue kommt zurück auf den Friedhof, klar?«

Der beste Platz

»Schnell, schnell! Ich glaube, sie wollen los!« Cornelia
Schaller hüpft aufgeregt auf und ab, ihre Hände flattern
fahrig, ihre blondierten Locken wippen ebenso wie ihr
kurzes, ärmelloses Shirt. »Erich, so komm doch! Mach
ein bisschen hin!«

Erich Schallers Kopf taucht in der offenen Tür des
Wohnmobils auf, eingerahmt von puscheligen Vorhang-
strähnen. Seine spärlichen grauen Haare sind zerzaust,
sein Blick ist noch vom jäh unterbrochenen Vormit-
tagsschläfchen getrübt. Aber das ändert sich schnell,
denn auch Erich Schaller erfasst sofort den Ernst der
Situation. Seine Frau hat recht. Die da vorne wollen
tatsächlich los!

Das Riesentrumm, der schweineteure Dreiachser mit
Doppelboden und elektrisch schwenkbarer Satelliten-
schüssel, Solar- und Generatorenstrom, automatischem
Niveauausgleich, selbstausfahrenden Stützen und inte-
grierter Garage für das mitgeführte Smart-Cabrio, hat
startklar gemacht. Der Vorgarten ist weggepackt, der
Windschutz abgetakelt, die Markise elektrisch und lautlos eingefahren worden. Schon grollt der Diesel, hallen
die Abschiedsrufe. Rückfahrscheinwerfer leuchten auf.
Womit keiner mehr gerechnet hat, weil man schon seit
über einer Woche vergebens darauf wartet, tritt ein: Der
beste Platz von Maasholm, der ganz vorne rechts, gleich
neben dem Fußweg, direkt hinter der Badebucht und
mit Blick auf die Schleimündung, wird frei!

»Jetzt aber fix«, knurrt Erich Schaller. Leise, so als ob er niemanden wecken will, jedenfalls keine schlafenden Hunde. Sie sind nicht vorbereitet. Aber, das erweisen kurze Blicke nach rechts und links, das sind die anderen auch nicht. Überall stehen die Gartenmöbel draußen, teils sind die Frühstückstische noch gedeckt, die Markisen stehen stramm, die WoMos sind mit gummierten Stromkabeln fest vertäut. Alle haben die gleichen schlechten Voraussetzungen. Jetzt nur planvoll vorgehen, dann ist noch alles drin, denkt Erich Schaller.

»Die Möbel weg!«, weist er seine Frau an. »Nichts einpacken, nur beiseite, dass ich ausscheren kann.« Selbst greift er sich die lange Kurbel, die neben der Tür klemmt, und fängt an, die Markise zu reffen. Es quietscht laut, und nachdem die Stützen eingeklappt sind, kreischt die Mechanik ganz elendiglich. Erich Schaller läuft rot an. Verdammtes Mistding! Da hätte er seine Absichten ja auch gleich per Megaphon verkünden können. Jetzt muss der Vorstoß unbedingt klappen, sonst ist er vor der gesamten Platzbesatzung bis auf die Knochen blamiert.

Endlich ist die Markise drin. »Das Stromkabel!«, ruft er Cornelia zu, dann pfeffert er die Kurbel einfach auf den Wagenboden und zwängt sich zwischen den Vordersitzen hindurch ans Steuer. Im Rückspiegel sieht er, dass seine Frau den blauen Dreipolstecker gezogen hat. Also nichts wie los! Der Fiatmotor beginnt zu rumpeln, zuverlässig wie immer. Erster Gang, der Gasfuß spielt gefühlvoll. Klar zur Attacke!

Das Riesenschiff hat sich inzwischen aus der begehrten Stellplatzlücke geschoben, steht quer, hupt anhaltend zum Abschied. Blöder Angeber, denkt Erich Schaller, du mit deiner Protzkiste! Ihm ist richtig übel vor Neid. Jetzt endlich rollt der Riese an, biegt in den Hauptweg ein, die Sicht auf den Platz der Plätze ist frei. Einladend liegt er in der Sonne, lockend, wartend. Er wartet auf ihn, auf Erich Schaller.

Da ist eine Bewegung im Rückspiegel. Cornelia winkt hektisch, ruft auch etwas, das durch den Diesellärm nicht zu verstehen ist. Was ist los? Will sich etwa doch einer der Nachbarn aus der zweiten oder gar dritten Reihe vordrängen? Sollen sie es nur versuchen, denkt Schaller. Keine Chance, jetzt nicht mehr. Er gibt Gas und lässt die Kupplung kommen.

Der Wagen macht einen Satz. Es rüttelt heftig, es knallt. Schallers Wohnmobil scheint in ein Loch zu stürzen, dass der Alkoven über dem Führerhausdach nur so ächzt. Vor Schreck tritt Erich Schaller die Bremse, vergisst das Auskuppeln. Mit einem unwilligen Schütteln erstirbt der Diesel. Durch die plötzliche Stille ist Cornelias Rufen gut zu verstehen. »Die Puschen! Denk doch an die Puschen!«

Verdammt, die Auffahrkeile! Schaller hat ganz vergessen, dass seine Vorderräder auf diesen Dingern stehen. Vielmehr standen, denn jetzt ist er vorwärts darüber hinweg geprescht und abgeschmiert. Ist halt schon Tage her, dass er den Wagen mit der Wasserwage austariert hat, damit Cornelia nachts in der Koje nicht immer gegen ihn rollt. Nicht, dass er etwas dagegen hätte, wenn seine Frau ihm gelegentlich dicht auf die Pelle rückt, ganz im Gegenteil, sie ist sehr viel jünger als er und ziemlich attraktiv. Aber wenn Schaller schlafen will, dann will er eben schlafen.

Fluchend reißt er die Fahrertür auf, springt heraus,

zerrt den linken Keil unter dem Wagenboden hervor, rennt zur anderen Seite, entfernt den zweiten Keil, wirft ihn achtlos zur Seite. Aufgeräumt wird später, jetzt gilt es, den begehrten, den erträumten besten Platz von Maasholm endlich zu okkupieren. Die Stützen seiner Markise dort in den Boden zu rammen wie einst die Conquistadores Kreuz und Fahne. Schaller stürzt zurück ans Steuer, greift zum Schaltknüppel. Jetzt aber!

Von rechts schiebt sich etwas in sein Blickfeld. Sieht aus wie ein Lieferwagen, hoch, dunkelweiß, fensterlos, mit merkwürdiger Beschriftung. »Peace«, was für eine Firma ist das denn? Und was sollen diese merkwürdigen, handförmigen grünen Blätter, die drum herum aufgemalt sind? Ein unkultivierter Lkw-Dieselmotor donnert, hüllt die Umgebung in eine dichte Rußwolke. Was will der denn jetzt hier? Und wo will der hin?

Eine Sekunde später weiß Schaller, wohin der andere will. Da hat der ihm nämlich den Weg abgeschnitten und ihn zur Vollbremsung gezwungen. Auf diesen Platz da will er, auf den besten Platz von Maasholm. In aller Seelenruhe parkt er ein, der Fahrer steigt aus, winkt Schaller zu. Ein langhaariger Typ in bunten, flatternden Klamotten. Zwei, drei andere Typen quellen aus der Beifahrertür, alle ähnlich zottelig und bunt, Männlein wie Weiblein. Einer bückt sich am Wagenheck, hantiert mit Hebeln. Eine Hebebühne klappt auf, wird halb heruntergefahren. Das Innere des Kastenwagens, von einer locker hängenden Zeltplane kaum verhüllt, ist zum Wohnwagen ausgebaut; Schaller erkennt Tisch und Bänke, Kojen, eine Küche, alles amateurhaft zusammengezimmert, und in der anderen Seitenwand sogar ein Fenster, eins aus dem Baumarkt, wie es aussieht. Eine der Frauen öffnet es gerade, macht den Gasherd an, setzt Wasser auf.

»Hippies«, knurrt Schaller zwischen den Zähnen hindurch, während er sein blitzsauberes, vorschriftsmäßig ausgestattetes Wohnmobil zurück in die Lücke rangiert, aus der er gekommen ist, sorgsam darauf bedacht, nicht noch einmal über die eigenen Puschen zu fahren. Verfluchte Hippies! Genau im falschen Moment müssen die hier auftauchen, denkt er. Sich auf den besten Platz von allen stellen. Auf *meinen* Platz!

Die Gasse zwischen den aufgereihten Wohnmobilen ist plötzlich voller Menschen, die auffallend absichtslos hin und her schlendern. Schaller, der seine quietschende Markise wieder herausleiert, fühlt sich von ihnen genauso begafft wie die Hippies. Wetten, die Kollegen zerreißen sich allesamt schon die Mäuler über seine Blamage?

Die Hippies stellen derweil verschrammte Stühle heraus und einen wackeligen Tisch, spannen ein dreieckiges Sonnensegel auf, fläzen sich hin, schlürfen Tee aus dickwandigen Tonbechern und schrammeln auf vergammelt aussehenden Gitarren. Sieht nicht so aus, als ob sie so bald wieder wegfahren, denkt Schaller. Die haben vor zu bleiben. Auf *meinem* Platz!

Na wartet, denkt er und lächelt böse. Das werdet ihr noch bereuen.

*

Den ganzen Tag über umschleicht Schaller das Lager der Hippies. Das lässt sich relativ unauffällig bewerkstelligen, denn so gut wie alles, was den Wohnmobil-Stellplatz von Maasholm so attraktiv macht, liegt in der Nähe

dieser Parzelle: Der Zugang zum Badestrand, die Sitz-
gruppen unter den Bäumen am Ufer, der Blick auf die
Mündungsbucht der Schlei mit dem regen Bootsverkehr
Richtung Ostsee, der Yachthafen, und auch die Wander-
wege, die vom Ort weg oder durch ihn hindurch führen,
beginnen hier. Manch einem mag dieser Platz deshalb
ein wenig zu unruhig sein. Schaller nicht. Und den
Hippies offenkundig auch nicht.

Die einfachste Möglichkeit, die unerwünschten Nachbarn loszuwerden, denkt Schaller, ist, sie beim Platzwart
anzuschwärzen. Er versucht es auch gleich. »Das ist doch
kein richtiges WoMo, was die da fahren! Das ist doch
ein schnöder Laster. Wie sieht denn das aus, das Ding
verschandelt doch den ganzen Platz!«

Aber damit beißt er auf Granit. Der Platzwart zuckt
nur die Achseln. Schönheitspreise gebe es hier nicht,
sagt er, und wenn wem was nicht passe, solle er doch
dran vorbei gucken. Außerdem stünden in einer Ecke
des Platzes, der winters zur Bootslagerung dient, noch
ein paar Trailer herum, die seien auch kein schöner
Anblick. »Also, was soll's?«

Schaller will nachkarten, gewinnt aber den Eindruck,
dass er eher selbst rausfliegen könnte, wenn er keine
Ruhe gibt. Also knirscht er mit den Zähnen und erkun-
det weiter. Lassen die Hippies etwa ihr Schmutzwasser
einfach im Rasen versickern, statt es vorschriftsmäßig
zu entsorgen? Zapfen sie vielleicht illegal Strom ab?
Nutzen sie das moderne Sanitärhaus, ohne vorher ein
Ticket zu lösen? Aber er kann nichts feststellen. Die
Hippies benehmen sich geradezu mustergültig. Da ist
für Schaller nichts zu holen.

Er kann kaum erwarten, dass es Abend wird. Bestimmt

zünden die Hippies ein wildes Lagerfeuer an. Oder sie nebeln mit dem Qualm ihres Grills alles ein. Und vor allem werden sie bestimmt viel zu laut sein, ihre bekloppte Musik aufdrehen und dazu grölen, bis weit über 22 Uhr hinaus. Dann hat er sie!

Wieder Fehlanzeige. Die Hippies grillen nicht, sie kochen sich etwas, drinnen auf dem Gaskocher, völlig rauchfrei. Essen tun sie draußen, reichlich spät für Schallers Geschmack, aber gesittet. Zwar riecht es durchdringend nach exotischen Gewürzen, aber selbst Schaller muss einsehen, dass er daraus keinen Platz-verweis drechseln kann. Das waren noch Zeiten, als einer aus dem Café herausfliegen konnte, weil er eine Knoblauchfahne hatte!

Er selbst hat längst gegessen, um sieben, wie es sich gehört. Hat seine Frau in das Restaurant vorne am Platz, gleich bei der Einfahrt, eingeladen, das ist nah und güns-tig, eben praktisch. Zwar sitzt man auf Gartenstühlen an Plastiktischen über Waschbetonplatten, und der Fisch kommt aus der Friteuse, aber was soll's, schmeckt doch gar nicht schlecht, nicht wahr? Na also.

Danach hat er Cornelia aus den Augen verloren, hat gerade auch gar keine Zeit für sie, muss ja die Feinde vom Stamme der Hippies beschleichen. Kaum ist es dunkel, tut er das tatsächlich. Robbt auf dem Bauch unter der halb heruntergeleierten Ladebühne dieses um-funktionierten Umzugslasters hindurch, die als Treppe und Veranda gleichzeitig dient. Und dabei macht er dann doch noch eine verwertbare Entdeckung. Denn dort, wo die Gasanlagenprüfplakette kleben müsste, näm-lich rechts neben dem Nummernschild, ist nichts! Gar nichts! Zur Sicherheit untersucht Schaller die gesamte

Rückfront des rollenden Hippiedomizils: immer noch nichts. Dabei hat er doch mit eigenen Augen gesehen, dass drinnen auf einem Gaskocher gekocht wurde!

Also hat diese Wanzenschleuder eine illegal betriebene Gasanlage an Bord. Das ist doch was! Wenn er das dem Platzwart steckt, dann kann der gar nicht anders, dann muss er die Hippies des Geländes verweisen. Und der beste Platz, denkt Schaller, *sein* Platz, wird endlich frei!

Er will sich schon wieder davonschleichen, auf Zehen und Fingerspitzen, wie er es bei Karl May gelernt hat, da hört er plötzlich etwas, das ihn erstarren lässt. Aus dem gedämpften Stimmengemurmel der Hippie-Runde sticht ein Lachen heraus. Ein Lachen, das Schaller nur zu gut kennt. Das kann nicht sein, denkt er, robbt aber trotzdem wieder heran. Noch näher als zuvor. Und sieht seinen Verdacht bestätigt.

Cornelias Lachen!

Es ist nicht zu fassen. Da müht Erich Schaller sich ab, um endlich an diesen tollen Platz zu kommen, nicht nur für sich, nein, doch auch und vor allem für seine Frau – und was tut die? Hockt sich einfach zu den Hippies! Quatscht und lacht mit dieser verlausten Bande! Kollaboriert mit dem Feind! Das, denkt Schaller, ist unglaublich. Das ist Verrat!

Aber wie kann es denn überhaupt angehen, dass seine Cornelia plötzlich Gefallen an solchen Typen findet? Sie ist doch so sehr fürs Akkurate. Schaller jedenfalls ist überzeugt davon. Und sie hasst Drogen! Missgönnt sie ihm nicht regelmäßig den dritten Aquavit zum Bierchen? Wie kann sie sich dann plötzlich mit Gestalten gemein machen, die doch bestimmt Haschisch und Heroin nehmen?

Beim näheren Hinsehen jedoch entdeckt Schaller weder jumbodicke Joints noch Spritzbestecke, sondern nur eine dickbäuchige Chiantiflasche. Und die Leute da rauchen zwar Selbstgedrehte, aber der Qualm, der in Schallers Richtung zieht, riecht eindeutig nur nach verbranntem Tabak. Dafür fällt ihm etwas anderes auf. Nämlich an dem Kerl, der da neben seiner Cornelia sitzt, mit bloßem Oberkörper, und sich gerade vertraulich lächelnd zu ihr hinüber beugt.

Teufel, sieht der Junge gut aus!

Vorsichtig zieht Schaller sich zurück, so lautlos es geht mit zitternden Händen. Er fühlt sich bedroht, fast schon geschlagen. Wie soll er denn konkurrieren mit solch einem Schönling, dessen Gesicht aussieht wie von Dürer gestochen, dessen zwar leptosomer, aber trotzdem harmonisch definierter Torso völlig frei von Fett und Falten, dafür jedoch appetitlich goldbraun angebraten ist? Wenn Cornelia, seine hübsche, so herrlich junge Cornelia sich zu dem hingezogen fühlt, wie könnte er das jemals verhindern? Schaller ist nicht mehr der Jüngste, der Schönste schon gar nicht, und so erfolgreich war er in seinem Berufsleben nicht, als dass er das mit Geld ausgleichen könnte. Nicht einmal zu einem edlen Wohnmobil von *Arto* oder *Hymer* hat es gereicht, nur zu seinem schnöden Alkovenmodell von *Eura*, dem Opel unter den Wohnmobilen. Nein, dessen ist Schaller sich sicher: Wenn Cornelia jetzt auf Exotik steht, hat die Mittelklasse ausgepfiffen.

Es sei denn …

Schaller richtet sich auf, strafft sich, streicht sich die schütteren Haare zurück. Er hat einen Plan.

*

Gleich am nächsten Morgen wuchtet er den Motorroller von der Halterung am Heck des Wohnmobils. Cornelias erstaunte Frage beantwortet er ausweichend: »Muss was besorgen. Dass die blöde Markise nicht mehr so quietscht.« Sie gibt sich damit zufrieden, hat offenbar nichts dagegen, dass ihr Mann sie für ein paar Stunden allein lassen will. Eine Erkenntnis, die Schaller zusätzlich anfeuert.

Über die B 199 knattert er nach Flensburg und dort direkt zum Hafen. Cornelia wäre wohl alles andere als entzückt, wenn sie wüsste, dass ihr Gatte ausgerechnet den Oluf-Samson-Gang aufsucht! Allerdings gehen in den schnucklichen kleinen Häuschen längst nicht mehr so viele Prostituierte ihrem Gewerbe nach wie damals, als Schaller hier seinen Wehrdienst bei der Marine ableistete. Die eine aber, nach der er sucht, sitzt nach wie vor hinter ihrem Fenster im Erdgeschoss. Und gegen einen kleinen, na ja, nicht allzu kleinen Obolus ist sie auch bereit, Schaller die Auskunft zu geben, die er wünscht.

Der Rest geht dann nicht ganz so schnell und reibungslos, wie er sich das vorgestellt hat. Aber immerhin, nach ein paar Stunden hat er, was er haben wollte, und kann sich auf den Heimweg machen. Zweimal macht er noch Station, um Dinge zu kaufen, die ihm so durch den Kopf gehen. Das eine ist Schmierfett, für die Markisengelenke. Das andere sind Miesmuscheln. Ein Kilo pro Person.

Als er endlich das entzückende Maasholm wieder erreicht hat, ist es schon später Nachmittag. Cornelia ist natürlich nicht im heimischen WoMo; ihr Lachen schallt von den Hippies herüber, viel lauter als gestern.

Schnell tupft Schaller etwas Fett ans Markisengestänge, quasi als Alibi, dann macht er sich daran, die Muscheln zu wässern. Er weiß, dass er seine Frau in letzter Zeit ein wenig vernachlässigt hat. Für sie zu kochen, soll ein erster Schritt sein, das zu ändern.

Als Cornelia herübergeschlendert kommt, köcheln die Muscheln gerade in ihrem Sud aus Gemüsebrühe, Knoblauch und Zwiebeln. Es duftet köstlich, und Schaller ist froh, sich für die Brühe und gegen Weißwein entschieden zu haben; so wird das Essen einfach herzhafter. Den Weißwein gibt es zum Trinken dazu, außerdem Baguette, das er frisch aus dem Ort besorgt hat, und ein selbstgemachtes Aioli als Dip. Cornelia ist begeistert, Schaller ist mit sich und der Welt zufrieden.

Es ist ein herrlich warmer Abend. Sie sitzen zusammen draußen und reden, bis es dunkel wird, dann machen sie zusammen einen Spaziergang an den Strand und durch den Hafen, Arm in Arm wie in alten Zeiten. Schaller freut sich schon auf das Kuscheln in der Doppelkoje. Im Alkoven ist es sehr bequem, zwar niedrig, aber es gibt Möglichkeiten.

Dass Cornelia dann doch noch nicht mit ins Bett will, sondern erst noch einmal hinüber zu den Hippies geht, nimmt Schaller klaglos hin. Was soll's, der erste Schritt ist getan, Rom wurde auch nicht an einem Tag erbaut. Niedergebrannt allerdings schon, aber das ist eine andere Geschichte. Schaller räkelt sich in der breiten Koje und freut sich auf Cornelias Rückkehr. Darüber schläft er ein.

Als er Stunden später halb wach wird, weil er aufs Klo muss, liegt Cornelia da und schläft ihrerseits. Schaller klettert über Ehefrau und Leiter, erleichtert sich und

kuschelt sich wieder ein. Aufgeschoben ist ja nicht aufgehoben, denkt er, und schon schläft er wieder.

*

Noch in derselben Nacht wird Schaller erneut geweckt.
Diesmal gründlich und wesentlich unsanfter. Cornelia
liegt auf ihm, was aber nicht das Erhoffte bedeutet,
sondern nur, dass sie an das kleine Fenster hinter seinem
Kopf heran will. Dabei schreit sie ihm aus nächster Nähe
ins Ohr: »Es brennt! Um Gottes willen, es brennt!«

»Wo denn?«, fragt Schaller, immer noch um Orientierung bemüht. Die Antwort, die er fürchtet, lautet: *Bei
uns!* Aber die kommt nicht. »Bei Marcel!«, schluchzt
Cornelia, lässt von ihm ab, klettert aus dem Alkoven und
rennt schreiend aus der Tür. Allzu viel hat sie nicht an.

Schaller stolpert hinterher. Dieser hässliche Lkw, das
Hippiemobil, steht in hellen Flammen. Eine der Sei-
tenwände ist eingerissen, als wäre sie aus Alufolie. Die
Beladeplattform ist wie immer halb unten, der Vorhang
verkohlt, Rauch quillt aus dem Inneren des Wagens. Das
sieht nicht gut aus, denkt Schaller.

Deshalb ist er auch ziemlich erleichtert, als er den
Hippie-Schönling abseits des Infernos stehen sieht, die
Lockenmähne angesengt, die nackten Schultern gerötet,
aber ansonsten unbeschädigt. Als Cornelia ihm ganz
aufgelöst um den Hals fällt, fährt er mit einem Aufschrei
zurück. Diese Verbrennungen müssen mit Sicherheit
behandelt werden, denkt Schaller befriedigt. Ein paar
Tage Krankenhaus, da ist er gut aufgehoben.

Auch zwei der anderen Hippies, Männlein und
Weiblein, tauchen auf, verschlafen und geschockt. Anscheinend haben sie am Strand übernachtet. Das dürfte

ihnen das Leben gerettet haben. Aber wo ist Hippie Nummer vier? Die andere Frau? Etwa immer noch im brennenden Lkw?

Nein, denkt Schaller, das sieht wirklich nicht gut aus. Und während die Nachbarn des brennenden Fahrzeugs ihre eigenen Mobile in Sicherheit bringen und andere Platzbewohner mit dem Löschen beginnen, während in der Ferne Sirenen ertönen, geht Schaller zurück in sein eigenes WoMo und legt sich wieder hin.

*

Ein paar Stunden später klopft es. Schaller trinkt gerade Kaffee, fragt sich, wo seine Frau wohl bleibt. Hat sie vielleicht ihren Schlüssel verloren? Draußen aber steht die Polizei. Zwei Uniformierte, zwei in Zivil, alle mit steinernen Mienen. Sie nehmen seine Personalien auf, fragen, wo er den letzten Tag und die letzte Nacht verbracht hat. Schaller kommt ins Stottern, hat sich nichts zurechtgelegt, muss improvisieren. Darin ist er nicht gut.

Dann kommt der Mann mit dem Hund. Der Hund wird ins WoMo geführt, beginnt fast augenblicklich aufgeregt zu bellen. Die Beamten öffnen die vordere Dinettenbank, einer greift hinter den Wassertank, aha! Er zieht ein Päckchen hervor.

Das Päckchen. Das teure Päckchen, das er gestern in Flensburg gekauft und zwischengelagert hat, um es bei nächster Gelegenheit den Hippies unterzujubeln und die dann zu verpfeifen. Um diesen Schönling Marcel in Cornelias Augen nachhaltig zu diskreditieren. Kein schlechter Plan, denkt er immer noch. Aber nichts, das man der Polizei erzählen könnte. Schaller zuckt also nur die Achseln.

Da steht Cornelia. Mit verschränkten Armen schaut sie zu, wie er abgeführt wird. Ihr Gesichtsausdruck spricht Bände.

Sie bringen ihn nach Kappeln, in die Polizei-Zentralstation Arnisser Straße, nehmen ihm Fingerabdrücke ab, lassen ihn ein Weilchen schmoren. Dann nehmen sie ihn in die Zange.

»Sie sind mehrfach um den fraglichen Wagen herumgeschlichen. Man hat Sie gesehen, es gibt Zeugen.«

»Und Ihre Fingerabdrücke haben wir gefunden. Hinten am Lkw und bestimmt noch anderswo, warten Sie nur ab.«

»Warum haben Sie die Gasanlage manipuliert? Wen sollte es erwischen, den Herrn Cornelsen? Was war ihr Motiv? Hielten Sie ihn für einen Konkurrenten? Er hatte aber gar keinen Stoff bei sich. Im Gegensatz zu Ihnen!«

Es dauert ein Weilchen, bis Schaller begreift, dass dieser Herr Cornelsen der Hippie-Schönling Marcel ist. Und bis er bemerkt, wessen man ihn verdächtigt. Und dass man ihn für einen Rauschgifthändler hält. Jetzt kann er nicht anders, jetzt muss er mit der Wahrheit herausrücken. Aber er merkt schnell, dass er damit zu lange gewartet hat. Man glaubt ihm nicht mehr. Höchstens noch ein Detail:

»Ach, dann war also Eifersucht das Motiv!«

Schaller wird wütend, Schaller schreit. Dann weint er, bettelt, bricht zusammen. Sie schleppen ihn in eine Arrestzelle, nehmen ihm Gürtel und Schuhe ab, geben ihm eine stinkende Wolldecke. Als die schwere Tür hinter ihm ins Schloss fällt, denkt Schaller an den Platz. Den besten Platz von Maasholm. Der ist jetzt sein einziger Trost.

*

Am nächsten Morgen wird er früh geweckt. Sie geben ihm seine Sachen zurück, legen ihm das Protokoll seiner Aussage zur Unterschrift vor. »Sie können gehen«, heißt es dann lapidar. »Um eine Anzeige wegen Verstoßes gegen das Betäubungsmittelgesetz kommen Sie aber nicht herum.«

Schaller gibt sich damit nicht zufrieden, insistiert. Endlich sagen sie ihm, was passiert ist. Diese Frau, der vierte Hippie sozusagen, ist nicht tot, Gott sei Dank. Ist nicht im Wohnlaster verbrannt. Sie ist – besser: war – die Freundin von Marcel Cornelsen. Der ist ein überzeugter Anhänger der freien Liebe, was für einen Späthippie nicht ungewöhnlich ist, ihr jedoch mächtig gegen den Strich geht. Cornelsens jüngstes Techtelmechtel mit Cornelia Schaller hat das Fass zum Überlaufen gebracht. Sie hat daraufhin dem mitreisenden Pärchen das Übernachten am Strand schmackhaft gemacht und dann, während sich Cornelsen mit Cornelia in den Büschen vergnügte, die improvisierte Gasanlage sabotiert. Ja, in der Tat, ein regelrechter Mordversuch, heimtückisch und geplant. Nicht richtig geplant freilich hat die Frau ihre Flucht. Sie wurde aufgegriffen und ist geständig. Und jetzt, bitte, soll Schaller endlich gehen.

Das tut er auch. Wie in Trance.

*

Im Wohnmobil liegt ein verschlossener Brief auf dem Tisch. An ihn. Von Cornelia. Er macht ihn nicht auf. Alles aus, alles kaputt, denkt Schaller. Was für eine trostlose Situation.

Halt. Ein Trost wäre da noch.

Schaller geht hinüber zu dem ausgebrannten Lkw, der

auf dem schönsten Platz von Maasholm steht. Sobald der abgeholt wird, hat er freie Bahn! Bloß nicht den Moment verpassen. Da kommt gerade der Platzmeister, na wunderbar. Gleich mal fragen, wann es so weit ist.

Der Platzwart deutet stumm auf das rechte Hinterrad des Wagens. Schaller erkennt eine Parkkralle. Eine von der wuchtigen Sorte.

»Der Wagen soll bis auf weiteres hier stehenbleiben, sagen die Bullen«, sagt der Platzwart. »Genau hier. Ist ein Tatort. Wegen späterer Untersuchungen und so. Die Karre blockiert uns hier den schönsten Platz. Ist doch Mist, oder?«

Ja. Das findet Schaller auch.

GIB GAS, ALTER!

»Ein schönes Programm, und so lustig!« Die ältere Dame kaufte nach der Konzertlesung noch schnell ein Buch. »Sagen Sie, kann man denn davon auch leben?«, fragte sie die beiden Künstler.

Der Dichter und sein Gitarrist, beide nicht mehr die jüngsten, lächelten freundlich. »Och, das geht schon«, sagte der Dichter. »Man muss sich nur etwas einfallen lassen, dann kommt man klar. Und die Kosten niedrig halten! Darum sind wir mit dem Wohnmobil unterwegs.«

Der Gitarrist nickte bestätigend. »Damit reißen wir ganz schöne Strecken ab, vor allem hier im Emsland. Da heißt es Gas geben!«

Als alle Gäste gegangen waren, fragte der Dichter: »Wie sieht es aus, müssen wir noch zur Bank?«

»Kann nicht schaden«, sagte der Gitarrist. »Ich brauch neue Saiten.«

Sie fuhren bei der Volksbank vor. Der Dichter trat an den Geldautomaten. Der Gitarrist öffnete eine Klappe an der Seite des Wohnmobils und rollte einen Schlauch aus. Gas zischte. Es rummste laut. Glassplitter verfehlten das Fahrzeug nur knapp.

»Sieh zu, dass du morgen auch einen längeren Schlauch besorgst«, sagte der Dichter, als sie wieder durch die Nacht brausten und er Geldscheine zählte. »Der Wagen ist fast neu, ich hab keine Lust auf Schrammen.«

»Ist gut«, sagte der Gitarrist. Lachend gab er Gas.

KLEIN ADLERAUGE

Er visierte lange, hielt die Waffe, so ruhig er konnte, obwohl ihm die Arme zu schmerzen und die Muskeln zu zittern begannen. Plötzlich war er da, ein schwarzer Schatten in seinem Visier, viel zu schnell für Auge und Hand – zunächst. Dann aber stoppte der Schatten ab, dehnte sich weit, machte sich breit und bereit. Das genau war der Moment, so hatte er es geplant. Im selben Augenblick, als das Geschoss seine Waffe verließ, wusste er schon, dass es ein Treffer sein würde.

So war es. Der Pfeil bohrte sich in die Brust des Adlers, der seinen Horst ansteuerte, und riss das Tier mitten in der Landung herum. Ein unglaublicher Schrei hallte durch das kleine Gehölz, während zwei gewaltige Flügel ein letztes Mal wild flatterten. Den Schützen überlief es kalt. Oft schon hatte er das Wort »Todesschrei« gelesen, in den Abenteuerbüchern, die er so liebte. Jetzt aber hatte er zum ersten Mal einen gehört.

Zu Tode getroffen, stürzte der riesige Vogel herab. Der Schütze ließ ihn nicht aus den Augen. Sobald der Körper den Boden erreichte, musste er hin und ihn sicherstellen. Einsammeln und einpacken; einen ausreichend großen Rucksack hatte er extra mitgebracht. Der tote Seeadler war Gold wert. Vielmehr Geld. Zweieinhalbtausend Euro hatten sie ihm versprochen, aber nur, wenn er den Vogel auch anschleppte.

Das Tier stürzte in die Tiefe – einige wenige Meter. Dann wurde sein Fall abrupt gebremst, aufgehalten von seinem eigenen Horst. Genau dort hatte der Seeadler landen wollen. Der Jagdpfeil des Schützen hatte zwar sein Leben beendet, nicht aber sein Vorhaben durchkreuzt. Der Vogel landete wie geplant.

Der Schütze fluchte.

*

»Mit dem Pfeil, dem Bogen! Ich lach mich kringelig!«, hatte der eine gehöhnt. Und der andere meinte nur: »Brotlose Kunst, oder? Mit Fußball oder Tennis kannst du doch später viel mehr Geld machen.« Dann hatten seine Mitschüler ihn stehen lassen in der leeren Turnhalle. Der eine hatte von der Tür her noch gerufen: »Immer mutig, Klein Adlerauge! Zu welchem Stamm gehörst du eigentlich?« Ihr Lachen hatte gehässig geklungen. Keiner der beiden hatte einen Finger gerührt, um ihm beim Abbauen der Scheibenständer oder beim Abhängen des schweren Pfeilfangnetzes zu helfen. War ja klar.

Außenseiter sein war für einen Jugendlichen so ziemlich das Schlimmste. Thure hätte alles dafür gegeben, keiner zu sein. Na ja, fast alles. Einige Dinge eben nicht. Seine Vorliebe für Abenteuerbücher zum Beispiel. Indianergeschichten. Die anderen aus seiner Klasse, wenn sie denn überhaupt lasen, bevorzugten Fantasy oder Science Fiction, postapokalyptische Märchen mit heldischen Altersgenossen. Darin wurde auch so mancher Pfeil von der Sehne geschnellt, und hätte Thure sich auf solche Vorbilder berufen, wäre er damit ansehenstechnisch vielleicht durchgekommen. Weil er das aber nicht tat und weil es ihm nach Ansicht der Wort- und Rudelführer sowieso an Coolness mangelte, ließ man es ihm nicht durchgehen. »Klein Adlerauge« war noch das Harmloseste, das er zu hören bekam.

Beim Fahrradstand sprach ihn ein Mann an, ein unauffälliger Mann mit Bügelfaltenhose und angegrauten Schläfen; sein Sakko sah teuer aus. Thure beäugte ihn misstrauisch, während er sich den Rucksack mit dem zerlegten Bogen und der übrigen Ausrüstung auf die Schultern wuchtete.

»Brotlose Kunst, ja?«, sagte der Mann in mitfühlendem Ton; also hatte er alles mit angehört, dachte Thure und errötete. Am liebsten hätte er sich schnell in den Sattel geschwungen und vom Acker gemacht, aber der Mann blockierte sein Rad. »Und ob du mit deinem Hobby Geld verdienen kannst!«, behauptete er. »Soll ich dir mal verraten, wie?«

Thure konnte nicht widerstehen. »Okay«, sagte er. »Wie viel denn?«

»Zweitausend«, erwiderte der Mann leise. Thures Ohren flammten vor Begeisterung rot auf.

*

Der Baum ragte vor ihm auf wie ein Turm, fast so dick und beinahe so glatt. Thure war nie ein guter Kletterer gewesen, und hier gab es ja nicht einmal erreichbare Zweige, um sich hochzuziehen! Hoch aber musste er, den toten Adler holen. Sonst gab es kein Geld, und alles wäre umsonst gewesen.

Er schaute sich um. Nicht weit entfernt gab es einen Windbruch; kleine und mittelgroße umgestürzte Bäume lagen wild durcheinander. Warum hatte hier noch keiner aufgeräumt? Dies hier war doch ein Nutzwald! Aber vielleicht hatte man das verboten. Wegen des Adlers.

Thure fand einen jungen Baum, den ein größerer beim Fallen gründlich entwurzelt hatte, ohne ihn einzuklemmen, und schleppte ihn zu dem Trumm, auf dem sich der Adlerhorst befand. Mit aller Kraft stemmte er den dünnen Stamm hoch und lehnte ihn schräg an den dicken. Er reichte gerade bis an die untersten Äste. Thure schob Bogen und Köcher unter den nächsten Busch und machte sich an den Aufstieg.

*

Natürlich hatte er nach dem Grund gefragt: »Warum so viel?« Der Bügelfaltenmann hatte es ihm erklärt: »Mein Kunde steht auf Trophäen. Der hat schon alles vom Pottwal-Pimmel bis zum Elefantenkopf – ausgestopft natürlich. Seeadler sind selten, mein Kunde ist reich. Ein paar Tausend Dollar sind für den ein Klacks.« Dollar, das schien ihm so rausgerutscht zu sein, und er korrigierte sich auch sofort: »Euro meine ich natürlich.« Aber seitdem stellte Thure sich den Kunden so vor wie den reichen Texaner aus den *Simpsons*, der immer zwei Colts trägt und jedes Mal, wenn er lacht, wild in die Luft schießt.

»Seeadler sind aber vom Aussterben bedroht!« Thure war mächtig scharf auf das Geld und auf die Selbstbestätigung, aber eine vollkommene Umwelt-Sau war er auch nicht. »Darum sind die bei uns auch so geschützt! Da kann ich doch nicht einfach …«

Der Mann hatte ihm beruhigend die Hand auf den Arm gelegt: »Falsch, mein Junge, falsch. Die Seeadler *waren* bei uns ausgestorben! Jetzt sind sie wieder da, mehr als zwei Dutzend schon. Der Bestand erholt sich. Das ist wie mit den Wölfen; die waren auch weg, dann tat man alles, um sie wieder einzubürgern, und jetzt, wo sie wieder hier sind, wird es nicht mehr lange dauern, bis man Jagd auf sie macht. So weit ist es mit den Seeadler noch nicht, aber lange wird es nicht mehr dauern. Wir greifen der Entwicklung nur ein wenig vor.« Er rieb Daumen und Zeigefinger aneinander: »Außerdem, wie gesagt, sollst du es ja nicht umsonst tun. Was hältst du von zwo-fünf?«

Thure konnte gar nicht anders. Das Nicken kam automatisch.

*

Der kleine Baum war eine Tanne, vielleicht auch eine Fichte, so genau kannte er sich damit nicht aus – jedenfalls piekten ihm die Nadeln schmerzhaft in die Hände, Zweige peitschten ihm übers Gesicht, und innerhalb kürzester Zeit fühlte sich seine Haut klebrig an. Verbissen kletterte er weiter, was immer schwieriger wurde, je näher er dem dünnen Wipfel seines Kletterbaums kam. Am schlimmsten war der Übergang zu den untersten Ästen des Adlerhorst-Giganten. Sein Herz raste, seine Lunge schmerzte, und fast wäre ihm seine Kletterhilfe abgerutscht und zu Boden gestürzt, während er Schwung nahm. Der Gedanke an den Rückweg verursachte ihm Übelkeit. Wie sollte er bloß mit den Füßen voran diese kritische Stelle überwinden, ohne abzustürzen und sich alle Knochen zu brechen?

Ein Problem nach dem anderen. Jetzt kletterte er zunächst mal nach oben, und das ging dank der dicken Äste, die fest aus diesem massiven Stamm ragten, besser als befürchtet. Er bewegte sich wie im Inneren eines Klettergerüsts. Eine Orientierung, wie hoch er bereits gekommen war, hatte er nicht; in jede Richtung, auch nach oben und unten, versperrten ihm Äste und Zweige die Sicht. Das war ein Glück, denn Thure wusste nicht, wie er auf große Höhen reagieren würde.

Spätestens oben beim Adlerhorst würde er es wissen, denn dort gab es freie Sicht.

*

Der Mann hatte ihm fünfhundert Euro angezahlt. Und er hatte ihm einen Zehnersatz Jagdpfeile besorgt, nadelspitz und mit je drei rasiermesserscharfen Schneiden vor den Widerhaken. Widerwärtige Dinger, wenn man bedachte, wozu sie konstruiert waren – dennoch fühlte sich Thure von ihnen fasziniert. Seit Jahrtausenden benutzten Menschen Pfeil und Bogen zur Jagd, und fast ebenso lange schon hatten sie an der Verbesserung dieser Waffe getüftelt. Diese Pfeile hier stellten den Gipfelpunkt einer langen Entwicklung dar, ebenso perfekt wie mittlerweile überflüssig, denn die entwicklungsgeschichtlich jungen Explosions-Schusswaffen übertrafen sie natürlich bei weitem. Aber gerade das reizte Thure, der archaischen Waffe noch einmal zu einem Triumph zu verhelfen. Dem Triumph über den König der Lüfte.

»Ein Jagdgewehr kommt überhaupt nicht in Frage«, hatte der Bügelfaltenmann erklärt. »Der Jagdpächter achtet sehr genau darauf, was in seinem Revier geschieht. Er ist dort selber zwar nicht sehr häufig unterwegs, aber er ist gut vernetzt. Jeder Anwohner würde ihn sofort benachrichtigen, wenn in dem Wäldchen ein Schuss fiele.« Der Mann hatte gelächelt: »Da kommst du uns gerade recht, du Kleinstadt-Indianer!«

Thure war es nicht gewohnt, dass man ihm schmeichelte; das machte ihn misstrauisch. Er begann zu recherchieren, wer dieser Jagdpächter war, und stieß auf eine unerwartete Persönlichkeit: Einen Jäger und Heger, der es mit dem Naturschutz ernst nahm. Einen wohlhabenden Mann, der auch außerhalb Ostfrieslands ein größeres Waldstück besaß. Dort hatte er sich kürzlich mit den Behörden angelegt – erfolgreich, denn der Bau einer geplanten Autobahn war kurz vor dem ersten Spatenstich verhindert worden. Als Begründung diente ein kleines Feuchtgebiet auf einer Waldlichtung, wo eine seltene Krötenart hauste.

Okay, dachte Thure. Von wegen Trophäe! Aber in dieser Ecke Ostfrieslands war doch gar keine neue Autobahn geplant, nicht einmal das kleinste Teilstück. Was also konnte es sein, weswegen der Seeadler weg musste?

Nach einigem Grübeln hatte er sich den Gedanken aus dem Kopf geschlagen. Ein besonderer Tierfreund war er nie gewesen. Und zweitausendfünfhundert Euro waren immer noch eine verlockende Menge Geld.

*

Seine Arme wurden lahm, seine Lunge pfiff, seine Bronchien rasselten. Trotzdem war er irgendwann oben. Mit letzter Kraft zog er sich auf den dicken Ast neben dem Adlerhorst. Der tote Vogel war zum Greifen nahe. Nur noch einen Augenblick verpusten, dachte Thure. Er freute sich auf den Abstieg, obwohl er sich andererseits davor grauste. Aber die Sache musste zu Ende gebracht werden.

Der Baum, in dem der Adler nistete, war ein Stück höher als alle anderen ringsum. Der Ausblick war phantastisch. Nach unten wurde der Blick vom Blätterdach

aufgefangen, das an ein schwach wogendes Meer erinnerte. Thure genoss die Fernsicht.

Am Horizont nahm er Bewegung war. Autos? Nein,
das war weiter weg und musste größer sein. Kreisbewe-
gungen, die nicht von der Stelle kamen. Zackige Räder
an Türmen. Ach ja, Windkraftanlagen!

Und plötzlich wusste er, warum er hier saß. Mit einem
toten Adler. Wegen der Windkraftanlagen, die näher
rücken sollten. Darum also!

Sein Blick fiel auf das tote Tier. Und auf das, was
darunter lag. Grün-graue Ovale, mit Tupfen verziert,
wunderschön. Ein Gelege. Dieser Seeadler nistete hier
nicht nur, er hatte auch gebrütet. Thure fühlte sich
plötzlich grauenhaft.

Dann kam ihm ein neuer Gedanke: Seeadler brüteten
doch nicht allein!

Ein Schatten fiel auf sein Gesicht. Ein wildes Peitschen
der Luft, ein markerschütternder Schrei. Dann schrie
Thure, als ihm die messerscharfen Krallen ins Gesicht
fuhren. Instinktiv riss er die Hände zur Abwehr hoch.

Als er ins Blättermeer tauchte, war da nur noch sein
eigener Schrei. Das Meer trug ihn nicht. Sein Schrei
endete so abrupt wie sein Sturz.

SAUBER

»Sauber!«, fluchte Gregor. »Kein Schuss, keine Bullen, volle Kasse – und was machst du? Verlierst die Beute!«

Mauke zuckte die Achseln. »War doch 'ne super Tarnung, Geldtasche im blauen Müllsack hinten auf 'm Mofa. Ist doch nicht meine Schuld, dass das Ding so glatt ist und mir aus dem Korb flutscht!«

Sie fuhren den Weg mit Gregors Wagen ab, dreimal. Alles stand voller blauer Müllsäcke. »Heute ist Müllabfuhr«, erklärte Mauke, »die blauen Säcke sind für Papier.« Gregor stöhnte. Wie sollte man da den richtigen finden? Das Geld konnte er abschreiben. Er bremste scharf. »Dafür läufst du!«, schnauzte er Mauke an.

Gegen Abend fuhr Mauke die Straße noch einmal mit seinem Mofa ab. Nur noch ein einziger blauer Müllsack stand herum. Ein roter Zettel pappte daran. »Leider wurde dieser Sack falsch befüllt und konnte daher nicht abgefahren werden.«

»Sauber«, murmelte Mauke. Und griff zu.

DIE BEOBACHTER

Als Rolf Bock vor die Tür trat, um die Zeitung hereinzuholen, konnte er sich selber riechen. Kein gutes Zeichen, fand er. Auch die üppigen Schwellungen unter seinem Feinripp-Unterhemd waren keine guten Zeichen. Und die gräuliche Tönung dieses Hemdes ebenfalls nicht.

Ich verkomme, dachte Rolf Bock. Das ist nicht lustig.

Schuld war natürlich die Erbschaft. Rolf Bock hatte geerbt, voriges Jahr, nicht nur dieses Häuschen am Logaer Weg in Leer, dicht am Julianenpark idyllisch gelegen, sondern auch ein gut gefülltes Konto. Von seinem Onkel, den er im Leben höchstens viermal getroffen hatte, die Beerdigung nicht mitgezählt. Freiwillig hatte dieser Onkel ihn sicher nicht bedacht, aber er war kinderlos geblieben, und auch die anderen Zweige der Bock-Familie machten ihrem Namen wenig Ehre. So war denn nur Rolf als gesetzlicher Erbe geblieben.

Er kniff seine verschwiemelten Augen zusammen, da die Sonne schon verdächtig hoch stand und blendete, und bückte sich nach dem Zeitungskasten. Wenigstens brauchte er sich um seine tratschsüchtigen Nachbarn keine Gedanken zu machen. Die Kinder waren um diese Zeit in der Schule, die Hausfrauen einkaufen, die Rentner im Park und der Rest war bei der Arbeit. Das hatte er, Rolf Bock, nicht mehr nötig. Das geerbte Geld langte, vorsichtig eingeteilt, für die nächsten Jahre. Es war nicht genug, um ihn reich zu machen, aber es reichte, um ihm jeden Antrieb zu nehmen, selbst etwas zu verdienen. Verdarb es ihn etwa? Oder legte es nur die sowieso vorhandenen Charakterschwächen bloß?

Man könnte fast meinen, dachte Rolf Bock, mein Onkel hätte etwas gegen mich gehabt.

»Guten Morgen!«

Rolf Bock schreckte hoch. Hatte ihn doch ein Nachbar erwischt, am hellen Vormittag in der Schlafanzughose, vom gestern genossenen Kruiden gezeichnet? Er hob eine Hand über die Augen und blinzelte in die Richtung, aus der der Gruß gekommen war. Eine massive Silhouette zeichnete sich dort ab und gewann, je mehr sich Rolf Bocks Augen ans Tageslicht gewöhnten, an Tiefe. Eindeutig ein Mann. Ein großer und breiter, der auf einem Fahrrad saß, einen Fuß auf dem Pedal, einen auf dem Bordstein, direkt vor seinem Gartentor. Und Himmel, sah der Typ fit aus!

Dann der Schreck: Verdammt, der ist uniformiert. Polizei! Wieso das denn? Rolf Bock durchforstete sein Gewissen, ohne fündig zu werden. Oder war er letzte Nacht in seinem Gewohnheitsrausch etwa zu laut gewesen? Aber die Nachbarn sagten doch sonst nichts.

Noch ein Zwinkern; sein Blick klärte sich zusehends. Das war ja überhaupt kein Polizist! Sah aber fast so aus in seinem kurzärmeligen weißen Hemd mit den Schulterstücken, der schwarzen Bügelfaltenhose und dem stoppelkurzen Putz. Pralle Oberarme schienen die Ärmel sprengen zu wollen, dicke Adern zeichneten Landkarten auf Unterarme und Hände. Ein Fahrradhelm baumelte am Lenker, versehen mit einer Art Abzeichen.

Wenn der Typ kein Polizist war, überlegte Rolf Bock, was war er denn dann?

Mit einiger Verspätung grüßte er zurück. »Ja, äh. Moin.«

Der Radler in der Pseudo-Uniform streckte einen muskulösen Arm aus und reichte ihm etwas herüber. »Hier, bitte schön. Unsere Offerte. Vielleicht ist das ja etwas für Sie.« Der Mann lächelte verbindlich. »Bestimmt sogar ist das etwas für Sie.«

Ganz automatisch griff Rolf Bock zu. Ein Bogen Papier, ein Prospekt, wie es aussah. Wie, war dieser Typ etwa ein Pizzabote, der ins Geschäft kommen wollte? Aber so sah er nicht aus. Und auch der Prospekt sah nicht nach Pizza aus. Sondern eher so … offiziell. Halbwegs. Halboffiziell. So wie der ganze Typ auch.

Die Beobachter stand groß oben drüber. Daneben eine Art Wappenschild, ohne bunte Bildchen drauf, nur mit einem schwarzen Kreuz. Ein Symbol, das sich bei näherem Hinsehen auch auf den Schulterstücken und am Helm des Radlers fand. Was für ein Verein war das denn?

»Wir sind eine Organisation für Sicherheit«, sagte der freundliche Muskelmann. Anscheinend hatte er Rolf Bock die Frage an der Nasenspitze abgelesen. »Zur Abschreckung und Abwehr von Straftätern. Sie wissen ja, Einbrecher, Beschaffungskriminelle, Gewalttäter. Die breiten sich gerne in gutbürgerlichen Stadtteilen wie diesem aus. Wo oft niemand zu Hause ist, weil alle arbeiten sind oder sonstwie zu tun haben.«

Rolf Bock plierte den Mann misstrauisch an; anscheinend aber sollte die letzte Bemerkung keine Anspielung sein. »So, aha«, erwiderte er unbestimmt. »Ist aber wohl doch nichts für mich. Einen Bewachungsdienst kann ich mir gar nicht leisten.« Er reichte dem Radler den Prospekt zurück.

Der Muskelmann ignorierte das hingehaltene Blatt. »Ach, das glaube ich kaum. Wir sind wirklich preisgünstig im Moment. Markteinführung, Sie verstehen. Fünfundzwanzig Euro im Monat.«

»Fünfundzwanzig nur.« Das war ihm so rausgerutscht, und Rolf Bock ärgerte sich gleich darüber. Natürlich schwächte es seine Ablehner-Position deutlich. »Ach. Was können Sie denn für fünfundzwanzig Euro an Leistung erbringen?«

Der Radler lächelt siegesgewiss, als sei der Abschluss schon so gut wie getätigt. »Nun, wir beobachten, klar, wie der Name schon sagt. Wir kommen in unregelmäßigen Abständen durch Ihre Straße, unberechenbar sozusagen, aber immer gut zu erkennen. Sowie uns etwas auffällt, offene Türen oder Garagen, kaputte Zäune oder gar Fensterscheiben, klingeln wir und fragen, ob alles klar ist. Wenn keiner antwortet, rufen wir sofort die Polizei. Im Grunde ganz einfach, nicht?«

»Stimmt«, sagte Rolf Bock, »sehr einfach.« Total simpel, dachte er dabei. Warum war wohl nicht schon früher jemand drauf gekommen?

»Und?«, fragte der Radler. »Was meinen Sie?«

»Ich weiß nicht.« Er nahm das Blatt, das der Muskelmann nach wie vor ignorierte, faltete es zusammen und steckte es in die Tasche seiner Jogginghose. »Muss ich mir erst noch überlegen.« Innerlich bereitete er den geordneten Rückzug vor. Lästig, diese Hausierer, dachte er, obwohl seit Jahren keiner mehr bei ihm gewesen war.

»Das sollten Sie.« Der Radler grinste ihn unverdrossen weiterhin an. »Ihre Nachbarn haben schon alle unterschrieben. Also, beinahe alle. Jedenfalls alle rechts und links von Ihnen.« Sein Lächeln wurde fast anzüglich.

»So, ich muss weiter. Meinen Plan einhalten. Den unberechenbaren!« Er stemmte ein muskelbepacktes Bein in die Pedale. »Geben Sie sich einen Ruck! So wollen doch nicht als Einziger hier schutzlos bleiben?« Ein gewinkter Gruß, und weg war er.

Rolf Bock schloss die Tür hinter sich, froh, wieder im Schutz seines halbdunklen Flures zu sein. Das Werbeblatt ließ er beiläufig in den Papiermüllsack fallen. *Die Beobachter*, ha! Die konnten ihn mal. Fünfundzwanzig Euro für nichts waren immer noch zu teuer.

Der Garderobenspiegel hielt ihn auf. Was er darin sah, gefiel ihm gar nicht, nicht nur wegen der Grautönung seines Unterhemds. So ging das nicht weiter, er musste dringend mal wieder etwas für sich tun. Die richtigen genetischen Anlagen hatte er doch, das wusste er von früher. Also los, dachte er, ab ins Fitnessstudio! Das kostete zwar mehr als fünfundzwanzig Euro im Monat, dafür war das Geld dort wenigstens gut angelegt. Und die Sache mit dem Selbstschutz erledigte sich dabei von alleine.

*

»Zweiundzwanzig, dreiundzwanzig. Na los, da geht noch was!« Die hochgewachsene Blonde mit dem Schrägpony, die seine Trainerin mimte, klopfte ihm ins Kreuz, dass die Griffe der Zugstange fast seinen schweißnassen Händen entglitten wären. »Immer schön den Rücken gerade! Weiter, immer weiter, bis es nicht mehr geht. Fünfundzwanzig! Und dann noch einmal extra.« Ein Blick auf die Gewichtseinstellung ließ ihre Mundwinkel sinken: »So viel liegt doch nun wirklich nicht auf.«

Rolf Bock ächzte, biss die Zähne zusammen und zog sich die Stange noch dreimal bis auf die Schultern, dann war sein Latissimus endgültig ausgelaugt. Sehr gut, dachte er, das wird den blöden Muskel lehren, dass es so nicht reicht. Dann wird er ja wohl wachsen.

»Okay. Kurz lockern und ausschütteln, Schluck trinken, und dann weiter mit den Crunshes. Weißt ja Bescheid. Bin mal kurz da drüben.« Ihre langbeinige, flache Silhouette mit dem tiefen und tief gebräunten, aber pickeligen Rückenausschnitt entschwand in Richtung Hantelbänke. Dort hatten sich gerade ein paar ölglänzende Stammkunden eingefunden, die längst keine Tipps mehr nötig hatten, aber wohl eher ihre Kragenweite waren.

Rolf Bock schnaufte durch und trabte brav zu den kunststoffbezogenen Liegen mit den gepolsterten Beinstützen, um wie befohlen seine Bauchmuskeln zu foltern. Unterwegs stoppte er vor einem der vielen übermannshohen Spiegel und musterte sich. Doch, da war schon etwas passiert in den letzten Wochen.

Und nicht nur das. Auch anderes war passiert.

Ein lauter Schlag wie von schweren Schmiedehämmern ließ ihn herumfahren. Jemand hatte gerade seine Übungen am *Hackenschmidt*, einer sogenannten Beinpresse, beendet und die Gewichte etwas unsanft herab sausen lassen. Ein großer Kerl mit Muskeln wie Gebirgslandschaften und Adern wie Straßen in einem Autoatlas. Jetzt richtete er sich auf. Rolf Bock erkannte ihn sofort, auch ohne weißes Hemd mit Schulterstücken und schwarzer Bügelfaltenhosen.

Auch der Muskelmann schien ihn sofort einordnen zu können. »Hallo, Herr Nachbar! Na, noch mal nachgedacht über mein Angebot?«

»Ja, nee, hallo – wieso Nachbar?«

»Na ja, Nachbar meiner Kunden halt, nicht wahr?« Der Muskelmann tupfte sich mit einem weißen Handtuch die Schweißperlen von seinem breiten Grinsen. »Auf die habe ich ja immer ein Auge, wie Sie wissen. Jeden Tag, in unregelmäßigen Abständen. Völlig unberechenbar, sozusagen.«

»Ach so.« Rolf Bock nickte verwirrt. Schweiß rann ihm in die Augen, und er tastete nach seinem Handtuch, das natürlich nicht so blütenweiß war.

»Und sonst so? Alles in Ordnung bei Ihnen?« Der andere schien in Plauderlaune, musste seinen Puls vor der nächsten Übung wohl noch hinuntertreiben.

»Wie? Ja, klar. Alles in Ordnung.« Rolf Bock rubbelte sich den Nacken.

»Das ist ja schön.« Der Muskelmann fixierte ihn, immer noch grinsend. »Wirklich?«

»Wieso wirklich? Was soll schon sein?«

»Ich meine ja nur.« Der andere ließ seine Schultern rollen; ein imposanter Anblick. »Hatten Sie in Ihrem Vorgarten nicht mal diese netten Zwerge?«

»Ach die.« Rolf Bock spürte, wie ihm das Blut in die Wangen stieg. Zum Glück konnte das auch von der Anstrengung herrühren. »Blöde Dinger. Erbstücke, gar nicht mein Geschmack. Hab' sie nur aus Gewohnheit stehen lassen. Aber inzwischen sind die ja entsorgt.«

»Ja, richtig.« Der Muskelmann nickte. »Mittwoch vor zwei Wochen. Ein zusätzlicher grauer Restmüllsack.«

»Woher wissen Sie ...« Rolf Bock blieb der Mund offen stehen.

»Wir wissen eine Menge. Heißen ja nicht umsonst *Die Beobachter*.« Der andere erhob sich; seine

Regenerationspause war wohl um. »Ich weiß zum Beispiel auch, dass jemand Ihre Zwerge kaputtgeschlagen hat, als Sie einkaufen waren. Bei einem meiner Kunden hätte das Konsequenzen gehabt. Für den Täter.« Er warf sich das Handtuch um den Hals und zog die Enden straff. Seine Armmuskeln schienen die Haut sprengen zu wollen. »Sie sollten sich unser Angebot wirklich noch einmal überlegen.«

Wütend ballte Rolf Bock die Fäuste; sein Knurren aber erreichte nur noch den breiten Rücken des Muskelmannes. Ein Blick in den Spiegel machte ihm klar, dass seine Armmuskeln noch lange nicht dessen Format besaßen.

*

Als Rolf Bock zwei Tage später wieder ins Studio trainieren ging, war der Muskelmann nicht dort. Als er aber zwei Stunden später wieder zu Hause eintraf, war eine der kleinen Glasscheiben in seiner Haustür kaputt.

Er fragte seine Nachbarn rechts und links. Keiner hatte etwas gesehen. »Sie sollten sich besser schützen«, riet ihm die ältere Dame vom Nachbarhaus rechts. »Die jungen Leute heute, schlimm! Keine Erziehung, keiner sagt denen mal was. Früher haben die mir oft den Vorgarten zertrampelt. Vor ein paar Wochen war sogar mein Briefkasten plötzlich weg! Aber seit ich meinen Beitrag an *Die Beobachter* zahle – nichts mehr!«

Rolf Bock bedankte sich für den Rat. Zähneknirschend.

*

Zwei weitere Tage später hatte sein Regenrohr zwei Dellen und einen tiefen Riss. Und abermals nach zwei

Tagen hatte ihm jemand drei Zaunlatten kaputtgetreten.

Rolf Bock wechselte seinen Trainingsrhythmus, ließ einen Studiotermin aus und legte sich stattdessen auf die Lauer, blieb fast die ganze Nacht lang wach. Nichts passierte. Am nächsten Vormittag ging er sich wieder schinden: Armcurler, Brustpresse, Hackenschmidt und das Ding für die hintere Beinmuskulatur, das er bei sich nur *Mulitrainer* nannte, weil die Bewegung stark an das Ausschlagen eines störrischen Huftieres erinnerte. Todmüde kam er nach Hause zurück.

Sein Haus sah aus wie gescheckt. Jemand hatte es mit Farbbeuteln beworfen.

Die Sporttasche entglitt Rolf Bocks schweißfeuchten Fingern. Seine Kiefernmuskeln verkrampften sich. Jetzt, dachte er, jetzt war es genug. Vielmehr: Jetzt war es zu viel!

Schnurstracks fuhr er zur Polizeiinspektion in der Georgstraße. »Anzeige wegen Sachbeschädigung?« Ein stämmiger Beamter mit weißblonden, kurzen Haaren, der sich als Hauptkommissar Stahnke vorstellte, nahm sich seiner freundlich und gewissenhaft, aber ohne übermäßige Eile oder gar Aufregung an. »Es passiert ja so viel heutzutage. Die Eltern haben ihren Nachwuchs einfach nicht mehr im Griff.«

»Was heißt hier Nachwuchs? Woher wollen Sie das wissen?« Rolf Bock war drauf und dran, seinen eigenen Verdacht, ach was, seine Überzeugung darzulegen und zu Protokoll zu geben. Dann aber kam ihm ein Gedanke, und er überlegte es sich anders.

»Haben Sie denn einen konkreten Verdacht?«, fragte der Kriminalbeamte und musterte ihn kritisch aus wasserblauen Augen.

Rolf Bock schüttelte den Kopf.

»Also Anzeige gegen Unbekannt.«

Als Rolf Bock wieder vor seinem Haus stand und sich die farbige Schweinerei betrachtete, knarrten hinter ihm Fahrradbremsen. Ganz langsam drehte er sich um. Wie nicht anders zu erwarten, stand dort der Muskelmann, Gesäß im Sattel, einen Fuß auf der Pedale, einen auf dem Bordstein, Hemd und Hose tadellos gebügelt, und reichte ihm grinsend einen seiner Prospekte.

Rolf Bock nahm ihn kommentarlos an.

*

Das Geschäftshaus an der Hauptstraße sah neu aus, groß und ein wenig angeberisch. Rolf Bock vergewisserte sich mit einem Blick auf das Werbeblatt: Ja, die Adresse stimmte. Allerdings wurde der größte Teil des Gebäudes von einer Inkassofirma genutzt. *Die Beobachter* hatten hier nur einen Briefkasten, ein Klingelschild und ein verschlossenes Büro.

Rolf Bock ging zurück zu seinem Wagen, fuhr ein paar Meter weiter, parkte unauffällig wie möglich und begann zu warten. Die Zeit zog sich hin, Hunger und Durst begannen ihn zu quälen, und die Blase drückte. Dann aber erschien tatsächlich der Muskelmann. Er stellte sein Fahrrad ab, leerte den *Beobachter*-Briefkasten, schloss sein Büro auf und verschwand darin. Keine zehn Minuten später kam er wieder heraus, schloss hinter sich ab, schwang sich auf sein Rad und sauste davon, die viel befahrene Hauptstraße in einem ebenso riskanten wie eleganten Bogen schneidend. Dann war er verschwunden, und das Büro der *Beobachter* lag wieder ebenso ruhig und verlassen da wie zuvor.

Rolf Bock startete seinen Motor, fuhr zu einer nahegelegenen Dönerschmiede, erleichterte und versorgte sich und nahm wenige Minuten später seinen Beobachterposten wieder ein. Nach weiteren drei Stunden hatte er genug gesehen und machte sich auf den Heimweg.

Sein Haus sah wieder aus wie zuvor; die Farbe hatte sich zum Glück als abwaschbar erwiesen. Allerdings stand die Garage sperrangelweit offen. Mitten in der Toröffnung lag eine tote Ratte.

Rolf Bock gab keinen Ton von sich. Er holte einen Müllsack und ein Paar Einweghandschuhe und entsorgte das Tier. Dann schloss er die Garage und ging ins Haus.

*

Am Donnerstag war Magnus Meints einer der Letzten, die das Fitnessstudio verließen. Natürlich variierte er seine Trainingszeiten, schließlich galt es, in jeder Hinsicht unberechenbar zu bleiben. Tatsächlich jedoch pumpte der Muskelmann jeden dritten Donnerstag sein Eisen erst am späten Abend. Auch ein Unberechenbarer hatte eben seine festen Zeiten. Aber um die herauszubekommen, hätte man schon ein *Beobachter* sein müssen, dachte er und schwang sich pfeifend aufs Rad.

Feierabend hatte er noch lange nicht. Den hatte man kaum einmal als Selbstständiger, schon gar nicht, wenn man sein eigener Chef und einziger Mitarbeiter war. Auch heute waren noch ein paar Dinge zu erledigen, die den Schutz der Dämmerung ganz gut gebrauchen konnten. Tagsüber fuhr er seine Touren – stets unberechenbar! – und verteilte seine Prospekte. Auch die freundlichen Mahnungen an diejenigen, die sein doch wirklich überzeugendes Angebot ausschlugen, verteilte er in der Regel tagsüber. Wenn man nur wusste, wer wann zu Hause war und wer wann nicht, war das kein Problem.

Manche Leute allerdings blieben auch dann noch stur. Dann durfte man natürlich nicht nachgeben, sonst war ja die ganze Überzeugungskraft im Eimer. Dann musste man andere Saiten aufziehen. Und das tat man am besten nicht bei Tageslicht.

Heute war wieder einer dran. Einer von den ganz Halsstarrigen. Rolf Bock hieß er. Die heutige Lektion würde schmerzhaft für ihn sein. Markus Meints grinste. Vier Wochen an Krücken würden ihm schon ausreichend zu denken geben.

Natürlich hatte er sich dazu etwas Besonderes ausgedacht. Eine kleine Anspielung auf Gemeinsamkeiten. Eine Zehn-Kilo-Kurzhantel hatte er aus dem Studio mitgehen lassen. Die würde mit den Mittelfußknochen dieses dickfelligen Burschen kurzen Prozess machen. Und einen gewissen Erinnerungswert hatte sie außerdem.

Dort, wo der Radweg durch den Park führte, hielt der Muskelmann an, holte ein dunkles Sweatshirt und eine schwarze Motorradmaske aus seiner Sporttasche und zog beides an. Die Hantel ließ er in der Tasche, bei seinen anderen Utensilien. Noch. Dann schwang er sich wieder auf sein Rad, fuhr an, ohne das Licht einzuschalten, nahm Fahrt auf, schaltete hoch, schoss aus der Deckung des Parks heraus und überquerte die um diese Zeit verlassene Straße in einem eleganten Bogen.

Ein Motor heulte. Reifen drehten kreischend durch. Ein unbeleuchtetes Auto kam aus einer Einfahrt hervorgeschossen. Markus Meints bremste mit aller Kraft, aber es war zu spät. Der Wagen erfasste ihn voll von der Seite und schleuderte ihn hoch. Er rutschte über die Motorhaube und stürzte auf der anderen Seite auf die Straße, während sein Rad überrollt und zerdrückt wurde. Sein Fahrradhelm, der wie immer am Lenker gehangen hatte, hopste in hohem Bogen davon. Die Sporttasche platzte auf. Mit einem metallischen Klingeln rollte die verchromte Hantel übers Pflaster; sie funkelte im Licht plötzlich aufflammender Autoscheinwerfer.

Markus Meints stöhnte; anscheinend hatte er sich das Bein gebrochen. Mist, verfluchter! Solch ein Missgeschick hätte doch jemand ganz anderen treffen sollen! Damit fiel er mindestens drei Wochen lang arbeitsunfähig aus. Und wer sollte in dieser Zeit sein Geschäft führen?

Der Fahrer stieg aus. Ganz ruhig, als hätte er alle Zeit der Welt. Er bückte sich nach der Hantel, und als er zugriff, erfassten die Scheinwerfer sein Gesicht.

Es war Rolf Bock.

Er trat näher und ging neben dem Muskelmann in die Hocke. »Es gibt da so ein Sprichwort«, sagte er leise. »Ich glaube, es geht so: Wenn du eine Waffe hast, dann denke daran, dass sie auch gegen dich gerichtet werden kann.«

»Was?«, stammelte der Muskelmann. »Ich verstehe nicht.«

»Soll heißen, *beobachten* kann ich auch«, sagte Rolf Bock.

Der Muskelmann schüttelte den Kopf. War dieser Typ denn völlig verrückt? »Wollen Sie denn nicht endlich einen Krankenwagen rufen?«, stieß er stöhnend hervor. »Ich habe Schmerzen!«

»Schmerzen?« Rolf Bock hob die Hantel. »Keine Sorge, die sind gleich vorbei.«

*

Als Polizei, Notarzt und Leichenwagen wieder ab-gerückt waren, rieb sich Rolf Bock die Hände. Alles war nach Plan gelaufen. Die mahnende Ankündigung, dass seine rasante Fahrweise noch näher untersucht und womöglich mit einer Geldbuße belegt werden würde, sorgte ihn nicht. Die eigentliche Schuldfrage war geklärt. Dass dieser Muskelmann ihm maskiert, unbeleuchtet und mit Einbruchswerkzeug nebst ge-stohlener Hantel in der Sporttasche direkt vors Auto gerast war, sprach eine eindeutige Sprache. Seinen Tod durch Genickbruch hatte der Typ sich eindeutig selbst zuzuschreiben.

Problem gelöst! Oder vielmehr: die Probleme. Plural. Vor allem das, das ihn schon so viel länger plagte als der *Beobachter*.

Vor dem Flurspiegel spannte Rolf Bock seine Armmus-keln an. Ganz schön respektabel, fand er, ebenso wie die Struktur seiner Adern. Noch nicht so eindrucksvoll wie bei dem toten Muskelmann, aber viel fehlte nicht mehr. Jetzt konnte er sich wieder sehen lassen. Weil er endlich wieder ein Ziel vor Augen hatte.

Ein weißes, kurzärmliges Hemd und eine schwarze Hose würden ihm auch gut stehen, dachte Rolf Bock. Schließlich würde sein Erbe nicht ewig reichen, und er wollte auch nicht wieder verkommen. Initiative entwickeln, den Hintern hochkriegen, aus dem Quark kommen! Genau das hatte er getan.

Solch eine gute Geschäftsidee wie *Die Beobachter* war doch viel zu schade, um sie womöglich einem anderen zu überlassen.

ALLES AUF LINIE

»Jubi!«, sagte Schwarz und legte den Kopf in den Nacken.

»Linie!«, erwiderte Henner Grauh, den sie alle Pinky nannten, und trank ebenfalls.

»Ach watt.« Schwarz knallte sein Aquavitglas auf den Tisch. »Linie ist dumm Tüch, schmeckt irgendwie unnatürlich. Jubi, das ist der wahre Stoff.«

»Linie ist besser.« Pinky blieb stur. »Sieht man ja auch schon daran, dass er mehr kostet.«

»Ach ja?« Schwarz, der sich so kleidete, wie er hieß, immer, und den sie deshalb auch so nannten, schlug routiniert die Speisen- und Getränkekarte auf. »Hier, Jubiläums-Aquavit, und da Linie-Aquavit, kosten beide gleich. Was sagste nu?«

»Noch zwei!«, rief Pinky, denn draußen vor dem Priölken huschte gerade ein Kellner vorbei. »Haben wir uns hier eigentlich nur getroffen, um über Schnaps zu reden?«, maulte er. Dann stutzte er: »Ach richtig, stimmt ja. Genau deswegen.«

Schwarz hing breit in seiner Polsterbank und sah wichtig aus. Das tat er meistens, aber hier in den Priölken ganz besonders. Diese edlen Séparées waren das Exklusivste, was der ohnehin schon altehrwürdige Bremer *Ratskeller* zu bieten hatte. Hinter dunklem Holz und schweren Portieren wurden schon seit Jahrhunderten lukrative Geschäfte abgewickelt. Wer hier tagen wollte, musste lange im Voraus buchen oder gute Connections haben. Am besten beides.

So wie Schwarz.

»Schnaps also.« Schwarz nickte auffordernd. »Was hast du denn? Wie viel, und wo?«

»Was du willst«, sagte Pinky. »Gin, Rum, Wodka, Sambuca – und natürlich Aquavit. Vier Container voll. In Bremerhaven.«

»Freihafen?«

»Logisch.«

»Und was für Stoff ist das? Gepanschtes Zeugs? Oder schwarz gebrannter, von dem man blind wird?« Er lachte rau. »Ich würde ja ein Auge riskieren. Aber gleich alle beide?«

»Nichts dergleichen.« Pinky schüttelte energisch den Kopf. »Die Ware ist einwandfrei. Stammt aus Russland, Polen, Italien, Norwegen. Lauter erste Adressen. Die machen sich doch nicht den eigenen Markt kaputt. Hab selber probiert. Spitzenqualität!« Pinky leckte sich die Lippen; seine Gesichtsfarbe kam nicht von ungefähr.

Der Kellner kam, brachte die beiden Schnäpse, deutlich zu unterscheiden an den unterschiedlichen Gläschen. »Der Jubi ist für mich!«, stellte Schwarz sofort klar. »Geh mir bloß weg mit dem anderen Zeug!«

Der Kellner blieb höflich, nickte und verschwand.

»Prost.« Schwarz hob sein Glas.

»Auf den guten Stoff.« Pinky schlürfte seinen Aquavit, während Schwarz seinen kippte. Banause, dachte Pinky. Der hat doch keine Ahnung. Von wegen, Jubi schmeckt besser als Linie! Aber er sollte ruhig meckern. Das hieß ja nur, dass er den Preis drücken wollte. Und das hieß, sie waren so gut wie im Geschäft.

»Unverzollter Schnaps also«, sagte Schwarz und wiegte seinen Kopf. »Illegales Zeug, keine Lebensmittelkontrolle, kein gar nichts. Du kannst mir ja viel erzählen von wegen Erzeugerabfüllung und so! Wetten, dein Fusel taugt höchstens zum Desinfizieren? Oder als Unkrautvernichter! Also, eins sag ich dir, viel kriegst du dafür nicht.«

Sehr gut, dachte Pinky, er hat angebissen. Der Rest war Verhandlungssache. Kein Problem, der Abend war ja noch jung. Wieder signalisierte er dem Kellner. »Nachschub!«

Containerumschlag hatte etwas Gespenstisches, fand Pinky, vor allem bei Dunkelheit. Gebirge von riesigen Metallboxen, gewaltige Maschinen, gleißendes Licht und tiefe Schatten, so gut wie keine Menschen. Was für ein Ort, um jemanden verschwinden zu lassen! Aber natürlich auch, um jemanden zu treffen.

Schwarz zum Beispiel. Der hob sich vom dunklen Hintergrund erst ab, als er den Mund öffnete. »Mach mal auf hier!« Seine Zähne waren beneidenswert weiß.

Die Türmechanik war rostig und kreischte, aber das Geräusch wurde vom Umgebungslärm aufgesogen. Häfen hatten eben nie Feierabend. Pinky leuchtete in den Container hinein: Kartons bis zur Decke. Schwarz riss einen auf, entnahm eine Flasche, betrachtete missmutig das Etikett. »Was soll das denn heißen? Kann doch kein Mensch lesen! Müssen wir alles neu machen. Weißt du, was das kostet?«

»Das ist Norwegisch.« Pinky zuckte mit den Schultern. Innerlich jubelte er. Schwarz wollte das Zeug, eindeutig! Dabei hatte er schon befürchtet, dieser Stoff könnte sich als Lagerblei erweisen. Aber wenn er sich mit Schwarz einig wurde, war er saniert. »Neue Etiketten sind gar nicht nötig«, erklärte Pinky. »Du verkaufst doch direkt an Großhändler und Gastronomen! Die verstehen schon, was da drauf steht, und die erkennen auch, was gut ist. Und dass der Stoff unversteuert ist, sieht doch keiner. In Deutschland gibt es für Schnaps ja keine Steuerbanderolen.«

Schwarz schraubte die Flasche auf, schnupperte und nahm einen Schluck. »Was für ein Fusel!«, krächzte er. »Das ist kein Jubi, das ist Linie! Hab ich doch immer gesagt, Linie schmeckt nicht.« Er verzog sein Gesicht. Das aber kostete ihn einige Anstrengung, das konnte man sehen. In Wahrheit war das guter Stoff, allemal gut genug für deutsche Kneipen, Restaurants und Supermarkt-Regale. Nur eben unverzollt. Damit illegal, aber auch billig.

Na ja, und geklaut außerdem. Vielmehr abgezweigt. Auch ein Grund, warum Pinky den Inhalt der vier Container so schnell wie möglich verticken wollte. Das Zeug war heiß, und er wollte sich nicht die Finger daran verbrennen. Wenn sich schon einer verbrannte, dann Schwarz. Dessen Finger waren ihm egal.

»Erzähl mir etwas über den Stoff hier«, forderte Schwarz. Die Flasche behielt er in der Hand.

»Was gibt's da viel zu erzählen.« Pinky wog ab; eine Prise Information musste er Schwarz schon zukommen lassen, irgendetwas Überprüfbares. Dann durfte der Rest schön im Dunklen bleiben. »Meine Partner und ich, wir kaufen den Schnaps in Italien, für den deutschen Markt, also steuerfrei. Das ist völlig legal, solange das Zeug dann in einem deutschen Steuerlager landet. Was in diesem Fall leider nicht geklappt hat.« Er kicherte. »Hat sich verlaufen! Kann bei so vielen Prozenten ja auch mal passieren.«

Schwarz war nicht zum Kichern zumute. »Sowas fliegt doch auf, du Dödel! Die Zollbehörden überprüfen die Bestände in solchen Lagern regelmäßig, hier wie dort. Deinen Irrläufer kriegen die ganz schnell raus. Und was machst du dann?«

»Dann«, sagte Pinky, »zeige ich ihnen meine Unterlagen, aus denen ganz klar hervorgeht, dass die Ware nach Albanien gegangen ist! An Firmen, die den Empfang ordnungsgemäß bestätigt haben. Damit ist die Versteuerung eine albanische Angelegenheit, und der deutsche Zoll ist zufrieden und draußen.«

Schwarz nickte anerkennend. »Und diese Firmen sind natürlich …«

»Scheinfirmen, was sonst.« Dass es nicht seine Scheinfirmen waren, behielt Pinky für sich. »Natürlich gibt es auch noch ein paar Strohmänner in Albanien und ein paar Zöllner in Italien, die die Hand aufhalten. Aber bei dem Umfang, den dieses Business hat, ist das allemal drin.« Zumal es ja nicht Pinky war, der diese Leute bezahlte. Aber auch das ging Schwarz nichts an.

Schwarz nickte. »So weit, so gut. Lass mich noch eine Nacht drüber schlafen. Wir treffen uns morgen, dann reden wir über den Preis.« Er nickte Pinky zu und hob die Flasche, die er immer noch in der Hand hielt. »Die hier nehme ich mit.«

»Das mach mal.« Pinky strahlte in die Dunkelheit. »Prost Linie!«

Schwarz knurrte etwas Unverständliches, dann war auch er in der Nacht verschwunden.

Pinky traf Schwarz wieder in demselben Priölken. Hatte sein Geschäftspartner dieses exklusive Séparée etwa dauerhaft angemietet? Dann musste er ja richtig gut im Geschäft sein. Umso besser, dachte Pinky, dann kann er auch zahlen.

Schwarz trank Bier, Pinky Pfefferminztee. Der nächtliche Ausflug nach Bremerhaven war ihm auf die Bronchien geschlagen. »Und?«, fragte er, als der Kellner sich zurückgezogen hatte. »Gut geschlafen?«

Schwarz nickte. »Ich schlafe immer gut. Reines Gewissen und so.«

Pinky lachte, was einen Hustenanfall auslöste. Schnell spülte er mit einem Schluck Tee, aber der war noch viel zu heiß, und anschließend hatte er das Etikett vom Beutel im Mund.

»Nicht so hastig, Pinky.« Schwarz wischte sich den Schaum von der Oberlippe. »Hektische Aktionen führen zu nichts. Alles will gut überlegt sein, das ist das Geheimnis der Porzellankiste oder so. Nimm dir ein Beispiel an mir. Ich überlege mir immer genau, was ich tue.«

»Vorbildlich.« Pinky fischte seinen Teebeutel mit dem Löffel aus dem Glas, wickelte das Bändchen darum und quetschte ihn aus. »Und was ist dabei rausgekommen? Beim Überlegen, meine ich. Sind wir im Geschäft?«

»Von mir aus ja.« Stumm prostete Schwarz ihm zu. »Jetzt muss nur noch der Preis stimmen. Also, was setzt du an?«

Natürlich hatte Pinky sich das genau überlegt. Sein Preis musste günstig sein, damit für Schwarz eine schöne Profitspanne blieb. Aber auch nicht so günstig, dass er Verdacht schöpfte. Schließlich musste Pinky ja so tun, als müsste er seine Lieferanten bezahlen, die Produzenten, die Strohmänner, die Scheinfirmen und die korrupten Zollbeamten. Also musste das, was er verlangte, so viel sein, dass er all das damit abdecken konnte und noch etwas für sich behielt. Theoretisch. Ging ja keinen was an, dass es da nur eine Hand gab, die aufgehalten wurde, außer seiner. Genau gesagt, durfte das auf keinen Fall einer wissen.

Pinky sagte seinen Preis. Schwarz maulte und motzte und feilschte und handelte herunter, genau wie erwartet. Aber letztlich einigten sie sich doch schneller als gedacht. Pinky war mit sich zufrieden. »Darauf einen Aquavit!«, schlug er vor, allem Husten zum Trotz.

»Ich Jubi, du Linie«, bestätigte Schwarz.

Zu Hause legte Pinky sich erst mal hin. Sein Kopf war heiß, fühlte sich nach Fieber an. Ob ihm deswegen so euphorisch zumute war? »Ich liebe es, wenn ein Plan funktioniert!«, krächzte er und prostete sich selber mit der heißen Milch mit Honig zu, die auf seinem Nacht-tisch dampfte.

Dabei war die Sache doch so einfach! Man musste nur drauf kommen. Pinky war drauf gekommen, als er mal wieder den Containerhafen durchstreift und dabei mitbekommen hatte, wie alles nach einem verschwun-denen Container suchte, der laut Bestandsanzeige hätte da sein müssen, aber einfach nicht aufzufinden war. Das hatte ihn neugierig gemacht. Von aufgebrochenen und ausgeräumten Riesenbüchsen hatte er schon gehört, aber dass einer die Dinger gleich ganz mitnahm, das klang interessant.

Eine Woche später war der Container dann plötzlich wieder da. Tatsächlich war er nie weg gewesen. Jemand hatte versehentlich die Aufkleber mit den codierten Daten entfernt, und beim Kontrollscannen war das

Ding nicht erkannt worden. Zwölf Meter lang war so ein Container, fast zweieinhalb Meter breit und hoch – aber wenn er nicht im Computer stand, dann war er einfach nicht vorhanden, mochte er noch so massiv an seinem Platz stehen.

Da hatte es bei Pinky »klick« gemacht. Und wenig später hatte er den Mann gefunden, den er brauchte, um solche Blechbüchsen verschwinden und zur richtigen Zeit am richtigen Platz wieder auftauchen zu lassen. Der Typ hieß Walter Weiß und nannte das »auslisten«. Pinky kannte ihn noch aus der Zeit, als er mit gefälschten Turnschuhen gedealt hatte. China-Ware, hübsch anzusehen, aber tödlich für jeden Fuß. Und die Dinger stanken schon vor dem ersten Tragen mörderisch. Damals hatten Pinky und Weiß noch Container aufgebrochen und das Zeug im Dutzend vertickt, quasi nebenberuflich. Das lohnte sich aber nicht mehr, seit die Kontrollen verschärft worden waren, auch auf den Straßenmärkten. Und sie hatten es ja auch nicht mehr nötig.

In welchen Containern der begehrte Schnaps war, hatte Weiß gewusst. Irgendwann einmal war beim Verladen Bruch passiert; eine der Transportlaschen war verbogen, der Stapler hatte nicht gefasst und eine Containerecke war heftig auf den Boden geknallt. Anschließend war eine Flüssigkeit aus der Büchse herausgesickert. Erst wollte Weiß Alarm schlagen, wegen Chemieunfall und so, aber dann hatte er genauer hingeschnuppert. Es hatte nicht gefährlich gerochen, sondern gut, scharf und würzig. Eindeutig Aquavit.

Weiß hatte den Vorfall gemeldet. Sein Chef hatte den Besitzer informiert und angeboten, die Versicherung zu benachrichtigen. Das hatte der Eigentümer aber nicht gewollt, komischerweise. Kleinigkeit, kann doch mal passieren, nur kein Aufhebens machen und so. Walter Weiß hatte Pinky das erzählt. Interessant, hatte der gedacht. Und dann war sein Plan auch schon fertig gewesen.

Die großzügige Eigner-Firma trug den Namen Girotondo. Auf deutsch hieß das so viel wie Ringelreihen – auf was für Ideen die Italiener kamen! Für Weiß war es ein Leichtes, die nächsten Lieferungen ausfindig zu machen und zu verfolgen. Gemeinsam mit ihm hatte Pinky überlegt, wann und wie oft sie zuschlagen sollten. Resultat: bald und nur einmal, aber richtig. Als wieder vier gehaltvolle Container eingetroffen waren, hatte Pinky das Signal gegeben. Walter Weiß hatte die Container zunächst virtuell verschwinden lassen, sie dann umetikettiert und an einen neuen Standort transportiert. »Sie stehen jetzt bei den Büchsen mit Altpapier«, hatte er verkündet. »Die gehen irgendwann nach China.« Und dort standen sie noch. Wie Schwarz nach der Geldübergabe mit ihnen verfahren wollte, hatte er nicht verraten. War auch seine Sache, dachte Pinky. Hauptsache, die Kohle kam rüber. Danach war alles andere wurscht.

Als der Anruf von Schwarz kam, war Pinky wieder halbwegs genesen. Um sich für den nächtlichen Einsatz zu stärken, ging er abends in den *Ratskeller* und bestellte eine Portion Bremer Knipp. Während er Hafergrützwurst und Bratkartoffeln in sich hineinschaufelte, wanderte sein Blick zum Priölken, in dem er mit Schwarz gesessen, getrunken und verhandelt hatte. Ob Schwarz sich das wohl wirklich als dauerhaftes Geschäftsdomizil gesichert hatte? Die Tür des Priölken stand offen, aber hinter dem zugezogenen Vorhang konnte Pinky niemanden erkennen.

Bis der Keller kam und neue Drinks servierte, eine bunte Mischung von Spirituosen; auch ein Jubiläums-Aquavit war darunter. Als aber der Vorhang aufgezogen wurde und eine Gruppe Herren in Businessanzügen enthüllte, die im Séparée tagten, war Schwarz nicht dabei. Pinky kannte keinen der Männer, die dort saßen – bis auf einen, und das war Walter Weiß.

Als die Priölken-Besatzung wenig später aufbrach, war Pinky beim Digestiv. Natürlich Linie-Aquavit. Weiß ging dicht an seinem Tisch vorbei und schaute stur geradeaus. Genauso hatten sie es vereinbart; bei zufälligen Treffs in der Öffentlichkeit sollte keiner den anderen preisgeben. Pinky war beruhigt. Ein Blick zur Uhr sagte ihm, dass es Zeit wurde. Er zahlte und erhob sich.

»Weißt du eigentlich, warum Linie Linie heißt?«, fragte Schwarz.

»Weil die Fässer mit dem Zeug drin früher auf Schiffen transportiert wurden.« Pinky fühlte sich gut informiert. »Diese Schiffe fuhren auf bestimmten Linien. Werden wohl Linienschiffe gewesen sein.«

»Linienschiffe!« Schwarz schlug sich an die Stirn. »Das sind doch Kriegsschiffe, du Volldepp! Nee, mit Linie ist etwas anderes gemeint, nämlich der Äquator.«

»Äquator?« Pinky schüttelte verständnislos den Kopf. »Also, ich würde bei solcher Hitze doch keinen hochprozentigen Schnaps trinken. Höchstens als Longdrink.«

»Du weißt aber auch überhaupt nicht Bescheid, was?« Schwarz ließ den Lichtkegel seiner Taschenlampe über die bewussten Container wandern. Alles erschien unverändert.

Pinky trippelte ungeduldig von einem Fuß auf den anderen. »Immerhin weiß ich, dass ich von dir etwas zu bekommen habe. Jetzt und hier. Das weiß ich ganz genau. Ich hoffe, du weißt das auch.«

Wortlos richtete Schwarz die Lampe auf den Alukoffer, den er in der anderen Hand trug.

»Mach auf«, sagte Pinky, heiser vor Aufregung.

»Na klar, hier, wo uns jeder beobachten kann, was?« Schwarz leuchtete einen der Papiercontainer an, der offen stand und noch nicht ganz gefüllt war. »Lass uns dorthin gehen, da haben wir Deckung.«

Im Sichtschutz der großen Metalltür hockte sich Pinky hin und ließ den Koffer aufschnappen. Die dicken Geldbündel schienen ihn anzulächeln. Mit fliegenden Fingern begann er zu zählen.

»Das mit dem Äquator ist so zu verstehen, dass jedes Fass mit Linie-Aquavit einmal über diese Linie drübergeschippert werden muss. Und zurück natürlich. Beim ersten Mal soll das angeblich aus Versehen geschehen sein, weil man ein paar Fässer im Laderaum eines Schiffes vergessen hatte, so um 1805 herum. Man benutzte übrigens damals schon ehemalige Sherryfässer aus Eichenholz, wegen der Aromen. Na ja, und als man dann eines dieser vergessenen und wiedergefundenen Fässer öffnete, um zu checken, ob der Inhalt noch genießbar war, stellte man fest, dass das Zeug besser schmeckte als vorher. Angeblich. Na ja, Kunststück bei dem Fusel.« Schwarz schüttelte sich. »Jedenfalls macht man das seitdem immer so. Und deswegen heißt das Zeug Linie.«

Pinky war fertig mit dem Zählen. Anscheinend

stimmte alles. »Wieso erzählst du mir das?«, fragte er und richtete sich auf. »Du magst den Stoff doch überhaupt nicht.«

»Dass ich etwas nicht mag, heißt doch nicht, dass ich mich nicht gründlich darüber informiere«, sagte Schwarz. »Und warum ich dir das erzähle? Damit du nicht dumm stirbst.«

»Was heißt hier dumm?«, brauste Pinky auf. Dann wurde ihm mulmig. »Und was heißt hier sterben?«

Als hinter ihm der Schotter knirschte, hoffte er inständig, dass das Walter Weiß sein mochte. Er spähte über seine Schulter. Tatsächlich, er war es.

Walter Weiß hob den Arm. In seiner Hand baumelte eine lederne Wurst, gefüllt mit Sand. Der Schlag traf Pinky am Hinterkopf und ließ ihn nach vorne taumeln, tiefer in den Papiercontainer hinein. Dort ging er langsam in die Knie. Ehe er ganz nach vorne kippte, nahm Schwarz ihm noch den Koffer aus der Hand.

»Gutes Timing«, lobte Schwarz. Walter Weiß lächelte selbstzufrieden.

Aus dem Dunkel hinter ihnen tauchten ein paar Männer in Businessanzügen auf. »Meine Herren, wir haben Ihnen zu danken«, sagte der kleinste von ihnen mit deutlichem italienischem Akzent. Seine Begleiter nickten bestätigend und respektvoll. »Dafür zeigen wir uns natürlich erkenntlich.« Ein dicker Umschlag wechselte den Besitzer.

»Und wie wollen Sie jetzt mit ihrer Ware weiter verfahren?«, fragte Schwarz.

»Lassen Sie das getrost unsere Sorge sein.« Die Stimme des kleinen Italieners klang eine winzige Nuance schärfer, aber immer noch verbindlich. »Herr Weiß hier wird seinen kleinen Fehler korrigieren.« Ein weiterer Umschlag wurde übergeben. Dann zogen sich die Italiener zurück.

»Bloß gut, dass ich noch rechtzeitig herausgefunden habe, mit wem sich Pinky da angelegt hatte«, knurrte Schwarz. »So sind wir noch einigermaßen aus der Nummer rausgekommen. Sogar mit Profit.« Zärtlich knetete er den Umschlag in seiner Tasche.

»Ja, Pinky.« Auch Walter Weiß vergewisserte sich, dass sich sein Umschlag an der richtigen Stelle befand. »Wie geht's mit dem jetzt weiter?«

»Na wie schon? Klappe zu, Affe tot.« Er schob die Tür des Containers zu und verriegelte sie. »Die Blechbüchsen hier werden noch in der nächsten Stunde verladen. Nichts wie ab nach China.«

»Nach China.« Walter Weiß kratzte sich am Kopf. »Sag mal …« Er brach ab.

»Sag mal, was?«

»Och, nicht so wichtig.«

»Na, jetzt komm aber.« Schwarz leuchtete Walter Weiß voll ins Gesicht. »Raus mit der Sprache! Was soll ich mal sagen?«

Weiß war rot geworden. Fast schon pink. »Sag mal, nach China – muss das Schiff mit dem Container mit Pinky drin dann auch über die Linie drüber? Also über den Äquator?«

Ein Augenblick lang war Schwarz perplex, dann prustete er los vor Lachen. »Keine Ahnung, kann schon sein«, keuchte er, als er wieder konnte. »Aber eins kannst du mir glauben, das ist wie mit dem Aquavit: Besser wird er auch nicht mehr davon!«

TÖDLICHE DIAGNOSE

»Tut mir leid für Sie.« Der Arzt machte eine Dackelstirn. »Nichts mehr zu wollen. Drei halbwegs schmerzfreie Monate gebe ich Ihnen noch, höchstens vier. Danach heißt es Morphium bis zum Schluss. Ein paar niedrig dosierte Kapseln für den Anfang gebe ich Ihnen gleich mit.«

Klaas Everwien war wie vor den Kopf geschlagen. Er fühlte sich doch gar nicht krank, war nur zur Routineuntersuchung hier! Aber das Röntgenbild seiner Lunge war eindeutig, und was der Doc in sein Patientenblatt eingetragen hatte, klang wie ein Todesurteil. Und das jetzt! Vor einem Jahr hatte er wieder geheiratet, die Zwillinge waren gerade geboren, das neue Geschäft kürzlich erst eröffnet. Schulden über Schulden! Und natürlich keine Lebensversicherung. Was sollte nur aus seiner Frau und den Kindern werden?

Everwien klagte dem Doktor sein Leid. Der reagiert überraschend interessiert. »Wenn Sie noch etwas für Ihre Familie tun wollen, müsste das ein großer Wurf sein. Nun ja, möglicherweise wüsste ich da etwas. Sie waren doch früher bei der Bundeswehr, stimmt's?«

»Ja, Scharfschütze. Wieso?« Klaas Everwien schaute den Doktor an und erkannte, wie dumm seine Frage gewesen war.

Eine Woche später stand Klaas Everwien wieder im Sprechzimmer. »So, erledigt«, sagte er rau. »Schätze,

Ihre Frau betrügt Sie nicht mehr.« Er verschränkte seine Arme. »Jedenfalls nicht mehr mit diesem Kerl.«

»Sie haben ihn also erschossen?«, fragte der Doktor.

»Ja, verdammt! Das hab ich«, knurrte Everwien ungeduldig. »Und jetzt erwarte ich …«

Die Tür öffnete sich. Zwei Polizisten betraten den Raum, ihre Waffen schussbereit. Jetzt erst erkannte Everwien, dass die altmodische Gegensprechanlage eingeschaltet gewesen war.

»Sie sind festgenommen«, sagte der breitere der beiden Beamten. »Wegen Mordverdachts.«

»In seinem Auftrag!«, rief Everwien und wies auf den Arzt.

Der schüttelte nachsichtig den Kopf. »Der Herr ist nicht ganz bei sich. Würde mich nicht wundern, wenn er Morphium nimmt. Wenn Sie wollen, machen wir schnell eine Blutprobe.«

»Aber er hat mich doch selber angeheuert!«, schrie Everwien. »Weil ich unheilbar krank bin! Hunderttausend Euro hat er mir versprochen! Um meine Familie abzusichern, nach meinem Tod!«

Lächelnd präsentierte der Arzt Everwiens Röntgenbild; die Lunge darauf war makellos. Das Patientenblatt bescheinigte ihm eine blühende Gesundheit. »Sehen Sie?« Der Doktor lächelte die beiden Polizisten an. »Alles bloß Einbildung. Ist es nicht schrecklich, was Drogen aus einem Menschen machen können?«

FAMILIENBANDE

Moin!

Aber ja doch, kein Problem, bitte, nehmen Sie Platz. Um diese Zeit gibt's hier ja kaum noch freie Tische. Höchstens drinnen, aber bei so schönem Wetter wollen natürlich alle draußen auf der Terrasse sitzen.

Klar, Ihre Einkaufstüten dürfen Sie gerne hier abstellen. Sie waren ja ganz schön fleißig, Donnerwetter noch mal, da haben sich die Altstadt-Kaufleute sicher gefreut.

So, Geschenke! Demnächst wohl ein Geburtstag in der Familie, was?

Ach, Muttertag. Sagen Sie bloß, es ist schon wieder so weit. Was, morgen schon? Wie doch die Zeit vergeht.

Die Speisekarte? Selbstverständlich, hier, bitte. Ob ich etwas empfehlen kann? Och, da gäbe es so Einiges. Der Koch hier, der Onno, der versteht sein Handwerk. Kommt drauf an, was Sie so mögen. Fisch, Fleisch, vegetarisch, vegan ...

Fisch also. Stimmt, liegt ja nahe, so dicht am Hafen. Obwohl hier in Leer ja schon lange kein Fisch mehr angelandet wird. Aber was soll's, wozu gibt es schließlich die Tiefkühlung, nicht wahr?

Unromantisch? Tja, kann wohl sein. Das sagt meine Freundin Sina auch manchmal zu mir.

Wie, ich? Ein Geschenk zum Muttertag? Wo denken Sie hin. Sina ist doch nicht meine Mutter!

Und wenn schon. Dann bin ich eben unromantisch.

Wie? Welches von den beiden ich bevorzugen würde,

möchten Sie wissen? Ach, gut sind die beide hier, der Rotbarsch wie auch der Seelachs. Aber wenn Sie mich fragen ... Tja, also ich wüsste schon, wie ich mich zu entscheiden hätte.

Nämlich für Brathering.

Nee, nicht den eingelegten, sauren – ist auch lecker, keine Frage, aber nicht zu vergleichen mit dem, der frisch aus der Pfanne kommt! Natürlich nur, wenn der Koch auch weiß, wie das richtig geht. Diese würzige, krustige Haut, dieses saftige Fleisch! Herrlich. Die Hauptgräte lässt sich mit einem Griff herauslösen, und falls danach noch ein paar kleine Gräten drinbleiben, sind die so weich, die kann man glatt mitessen. Zwei, drei frisch gebratene Heringe, dazu Bratkartoffeln mit Speck und ein kleiner Salat – dafür lasse ich jeden See-lachs stehen, das kann ich Ihnen sagen!

Na, überzeugt? Dann bestellen wir doch gleich, die junge Dame kommt gerade. Ja, zweimal Brathering, bitte. Für mich ein Bier dazu. Sie auch? Zwei Bier.

Und, was haben Sie Ihrer Frau denn so gekauft zum Muttertag, wenn ich fragen darf? Aha, Bücher. Na, liegt ja auch nahe, hier im *Tatort Taraxacum*. Eine Kneipe mit Restaurant und eigener Buchhandlung, sowas findet man ja nicht überall ...

Ach, anders herum, sagen Sie? Buchhandlung mit Restaurant und Kulturcafé? Klar, so kann man es auch sehen. Jeder hat halt so seine eigenen Schwerpunkte.

Und was ist in dem großen, flachen Paket? Noch ein Geschenk? Nein, ich bitte Sie, meinetwegen müssen Sie das doch jetzt nicht ...

Ein Bild. Doch, gefällt mir. Leeraner Museumshafen mit Altstadt und der *Warsteiner Admiral*, wirklich schön.

Ein Original von einem unsere Maler hier, was? Schön, wirklich …

Wie bitte? Nein, das sage ich nicht nur so, das meine ich ehrlich. War nur gerade in bisschen abgelenkt. Wissen Sie, dieses Bild, das weckt Erinnerungen. Zumal, weil je morgen Muttertag ist …

Das interessiert Sie? Na ja … nein, ein Geheimnis ist es nicht. Nicht mehr. Die Ermittlungen sind ja längst abgeschlossen … ah, da kommt ja unser Bier. Na dann, prost!

Sie wollen wirklich die ganze Geschichte hören? Also gut. Passen Sie auf.

Es war, wie Sie sich inzwischen sicher denken können, am Sonnabend vor Muttertag, im vergangenen Mai, unten am Leeraner Museumshafen. Und angefangen hat es auf dem Ausflugsdampfer *Warsteiner Admiral*. Sina und ich hatten eine schöne Tour über die Ems hinter uns …

Wie bitte? Ja, ganz recht, ich hatte sie zu so einer Art Muttertagstour eingeladen. Ja, Sina, meine Freundin. Nein, sie ist nicht meine Mutter. Also mal ehrlich, wollen Sie jetzt die Story hören, oder …?

Na gut.

Also, eigentlich war es eine schöne Tour, schönes Wetter, und wir hatten gute Plätze. Richtig genießen konnten wir sie trotzdem nicht. Das lag zum einen am Zustand der Ems. Überall nur noch fett glänzende Schlickbänke, das Wasser graubraun wie gammeliger Schokoladenpudding, und kein Leben weit und breit. Ist schon frustrierend, wenn man bedenkt, wie schön es hier noch in meiner Jugendzeit war. Das kommt eben dabei raus, wenn nur der befiehlt, der die Kohle hat, und wenn man immer tiefer baggert, auf Teufel komm raus. Irgendwann kommt er eben, und dann sieht es so aus, wie es aussieht.

Das andere, was ziemlich genervt hat, war die Unterhaltung am Nebentisch. Wollte ja eigentlich nicht lauschen, es war aber kaum möglich, das Gezanke und Gezeter zu überhören. Außerdem bin ich in dieser Hinsicht beruflich geprägt, sozusagen.

Bitte? Nein, kein Priester. Kriminalpolizei. Stahnke mein Name, Hauptkommissar, Leiter des Fachkommissariats römisch eins. Hätten Sie nicht gedacht? Na, darüber denke ich mal nach.

Die am Nebentisch waren Mutter und Tochter. Obwohl, besonders ähnlich waren die sich nicht. Die Tochter sah ganz annehmbar aus, wenn man auf Blondinen steht. Marke Plapper-Püppchen. Allerdings auch schon nicht mehr ganz taufrisch. Die Mutter war klapperdürr, grauhaarig, die Frisur wie ein Mopp und eine Haut wie gegerbt, wie dunkelbraunes Leder. Haben Sie schon mal ein Rippenstück gesehen, das zu lange auf dem Grill gelegen hat? So etwa war der Gesamteindruck.

Sie hatte offenbar längere Zeit auf Teneriffa verbracht. Die Schiffstour sollte wohl so eine Art Begrüßung sein, zu der ihre Tochter sie anlässlich ihrer Rückkehr eingeladen hatte.

Nett? Ja, sicher. Dachte ich auch. Bis ich dahinter kam, dass die Tochter ganz selbstverständlich davon ausgegangen war, dass ihre Mutter alles selbst bezahlte.

Doch, in der Lage dazu war die durchaus. Wohlhabend, ja, kann man sagen. Hatte auch genügend Bargeld dabei in ihrem Krokodillederhandtäschchen. Ließ sich offenbar ständig von ihrer Tochter das Geld aus besagter Tasche ziehen. War wohl gängige Übung, und Töchterchen hatte sich längst an diesen Zustand gewöhnt.

Das Problem war nur, dass die Mutter es nicht mehr einsah, warum sie ihre längst mehr als erwachsene Tochter immer noch aushalten sollte. Und dass sie ausgerechnet diese Muttertagstour dazu ausersehen hatte, um ihr das zu eröffnen.

Tja, allerdings! Ich kann Ihnen sagen. Dass die Blonde keinen Schaum vor dem Mund hatte, war alles.

Aber Frau Mama blieb ihr nichts schuldig. Einen unsteten Lebenswandel warf sie ihr vor, wechselnde Liebschaften, kein Durchhaltevermögen auf soliden Arbeitsstellen, dafür grenzenlose Leichtgläubigkeit gegenüber windigen Geschäftemachern. Die Tochter muss wohl in den letzten Jahren mehrfach komplett ausgenommen worden sein, ohne etwas daraus zu lernen. Ihre Mutter hatte immer für die Folgen geradestehen müssen. Aber damit sollte es ab sofort vorbei sein. Zumal die Mama auch mit dem aktuellen Freund ihrer Tochter alles andere als einverstanden war, woran sie keinerlei Zweifel ließ.

Das Gekeife ging sogar noch auf der Gangway weiter, als wir das Schiff verließen. Das Letzte, was ich die gegerbte Mama zischen hörte, war »Wanderhure!«. Doch, echt! Danach hatten sich die beiden wohl nichts mehr zu sagen. Jedenfalls strebten sie in entgegengesetzte Richtungen davon.

Da war ich erleichtert, das kann ich Ihnen sagen! Jedenfalls fürs Erste. Wusste ja nicht, was noch kommen sollte.

Auch Sina und ich trennten uns für die nächsten zwei Stunden; sie wollte noch eine alte Freundin besuchen.

Ich nutzte die Zeit zu einem Bummel durch die Altstadt. Hier gibt es ja außer den Cafés und Restaurants auch allerhand interessante Läden und Galerien.

Und in einer dieser Galerien traf ich sie wieder. Die Gegerbte. Nein, nicht beim Marinemaler, sondern bei Katja. Hatte sich wohl in eine von Katjas großformatigen Stadtansichten verguckt. Offenbar war man sich schon einig geworden, denn die alte Dame öffnete gerade ihre elegante, schmale Krokotasche. Ich konnte mir einen Seitenblick nicht verkneifen: dicke Geldscheinbündel, geschätzt mindestens fünfzehntausend Euro! Anscheinend machte die Dame beim Shoppen keine halben Sachen.

Und ich denke noch: Wie kann man nur so leichtsinnig sein, so viel Bargeld mit sich herumzutragen – da stürmt auch schon so ein Typ durch die offenstehende Ladentür, krallt sich das Krokoteil und ist im nächsten Augenblick wieder verschwunden. Ruck zuck, noch ehe die dürre Dame ihren ersten Kreischer von sich gegeben hat.

Natürlich bin ich sofort hinterher. Der Kerl war nach rechts gelaufen, in die Schmiedestraße. Aber als ich ihm nachlief, war dort keiner zu sehen. Also bin ich nach links über den Rathausparkplatz gelaufen, denn woanders hin konnte er so schnell nicht verschwunden sein. Auch dort gab es nur ein paar harmlose Passanten. Ich also weiter, am Hintereingang zum *Tatort Taraxacum* vorbei und durch die kleine Gasse hindurch in die Rathausstraße. Die war wie immer ziemlich belebt um diese Zeit – aber alles schlenderte gemütlich dahin. Kein rennender Verdächtiger in Sicht. Außer mir natürlich, und einige Passanten guckten mich auch schon misstrauisch an.

Ein Schlag ins Wasser also. Peinlich, peinlich.

Wie der Typ aussah? Mittelgroß, breitschultrig, kräftig – langärmeliger blauer Pullover, Jeans, auf dem kurzgeschorenen Kopf eine Schiebermütze, tief ins Gesicht gezogen. Kein Bart. Tja, das Signalement hatte ich schon drauf. Aber was hilft das, wenn man den dazu passenden Menschen nicht finden kann?

Das heißt – eine Kleinigkeit gab es doch noch. Irgendwas an seiner Hand, vielmehr seinem Handgelenk. Ich hatte es nur ganz kurz gesehen, als er seine rechte Hand nach der Tasche ausgestreckt hatte und sein Ärmel dabei etwas nach oben gerutscht war. Ein Schmuckstück, ein Armreif vielleicht, oder eine Armbanduhr? Aber die trägt ein Rechtshänder doch nicht rechts. Allzu viel half mir diese Beobachtung also nicht weiter.

Natürlich musste ich den Kollegen vom Raubdezernat Rede und Antwort stehen. Mann, haben die gefeixt! War heilfroh, als die endlich abgezogen waren. Das Opfer, die alte Dame, wurde zur Beobachtung ins Krankenhaus gebracht. War wohl alles etwas viel für sie. Hatte dem ja auch rein körperlich nicht viel entgegenzusetzen.

Zum Treffen mit Sina kam ich prompt eine halbe Stunde zu spät – sie zum Glück aber auch. Wir trafen genau gleichzeitig hier ein. Ja, genau hier, am selben Tisch, an dem wir beide jetzt sitzen. Ist unser Lieblingstisch.

Sina war bester Laune, und die wollte ich ihr natürlich nicht verderben. Trotzdem konnte ich das soeben Erlebte nicht verdrängen – und zwar aus einem einfachen Grund: Die Tochter der alten Dame, das plappernde Blondchen, tja, von mir aus auch die Wanderhure, wenn sie so wollen, saß drinnen im Restaurant an einem der Hochtische, von meinem Platz aus unübersehbar. Und auch unüberhörbar, leider, denn die Terrassentüren standen offen. Sie hockte da, schlürfte Prosecco und quatschte mit irgendwelchen Zufallsbekanntschaften.

Sie war ebenfalls bester Stimmung. Entweder, weil sie vom Pech ihrer Mutter noch nichts mitbekommen hatte – oder gerade deshalb. Das traute ich ihr zu.

Sina war hungrig, und so konzentrierten wir uns auf die Speisekarte. Es dauerte nicht lange, bis wir uns entschieden hatten. Was sagen Sie? Sie tippen auf zweimal Brathering? Tja, Mann, da liegen Sie genau richtig!

Obwohl wir dann ins Grübeln kamen, als die Bedienung an unseren Tisch kam und uns eröffnete, dass Onno, der Stammkoch des *Tatort Taraxacum,* leider erkrankt sei und deshalb schon seit ein paar Tagen eine Vertretung am Herd stehe. Der Ersatzkoch verstehe sein Handwerk aber ebenfalls, meinte sie, und kenne sich auch mit Fisch sehr gut aus.

Sina und ich überlegten kurz, tauschten einen raschen Blick – und nickten beide die Bestellung ab. Sollte der neue Mann ruhig seine Chance bekommen. Brathering, frisch aus der Pfanne, das ist die hohe Schule! Dafür lasse ich jedes Sternemenü stehen, das kann ich Ihnen versichern.

Während wir so auf unser Essen warteten und plauderten, schweifte mein Blick hin und wieder zurück zu unserem Blondchen. Das saß immer noch an seinem Hochtisch, aber nicht mehr plappernd, weil inzwischen allein. Sie blätterte in irgendwelchen Hochglanzmagazinen, von denen sie einen ganzen Stapel vor sich liegen hatte, schien aber nicht recht bei der Sache zu sein. Offenbar wartete sie auf irgendetwas. Etwa auf ihre Mutter? Wohl eher nicht, dachte ich mir. Aber worauf dann?

Die Ankunft dampfender Teller unterbrach meine Überlegungen. Unsere Bratheringe waren fertig. Sina und ich machten uns mit Heißhunger darüber her. Und was soll ich Ihnen sagen: die waren klasse! Würzig, zart und saftig, genau wie bei Onno immer. Sogar die Bratkartoffeln waren spitze. Nur an der Salattunke konnte man merken, dass nicht Onno persönlich in der Küche stand. War auch nicht schlecht, aber eben nicht so wie immer.

Welcher Teufel mich geritten hat, als wir fertig waren, weiß ich nicht – jedenfalls hatte ich plötzlich die glorreiche Idee, mich persönlich beim Koch zu bedanken. Onno kommt ja sonst auch mal vorbei und fragt, wie es schmeckt, und der Neue hatte sich noch überhaupt nicht blicken lassen. Da bin ich dann einfach zu der Schwingtür mit dem karoförmigen Fenster drin und rein in die Küche. Die Bedienung kennt mich ja gut genug, jedenfalls ließ sie mich machen. Ich also in die Küche, der Vertretungskoch guckt mich verwundert an, ich strahle zurück, packe seine Rechte und schüttle sie kräftig.

Der Ärmel seiner Kochjacke rutscht hoch, und da ist das Ding. Kein Schmuckstück, kein Armreif und auch keine Uhr, sondern ein Tattoo. Ein Ring aus Fischen, rund ums Handgelenk.

Auch noch Heringe. Wie kommt einer nur auf sowas!

Ich gucke also auf sein Handgelenk, ganz verdutzt, und dann auf den ganzen Kerl. Mittelgroß, breitschultrig, kräftig, bartlos. Und das Tattoo. Himmel noch mal, das ist der Räuber, denke ich. Ist vom Rathausparkplatz direkt in die Küche geflitzt. Kein Wunder, dass ich ihn nicht erwischt habe.

Aber ehe ich noch zu Ende gedacht habe, reißt er sich los, jumpt über einen Tisch aus Nirostahl, wobei er allerhand Teller zu Boden schickt, und flutscht an mir vorbei Richtung Schwingtür. Verflucht, denke ich, jetzt entkommt der mir womöglich noch mal, und will hinterher. Aber da fliegt er mir auch schon direkt in die Arme.

Tja, so eine Schwingtür hat eben ihre Tücken. Vor allem, wenn man nicht daran denkt, durch das kleine Fenster zu gucken, ehe man sie aufdrückt. Hatte der Koch nicht, was man ja verstehen kann, so eilig, wie der es hatte.

Und die plappermäulige Blonde auch nicht. Warum? Vermutlich, weil sie schlicht zu doof war.

Jedenfalls, nachdem sie den räuberischen Hilfskoch voll mit der Schwingtür am Kopf erwischt und benommen in meine Arme geschickt hatte, öffnete sie die Tür vollends, schaute in die Küche hinein und schrie auf vor Schreck. Die Illustrierten, die sie unter dem Arm trug, ließ sie fallen. Und nicht nur die. Auch die schmale Krokotasche ihrer Mutter, die sie dazwischen versteckt hatte.

Ja genau, die Tasche mit dem Geld. Zu diesem Zeitpunkt waren es noch ziemlich genau zehntausend Euro, wie später festgestellt wurde. Die anderen fünf hatte der Hilfskoch bekommen, ihr aktueller Lover, für seinen Raub, den die blonde Tochter natürlich vorher für ihn ausbaldowert hatte. Sicherlich nicht seine einzige Belohnung. Schließlich war er ein strammer Bursche, und die Tochter …

Wanderhure. Der Ausdruck gefällt Ihnen wohl, was?

Ah, unser Fisch kommt. Danke. Bringst du uns noch zwei Bier?

Dann lassen Sie es sich mal schmecken.

Und, wie ist er? Sag' ich doch. Einsame Spitze.

Natürlich können Sie Onno nachher zu seiner Kochkunst gratulieren, wenn Sie möchten. Der freut sich bestimmt. Aber Vorsicht! Ich kann Sie nur warnen.

Wie bitte? Nein, doch nicht vor Onno. Vor der Schwingtür.

BOHRENDER WUNSCH

»Was machst du denn da! So fasst man doch keinen Hammer an!«

Stahnke, der gerade in der Frühjahrssonne an seinem Segelboot werkelte, versuchte seine Ohren auf Durchzug zu schalten. Was nicht leicht war angesichts der Lautstärke in der Nachbarbox.

»Da! Schon wieder eine Delle im neuen Lack! Wie oft soll ich dir ...«

Stahnke schüttelte den Kopf. Wollte der Typ seinem Sohn etwa auf diese Art Spaß am Hobby vermitteln? Manche lernten es wirklich nie.

»Jetzt hilf mir mal hier bei der Bohrung. Aber ordentlich, hörst du? Falls du überhaupt weißt, was das bedeutet.«

Der Hauptkommissar feuerte den Putzlappen in die Backskiste. Wie ihm dieser Kerl auf die Nerven ging! Konnte man den nicht irgendwie zum Schweigen bringen?

»Doch nicht diesen langen Bohrer! Hast du denn überhaupt nichts ... He, was soll das? Pass doch ...«

Stahnke fuhr herum, aber es war schon zu spät. Mit Wünschen musste man vorsichtig sein; manchmal wurden sie erfüllt.

Der Bohrer hatte genau die richtige Länge gehabt.

Eiskalt in Lüdenscheid

»Eine wirklich bewegte Biographie, das kann man wohl sagen.« Der Interviewer lehnte sich in der Couchecke zurück, das unnatürlich braune Gesicht zu einem selbstgefälligen Lächeln verzogen. »Und da gab es ja sicher eine Menge Weggefährten, von denen Sie in Ihrem Werk und Wirken profitiert haben, nicht wahr? Erzählen Sie unseren Zuschauern doch etwas davon.«

Wie das klingt, dachte Therese Kohl. Als sei ich schon so alt wie Methusalem, meine Zeit längst vorbei und mein Erfolg sowieso nur anderen geschuldet. Frechheit! Warum fragt er nicht, wer so alles von mir profitiert hat? Dämlicher Schnösel.

Aber sie wahrte Haltung, lächelte den Gebräunten tapfer an und plauderte drauflos. Presse war wichtig, Fernsehen noch mehr, auch wenn es nur das WDR-Landesstudio Siegen war. Allzu viele Anfragen hatte sie in letzter Zeit nicht gehabt.

»Nun ja, die meisten Kollegen aus der Zeit, als meine Karriere begann, sind inzwischen leider verstorben«, berichtete Therese. »Zum Beispiel Karlfried Burmann, mit dem zusammen ich das große Standardwerk über die Grafen von der Mark verfasst habe. Oder Angelika Neuhoff! Sie wissen schon, das Buch über die sechs großen Stadtbrände Lüdenscheids. Himmel, was haben wir für einen Spaß gehabt! Und natürlich der Bierbaum. Sein Anekdotenbuch über die Lüdenscheider Chöre …«

»Bierbaum?« Der Interviewer runzelte die Stirn. »Sie meinen Wulf von Bierbaum?«

»Ja?« Therese blinzelte irritiert.

»Aber der lebt doch noch!«

Sie erstarrte kurz. Trotz der heißen Studioleuchten überlief es sie eiskalt. Dann schlug sie sich in gespielter Scham beide Hände vor den Mund und zwinkerte ihrem Gegenüber schelmisch zu. »Aber natürlich, natürlich! Sicher lebt Bierbaum noch. Halt nur etwas zurückgezogen seit einiger Zeit. Nichts für ungut, Wulf!« Jetzt zwinkerte sie in die Kamera.

Der Interviewer räusperte sich und zückte seine nächste Moderationskarte. »Wie auch immer. In Ihrem neuesten Buch, Frau Kohl, geht es nun um das Wasserschloss Neuenhof und das Schloss Odenthal …«

Während der Rückfahrt schimpfte Therese leise vor sich hin. Ihre Laune schlug auf ihre Fahrweise durch; mehr als einmal kam ihr alter Subaru auf den verschneiten Straßen des Sauerlandes ins Rutschen. Es war längst dunkel, als sie endlich Iserlohn erreichte und den Stadtteil Honsel ansteuerte. Ausgedehnte Mietshauskomplexe ließen kaum noch erahnen, dass Honsel einst ein Bauernweiler gewesen war. In der Worthstraße aber standen ein paar hübsche Häuser, alt und großzügig, Villen beinahe. In der Tiefgarage eines dieser Häuser stellte Therese ihr Auto ab.

Hübsch, aber teuer, dachte sie, während sie den Hausschlüssel herauskramte. Könnte ich mir normalerweise gar nicht leisten. Wenn Wulf von Bierbaum nicht wäre.

Corinna erwartete sie schon. »Hallo, Resi-Schatz.« Eine innige Umarmung, ein zärtlicher Kuss. »Huch, du bist ja ganz durchgefroren! Ist in deiner alten Karre schon wieder die Heizung kaputt? Komm schnell ins Wohnzimmer, ich habe schön eingeheizt.«

»Ja, wunderschön. Ich komme gleich. Ob du vielleicht schon mal einen Tee machst?« Therese streichelte Corinna, schob sie dabei sanft in Richtung Küche. Corinna lächelte nachsichtig, deutete nur kurz ein gespieltes Schmollen an und ging folgsam zum Herd.

Therese sah ihr nach, während sie ihre klammen Hände rieb. Dann öffnete sie die Kellertür. Den Lichtschalter fand sie auf Anhieb. Vermutlich aber hätte sie sich auch im Dunkeln zurechtgefunden, so oft war sie diesen Weg schon gegangen.

Der Zementboden knirschte unter ihren Sohlen. Dort stand der Vorratsschrank, und dort, nicht zu überriechen, die Kartoffelschütte. Da hinten befand sich die Gefriertruhe, in der sie nicht nur Obst aus dem eigenen Garten, sondern auch die Schweinshaxen, Kotelettstränge und Spanferkelrollbraten aufbewahrten, die ihnen ein Biobauer aus der Umgebung lieferte. Allein schon der Gedanke ließ Therese das Wasser im Mund zusammenlaufen. Sie liebte deftige Gerichte, und ihr kräftiger Körper verlangte auch danach.

Aber deswegen war sie nicht hier. Zielstrebig steuerte sie den zweiten Kellerraum an.

Dort stand die andere Gefriertruhe.

Therese kontrollierte die Schalter und Leuchtanzeigen, während ihre Hände über die Deckelkanten strichen. Alles schien in Ordnung zu sein. Trotzdem wandte sie sich nicht ab, sondern atmete tief durch, einmal, zweimal, und hob den Deckel an.

Wulf von Bierbaum war kein großer Mann gewesen. Das hatte sich als sehr praktisch erwiesen.

Sie klappte den Truhendeckel wieder herunter und vergewisserte sich, dass er auch richtig schloss. Strom war teuer, und dann die Sache mit dem Kohlendioxid und dem Klimawandel – da musste man verantwortungsbewusst handeln.

Natürlich auch die eigenen Interessen nicht vergessen.

Corinna hatte ihr nicht nur Tee, sondern auch ein Westfälisches Schinkenbrot gemacht, selbst gebackenes, herzhaftes Brot mit rohem Schinken und Gewürzgurke.Thereses Lieblingssessel stand vor dem Kaminofen, in dem ein Feuer hellgelb loderte, Teekanne und Schinkenbrett auf einem Tischchen daneben, und als sie Platz nahm und ihren plötzlichen Heißhunger stillte, kauerte Corinna sich vor ihr auf den Teppich und schaute ihr lächelnd dabei zu.

Jetzt himmelt sie mich wieder an, dachte Therese kauend und schenkte ihrer Freundin ein anerkennendes Heben der Augenbrauen, das Corinna sofort strahlen ließ. Sie war ja so leicht zu erfreuen. Überhaupt hat sie ein schlichtes Gemüt, dachte Therese. Ihr war das nur recht. So gab es keinerlei Zweifel über die Führungsrolle in ihrer Beziehung. Und mit dem, was da unten im Keller lag, kam ein schlichtes Gemüt noch am leichtesten zurecht.

Corinna begann ihr die Beine zu streicheln, und Therese genoss das wohlige Kribbeln. Sie hatte ihre Vorliebe für Frauen stets geheim gehalten; als Autorin und grünlinke Alternative war sie schon Außenseiterin genug, da musste sie sich nicht auch noch als Lesbe outen, fand sie. Das hatte sie auch Corinna klargemacht, und sie hielt sich daran.

Brave Corinna, dachte Therese. Gutes Kind.

Nun ja, ein Kind war Corinna nicht mehr, aber doch noch verdammt jung. Herrlich jung. Viel zu jung für diesen alten Sack jedenfalls, mit dem sie zusammen war, als Therese für sie entflammte – dermaßen heftig, dass Therese alle Vorsicht außer Acht gelassen hatte. Denn riskant war es immer, sich einer Hetero anzunähern. Zum Glück traf das auf Corinna nur teilweise zu. Was sie brauchte, waren Geborgenheit und eine führende Hand. Beides war Therese gerne bereit zu geben.

Dass sie sich von diesem Grufti aushalten ließ, hatte Corinna erst viel später erwähnt. Therese hatte vorher nie gefragt. Warum auch? Corinna wohnte schließlich allein und hieß mit Nachnamen Krüger, nicht etwa von Bierbaum.

Warum sie sich denn überhaupt mit diesem Mann eingelassen hätte, hatte Therese fassungslos gefragt. Corinna hatte gelächelt und die Schultern gezuckt. Weil er es doch so gern wollte, hatte sie geantwortet.

Was für ein Schaf, dachte Therese und strich Corinna über die Haare. Was für ein süßes Schaf.

Nach und nach war Therese dann dahintergekommen. Dass Wulf von Bierbaum, trotz seines Alters drahtig und vergleichsweise gut aussehend, viel Wert auf seine Eigenständigkeit legte, auch und gerade in puncto Frauenkontakte. Dass er sich jedoch darüber im Klaren war, dass das nicht ewig so weitergehen konnte, und daher Corinna an sich binden wollte. Quasi als Altersvorsorge. Beziehungstechnische Vorratshaltung. Auf Vorrat gehalten in einer separaten Wohnung. Genauso gut hätte er Corinna auch einfrieren können.

Stattdessen war es umgekehrt gekommen.

Eines Abends hatte Therese in ihrer Wohnung eine in Tränen aufgelöste Corinna vorgefunden. Sie habe vergebens auf einen verabredeten Anruf von Wulf gewartet, schluchzte die, daher sei sie zu ihm nach Eggenscheid gefahren und habe ihn dort im Keller seines Hauses leblos auf dem Boden liegend vorgefunden, die Augen starr, sein Körper eiskalt. Daraufhin sei sie gleich weiter zu Therese geeilt.

»Oh Gott, Resi, was soll ich jetzt nur tun?«

»Hast du die Polizei benachrichtigt? Oder den Krankenwagen?«

»Nein«, hatte Corinna gejammert, »du hast doch gesagt, ich soll immer erst dich fragen, bevor ich jemanden anrufe.«

»Richtig.« Therese hatte schnell und gründlich überlegt. Wulf von Bierbaum war Corinnas einzige Einnahmequelle; jeden Monat bekam sie einen großzügigen Betrag auf ein eigenes Konto überwiesen, per Dauerauftrag. Bierbaum konnte sich das leisten, verfügte er doch über die verschiedensten Einnahmen: Gesetzliche Rentenversicherung, private Zusatzrente, Presseversorgungswerk, Künstlersozialkasse – das summierte sich ganz hübsch. Die Tantiemen aus seinen alten Verlagsverträgen und die Honorare für die neueren Werke kamen noch dazu. Die meisten dieser Einnahmequellen würden mit Bierbaums Tod versiegen, denn verheiratet war er aktuell ja nicht. Und was vererbt werden konnte, würden jedenfalls nicht an Corinna gehen, sondern an Bierbaums Sohn aus der Ehe mit seiner längst verstorbenen Frau, einen Missionar, der sich irgendwo in Asien herumtrieb und den Kontakt zu seinem Vater schon lange abgebrochen hatte.

Corinna würde also von heute auf morgen ohne Geld dastehen. Und damit praktisch auch Therese, denn die lebte, seit sie mit Corinna zusammen war, weitgehend von deren Geld. Von den Einnahmen aus ihren Büchern konnte sie nicht existieren.

»Corinna«, hatte Therese entschlossen verkündet, »wir kaufen eine zweite Gefriertruhe.«

»Wie du meinst«, hatte Corinna schluchzend geantwortet und sich die Augen gewischt.

Der Rest war einfach gewesen. Bierbaums Haus verfügte über eine ungenutzte Garage, die von innen zugänglich war, so dass sie die Leiche bei geschlossenem Tor verladen konnten. Zudem war Bierbaum modern genug gewesen, um Onlinebanking zu betreiben, und unvorsichtig genug, um alle Codes, PINs und TANs fein säuberlich zusammen in einer Mappe aufzubewahren. Daraus ergaben sich ganz ungeahnte finanzielle Möglichkeiten, und Therese muss sich sehr beherrschen, um diese nicht über Gebühr auszunutzen.

Ach ja, die Beherrschung. Die war zuweilen ihr Problem. Wie vorhin im Studio, als sie sich fast verplappert hätte. Bloß gut, dass das ohne Folgen geblieben war.

Therese stellte ihre leere Teetasse weg. »Komm, lass uns ins Bett gehen«, sagte sie und erhob sich.

Corinna strahlte sie an.

In dieser Nacht schlief Therese schlecht. Immer wieder schreckte sie aus wirren Träumen hoch. Früh um halb fünf gab sie auf, wickelte sich in ihren Morgenmantel und tappte leise aus dem Schlafzimmer. Corinna schlief noch tief und fest. Therese beneidete sie fast noch mehr, als sie sie begehrte.

Unten im Wohnzimmer war es eiskalt; die Glut im Kaminofen war erloschen, und die moderne Zentralheizung stand noch auf Nachtbetrieb. Der Gedanke, wieder nach oben zu schleichen und auf dem unübersichtlichen Display die Programmierung zu ändern, schreckte Therese ab. Lieber mache ich den Ofen wieder an, dachte sie.

Natürlich war kaum noch Holz da. Vorrat lagerte unter der Hintertreppe, gleich neben der Kellertür zum Garten. Seufzend griff Therese zum Flechtkorb.

Beim Füllen des Korbes hörte sie Schritte. Offenbar näherte sich ein früher Besucher, angelockt durch das Klappern der Scheite, der Hintertür. Der Zeitungsbote? Aber der Kasten hing doch vorne.

Ein Mann trat in den Lichtkegel der Außenleuchte. Trotz der beißenden Kälte trug er nur einen offenen Trenchcoat. Sein Gesicht war unnatürlich dunkel.

Therese erkannte ihn sofort. Sie erstarrte mitten in der Bewegung.

Der Fernsehmann grinste freudlos. »Überrascht, was? Ich konnte auch nicht schlafen. Ihr Versprecher gestern ging mir nicht mehr aus dem Kopf. Habe am Abend noch ein wenig recherchiert. Interessant, wirklich.«

»Ich verstehe nicht«, presste Therese hervor. Ihre Stimme zitterte.

Der Interviewer schnaubte verächtlich. »Ich dafür umso besser! Dass Wulf von Bierbaum einen eher zurückgezogenen Lebensstil pflegte, ist Ihnen bestimmt zupass gekommen. Aber dass sich keiner seiner Bekannten und Nachbarn erinnern kann, ihn in den letzten sechs Monaten gesehen oder sonstwie mit ihm Kontakt gehabt zu haben, ist damit allein ja wohl nicht zu erklären.« Er schlang seine Arme um den Körper; inzwischen schien er die Kälte doch zu spüren. »Und schon gar nicht erklärt das die Tatsache, dass man zwar Herrn von Biermann in besagtem Zeitraum nicht in der Nähe seines Wohnhauses gesehen hat, wohl aber eine andere Person, und zwar mehrfach. Nämlich Sie!« Jetzt grinste er wieder: »Blumen gießen, was? Damit keinem was auffällt.«

Therese taumelte. Der Korb mit den Holzscheiten entglitt ihren kraftlosen Fingern. Konnte es sein, dass dieser Mann ... wie war das möglich?

Der TV-Journalist trat dicht an sie heran. »Sie kamen sich wohl ganz schlau vor«, zischte er. »Aber so neu, wie Sie glauben, ist der Trick auch wieder nicht. Da sind schon andere vor Ihnen drauf gekommen.« Er zeigte auf die Kellertür: »Wo haben Sie ihn versteckt? Da drin?«

Mit einem Satz warf sich Therese vor die Tür, die Arme schützend ausgebreitet. Ein Fehler, wie ihr im selben Moment klar wurde. Der Mann lachte höhnisch auf, packte sie und stieß sie scheinbar mühelos beiseite. Dann hob er den rechten Fuß und trat zu. Holz krachte, Glas splitterte. Die Tür flog auf.

Zuerst öffnete er die falsche Truhe, bemerkte die zweite aber sofort. »Ha!« Triumphierend hielt er den Deckel hoch. »Wusste ich es doch! Dafür werden Sie ...«

Das Holzscheit traf ihn an der Schläfe. Der Mann kippte seitlich weg, rutschte an der Truhe entlang, rollte auf den Rücken. Therese erhob das Scheit zum zweiten Schlag, ließ es jedoch wieder sinken. Der erste hatte gereicht.

Nachdenklich betrachtete sie zuerst das blutige Stück Holz, dann die beiden Leichen. Jetzt galt es zu handeln, wohlüberlegt und schnell. Und eiskalt. Sie wusste auch schon, was zu tun war.

»So«, sagte der Kriminalbeamte, »inzwischen können wir das Geschehen einigermaßen rekonstruieren. Wie sieht es aus, Frau Kohl, möchten Sie sich die Details schon zumuten? Fühlen Sie sich dazu in der Lage?«

Therese lag wie hingegossen in ihrem Sessel vor dem prasselnden Feuer im Kaminofen. Corinna hockte vor ihr auf dem Teppich, schaute besorgt zu ihr hoch und liebkoste ihre Beine. »Nur zu«, hauchte Therese. »Das schaffe ich schon.«

»Die Einbrecher waren zu zweit«, berichtete der Ermittler. »Die beiden Fußspuren ums Haus herum, eine große und eine kleine, belegen das eindeutig. Die große führt nur hin, die kleine auch zurück.«

Therese nickte versonnen; Wulf von Bierbaums Schuhe hatten ihr ganz gut gepasst.

»Vor dem Haus haben wir leider keine Spuren gefunden, dort war sehr sorgfältig geräumt. Aber an dem Sachverhalt besteht ja insoweit kein Zweifel.«

Therese rollte sachte ihre schmerzenden Schultern. Den froststeifen Wulf ins Auto zu schaffen, eingewickelt in ein Reiseplaid, und nach dem Abtransport die Garagenausfahrt gründlich zu fegen, ohne Lärm zu verursachen, war keine Kleinigkeit gewesen. Der Muskelkater versprach beachtlich zu werden.

»Die Kellertür wurde mit einem Tritt geöffnet, vermutlich von dem größeren der Männer, dessen Leiche wir im Keller vorgefunden haben«, fuhr der Beamte fort. »Unmittelbar vor einer der beiden Kühltruhen. Übrigens, Frau Kohl« – der Ermittler runzelte die Stirn

– »warum haben Sie eigentlich zwei dieser Truhen im Keller stehen?«

»Eine für Fleisch, eine für Obst und Gemüse«, antwortete Therese, ohne zu zögern. »Ich verwahre das gerne getrennt.«

Der Polizist nickte. Anscheinend hatte er den Inhalt bereits überprüft und wie beschrieben vorgefunden. »Alles weist darauf hin, dass einer der beiden Einbrecher den anderen erschlagen hat«, fuhr er fort. »Möglicherweise im plötzlich ausgebrochenen Streit. Warum, wissen wir nicht. Auch vom Motiv für den Einbruch hatten wir bislang keine Vorstellung, denn gestohlen wurde ja nichts, und Sie haben ja, wie Sie versichern, auch gar keine Wertsachen im Haus.« Der Beamte zögerte, fuhr sich verlegen durch die Haare. »Inzwischen aber glauben wir schon deutlich mehr zu wissen. Ein Fund im Loher Wäldchen heute bei Tagesanbruch hat die Erkenntnislage deutlich verändert.«

Die beiden Frauen schauten ihn mit großen Augen an. Der Polizist schluckte. »Passanten entdeckten dort die Leiche von Wulf von Bierbaum, ohne Mantel, nur in sommerlicher Oberbekleidung, trotz des strengen Frostes, den wir derzeit haben. Alles weist auf Tod durch Erfrieren hin.« Sein Blick heftete sich an das lodernde Feuer im Kaminofen. »Bierbaums Schuhe passen exakt zu den Abdrücken, die wir hier hinterm Haus gefunden haben. Das legt die Vermutung nahe, dass Bierbaum am Einbruch beteiligt war, mutmaßlich als treibende Kraft, und dass er es war, der seinen Komplizen erschlagen hat. Warum auch immer.«

Therese musterte Corinnas Gesicht. Unglücklich sah sie aus, wie immer, wenn sie verwirrt war, und das war sie oft. Aber das wusste der Kriminalbeamte ja nicht.

»Das Motiv für den Einbruch zeichnet sich durch diese Erkenntnisse nunmehr klar ab«, fuhr der Polizist fort. »Zumal Sie, Frau Kohl, ja so freundlich waren, uns über die Art Ihrer Beziehung zu der, äh, ehemaligen Lebensgefährtin von Herrn von Bierbaum ins Benehmen zu setzen. Wir können beziehungsweise müssen also von einem geplanten Racheakt ausgehen, den Herr von Bierbaum an Ihnen beiden, meine Damen, verüben wollte. Wie er einen regional bekannten Fernsehjournalisten dazu bewegen konnte, ihn dabei zu unterstützen, wissen wir nicht. Möglicherweise hat der sich im letzten Moment noch geweigert; so kam es zum tödlichen Streit. Dann hätte dieser Mann Ihnen das Leben gerettet.«

Therese presste ihre Lippen zusammen. So gerne sie auch Leute korrigierte, hier und jetzt kam das nicht in Frage.

»Wie konnte es eigentlich sein, dass Sie beide von all dem überhaupt nicht mitbekommen haben?«, fragte der Ermittler plötzlich. »Es muss doch eine Menge Lärm gemacht worden sein. Haben Sie denn gar nichts gehört?«

Therese erstarrte. Einen Moment lang war sie unaufmerksam gewesen. Das drohte sich jetzt zu rächen.

»Unser Schlafzimmer liegt doch oben«, piepste Corinna. »Ganz hinten. Und wir schlafen immer so tief und fest. Nein, gehört haben wir nichts.«

Eine Welle dankbarer Wärme durchfloss Therese. Noch wärmer als am Morgen, als sie nach schwerer Plackerei zurück zu ihrer Geliebten unter die Decke geschlüpft war.

»Gut. Dann wäre ja so weit alles geklärt.« Der Ermittler nickte den beiden Frauen zu. »Nur die Tatwaffe haben wir noch nicht gefunden. Die würde vielleicht noch die letzten offenen Fragen beantworten. Aber bisher hatten wir diesbezüglich leider noch kein Glück.«

Versonnen blickten alle drei ins lodernde Kaminfeuer, in dem die Holzscheite glühten und nach und nach zu Asche zerfielen.

Abends im Bett fanden Therese und Corinna lange keine Ruhe. Geldsorgen waren es, die Therese wach hielten. Gut, ihr Plan war aufgegangen, die beiden Leichen hatte sie elegant entsorgt. Die Polizei schien sämtliche Köder gefressen zu haben. Aber was jetzt? Mit dem Bierbaumschen Geldsegen war es vorbei. Dieses Haus konnte sie von ihren Einkünften auf keinen Fall halten. Die Zukunft sah trübe aus.

Neben ihr wälzte sich Corinna von einer Seite auf die andere. »Was ist denn, Schatz?«, fragte Therese, leicht genervt. »Warum schläfst du denn nicht?«

»Ich weiß nicht, was ich jetzt mit dem Ding machen soll«, jammerte Corinna.

»Was für ein Ding?«

»Na, diese Versicherungspolizei! Ich soll sie für ihn aufbewahren, hat er gesagt, und sie ihm zurückgeben, wenn er es sagt. Wie soll ich das denn jetzt machen?«

»Versicherungspolizei? Meinst du vielleicht Police?«

Corinna zog das Näschen hoch. »Ja, kann sein. Irgendwas mit Lebensversicherung. Falls ihm was passiert, hat er gesagt, dann gäbe es eine halbe Million, und dass mein Name da drinsteht.« Sie zuckte die Schultern. »Er hat das wohl nett gemeint. Aber anfangen konnte ich nichts damit. Was soll ich denn jetzt damit machen?«

Therese rollte sich zu Corinna hinüber und schloss sie fest in die Arme. »Gar nichts, mein Schäfchen«, sagte sie sanft. »Gar nichts. Überlass das ruhig mir.«

Sie schloss die Augen. Die Zukunft sah wieder rosig aus.

KLEIN UND PFLEGELEICHT

»Sieht nach Selbstmord aus«, sagte Kramer. Die Leiche mit der Gartenschürze pendelte am dicksten Ast des größten Apfelbaums sanft im Spätsommerwind. Eine Leiter lag im Gras.

»Hat es auch nicht zum ersten Mal versucht«, konstatierte der Oberkommissar und wies auf das dürre rechte Handgelenk des Erhängten. Deutlich waren die verschorften Wunden in Höhe der Pulsadern zu sehen, mehrere nebeneinander.

»Georg war oft so schwermütig in letzter Zeit«, jammerte die Witwe.

»Die Nachbarn sagen, Sie hätten manchmal Streit gehabt«, warf Hauptkommissar Stahnke ein.

»Ach, das war nichts von Bedeutung.« Die Frau war recht stabil, wohl doppelt so schwer wie ihr verblichener Mann. Sie machte eine wegwerfende Handbewegung. »Es ging darum, wo wir unseren Lebensabend verbringen wollten. Das alte Haus hier und der große Garten, die machen doch sehr viel Arbeit. Ich war für eine Eigentumswohnung, kleiner, schön am Hafen gelegen, altersgerecht und ohne diese Gartenplackerei. Kaum Hausarbeit, nur ein bisschen Bügeln und so. Warum sollte man sich das Leben nicht etwas leichter machen?« Sie schniefte. »Am Ende hat er mir zugestimmt. Und jetzt das!«

»Zugestimmt?« Stahnke blickte sich um. »Und da hat er noch sämtliche Rosenbüsche gestutzt?«

»Na ja, um das Haus besser verkaufen zu können! Aber der Gedanke, sich davon zu trennen, hat ihm wohl mehr zugesetzt als gedacht. Deshalb hatte er wohl auch versucht, sich die Pulsadern aufzuschneiden. Hätte ich dieses Warnsignal doch ernster genommen!«

Kramer zeigte auf das Haus. »Ich sehe mich mal drinnen um«, sagte er und verschwand.

»Ihr Mann war Linkshänder?«, fragte Stahnke.

Die Witwe blinzelte irritiert. »Nein, wieso? Bei Georg war alles ganz normal.«

Der Hauptkommissar besah sich die Wunden am rechten Handgelenk des Toten noch einmal näher. Schnitte waren das nicht. »Keine Rosen ohne Dornen«, murmelte er. Dann richtete er seinen Blick nach oben. »Woran hängt der Tote denn da eigentlich?«, fragte er.

»An der Verlängerungsschnur des Bügeleisens«, verkündete Kramer, der gerade eben wieder aufgetaucht war. Das Eisen trug er in einer Plastiktüte bei sich. »An der Kante sind Blutspuren. Ich schätze, wir finden eine passende Wunde am Kopf des Toten.«

»Sie wollten es sich leichter machen, ja? Praktisch für Sie, dass Ihr Mann nicht sehr schwer war.« Stahnke trat auf die Witwe zu. »Sie sind festgenommen. Das mit Ihrem Umzug geht auf jeden Fall klar. Und glauben Sie mir, Ihre neue Bleibe wird sehr klein und pflegeleicht sein.«

Ausgeblutet

Jedes Jahr kurz vor Weihnachten kam die Explosion, jedes Jahr, mit vernichtender Unfehlbarkeit. Jedes Jahr, an das er sich erinnern konnte, hoffte Jochen trotzdem auf das Ausbleiben der Katastrophe. Alle Jahre wieder wurde er enttäuscht.

Ein kleiner Funke genügte, um die Explosion auszulösen. Diesmal war es die Rote Bete. Seine Mutter hatte die Knollen geputzt – sieben Stück, wie jedes Jahr – und zum Kochen aufgesetzt. Von außen unappetitlich grau, blubberten die Dinger im schaumigen Kochwasser vor sich hin. Jochen konnte so recht keine Verbindung herstellen zwischen diesen faustgroßen Bällen und dem köstlichen Gericht, dem sie diese typische, unvergleichliche Farbe verleihen sollten.

Blutrot.

»Du lässt sie ja ausbluten!« Unbemerkt war Jochens Vater hinzu gekommen. »Da, guck! Habe ich dir nicht gesagt, du sollst Strunk und Wurzel erst nach dem Kochen abschneiden!«

»Ach was.« Mutter schaltete immer erst einmal auf Abwehr. »Ich muss die Dinger doch putzen, ehe sie in den Topf kommen. In den Wurzeln sitzt doch die ganze Klei-Erde, wie sieht denn das aus. Das gibt ganz dicke Ränder. Machst du den Topf etwa nachher sauber?«

Es gab verschiedene Möglichkeiten, Jochens Vater wütend zu machen. Sehr viele sogar, und immer wieder kamen neue hinzu, wie der Junge schon oft hatte erfahren müssen. Der sicherste Weg aber war, etwas Offensichtliches abzustreiten.

»Aber nun sieh dir doch mal das Kochwasser an. Blutrot! Sie bluten aus. Da kocht jetzt all das raus, was eigentlich ins Essen soll. Wenn die Rote Bete weichgekocht ist, hat sie keine richtige Farbe mehr. Keine Farbe und keinen Geschmack. Da kannst du auch gleich Kartoffeln nehmen.«

»Kartoffeln? Kannst du mir mal erklären, was Kartoffeln damit zu tun haben sollen?« Mutter hakte ein. Dass sie in der Sache auf verlorenem Posten stand, hatte sie längst erkannt, aber wie alle schwachen Menschen konnte sie sich das nicht eingestehen. Statt den ehelichen Kampf zu beenden, wich sie auf einen Nebenschauplatz aus. Vater lieferte ihr immer einen Anlass, wenn er sich erst in Rage geredet hatte.

»Das war doch nur ein Beispiel. So blass wie Kartoffeln.«

»Rote Bete hat mit Kartoffeln ja nun gar nichts zu tun. Die schmeckt doch wohl völlig anders. Auch wenn beides Hackfrüchte sind.«

»Herrgott, nun hack doch nicht darauf rum. Du weißt doch genau, was ich gemeint habe.«

»Woher soll ich wissen, was du meinst, wenn wir von Roter Bete reden und du plötzlich von Kartoffeln anfängst?«

»Nun stell dich nicht dümmer als du bist, verdammt noch mal!«

»Ach ja?« Mutters eben noch ärgerliches Gesicht verzog sich zu einer leidenden Miene, die Jochen nur zu gut kannte. »Nun ist das also wieder dran. Als ob ich nicht selber wüsste, dass ich nur auf der Volksschule war. Aber das war eben so damals, das hat mein Vater bestimmt, der kannte das gar nicht anders, bei einem Mädchen. Dabei hätte ich …«

»Niemand redet von deiner Schulbildung. Nun fang doch nicht wieder davon an. Das ist doch überhaupt nicht das Thema.«

»Natürlich, wenn mich etwas bedrückt, dann ist das ja nie das Thema. Das bestimmst ja auch immer du, was hier Thema ist.« Tränen schossen aus Mutters Augen. Sie griff sich ein Küchenhandtuch und drückte es vor Mund und Nase. »Du bist ja so gemein. So hundsgemein. Und immer gerade vor Weihnachten musst du Streit anfangen. Nie gönnst du uns mal eine Freude.« Durch das Handtuch klangen ihre Worte halb erstickt, was die Wirkung noch verstärkte.

Jochens Vater war einen Moment lang sprachlos, war überrascht, trotz der unzähligen Dispute, die sie in ihrer Ehe schon absolviert hatten. Er stand da mit offenem Mund und hochrotem Kopf.

Mutter nutzte diese Schocksekunde und lief aus der Küche.

Vater folgte ihr, die Küchentür hinter sich zuschlagend. Im Schlafzimmer fand er seine Sprache wieder. Der Lärm tönte durchs ganze Haus. Jetzt wussten die Nachbarn wieder Bescheid.

Jochen drehte die Gasflamme unter dem Topf kleiner. Die Herdoberfläche war schon mit roten Spritzern übersät. Vater hatte natürlich recht gehabt, trotzdem weinte Jochen mit seiner Mutter. Es war einen Tag vor Weihnachten, da durfte man einfach nicht tun, was sein Vater getan hatte. Frieden. Da musste man Frieden halten, Weihnachtsfrieden. Weihnachten war so ein wichtiges Fest. Und so ein empfindliches. Das durfte man doch nicht kaputt machen.

Jochen holte eine Gabel aus der Schublade, stach vorsichtig in eine der Rüben hinein und hob sie aus dem Topf. Er pustete, bis er sich traute, die Oberfläche kurz mit dem Zeigefinger zu berühren. Die Pelle ließ sich schon ganz leicht abschieben, darunter glänzte es fleischig-rot. »Sie sind gar«, murmelte er. »Und vom Ausbluten kann man gar nichts sehen.« Versöhnliche Worte, die niemand hörte. Im Schlafzimmer wurde immer noch gebrüllt.

Jochen dreht die Gasflamme ab. Das Abgießen musste seine Mutter machen, das traute er sich noch nicht. Sobald die Rote Bete gepellt und abgekühlt war, konnte es endlich losgehen. Trotz allem freute er sich darauf. Weihnachten war das Fest der Süßigkeiten; vielleicht war gerade deshalb der Kontrast so wichtig. Einige seiner Klassenkameraden aßen Heiligabend Hühnersuppe, andere Mockturtle, die meisten Kartoffelsalat mit Würstchen. Jochens Eltern machten Heringssalat. Den gab es jedes Jahr nur einmal. So blieb er einmalig. Ein Erlebnis. Schon beim Gedanken an den salzig-frischen Geschmack lief ihm das Wasser im Mund zusammen.

Die Zutaten standen bereits auf dem Tisch. Einige davon ließen nicht unbedingt erahnen, dass sie einmal Bestandteil eines derart leckeren Gerichts sein würden. Die vier Salzheringe zum Beispiel, über Nacht gewässert, aber noch nicht ausgenommen. Jochen hasste es, Tier zu essen, das wie Tier aussah. Und dabei auch noch so anklagend glotzte. Aber das würde sich ja bald ändern. Die vier sauren Heringe waren schon filetiert. Die Boskop-Äpfel mussten noch gerieben, die sauren

Gurken noch in Stückchen geschnitten werden. Ebenso die halbe Fleischwurst. Alles würde dann in die große schwarz-blaue Emailleschüssel getan und mit der geraspelten Roten Bete vermischt werden. Morgen, wenn alles gut durchgezogen war, kam die Mayonnaise dazu, selbstgeschlagene. Dann war der Heringssalat fertig. Dann war Weihnachten.

Die Stimmen seiner Eltern kamen wieder näher, wurden noch lauter. Die beiden mussten jetzt im Flur sein.

Jochen ahnte, was kommen würde. »Nein«, stöhnte er. »Nicht heute. Morgen ist doch Weihnachten.« Er presste die Hände auf die Ohren und kroch unter den Küchentisch. Da schlug die Wohnungstür auch schon zu. Vater war gegangen, und jetzt hieß es wieder Warten und Bangen, wann er wiederkommen würde. Und in welchem Zustand.

Die Küchentür ging auf. Mutter weinte nicht mehr. Das Küchenhandtuch hatte sie sich über die Schulter geworfen. Sie ging zum Herd und warf einen Blick in den Topf, auf die langsam erkaltenden Knollen. »Ausgeblutet!« Dieses Wort stieß sie so verächtlich hervor, wie Jochen noch nie einen Menschen hatte reden hören. Vor Schreck hielt er den Atem an, und so konnte er deutlich hören, wie seine Mutter leise sagte: »Irgendwann lasse ich *ihn* ausbluten.«

Geräuschlos kroch er unter dem Tisch hervor und huschte zur Tür hinaus in den Flur. Seine Mutter drehte sich nicht nach ihm um.

Vater kam früher zurück als befürchtet. Jochen spielte gerade unten in der Waschküche; die Schritte im Treppenhaus waren unverkennbar. Wenn überhaupt, dann war er wenigstens nicht sehr betrunken. Hoffnung keimte auf, und Jochen spielte etwas beruhigter weiter. Wenig später hörte er Vater im Bastelkeller hantieren. Deutlich waren Raspel und Feile zu hören, und zwei oder drei Mal sprang sogar die Tischkreissäge an, sang sich das Sägeblatt durch ein Stück Holz, immer nur kurz. Jochen erwog, hinzugehen und seinem Vater bei der Arbeit zuzusehen. Aber Besuche im Bastelkeller führten meist zu belehrenden Vorträgen und endeten oft mit Ärger wegen seiner Ungeschicklichkeit. Außerdem konnte es ja sein, dass Vater noch etwas für ihn zu Weihnachten bastelte. Also verzog sich Jochen lieber in den finsteren Winkel, den sie »Kellerloch« nannten, wo er zwischen abgestellten Fahrrädern, Rodelschlitten und metallenen Mülleimern Old Shatterhand sein konnte.

Später — er hätte nicht sagen können, wie viel später — führte ihn die für einen Westmann unvermeidliche Spurensuche wieder in den Kellergang.

Es war auffallend still. Er blieb stehen und horchte sekundenlang; auch aus Vaters Keller drang kein Geräusch mehr. Ganz in sein Spiel vertieft, hatte Jochen gar nicht mitbekommen, wann Vater zurück nach oben in die Wohnung gegangen war. Ob es Tee gab? Aber dann hätte Mutter ihn doch bestimmt gerufen.

Da sah Jochen die Flecken auf dem Boden.

Sie sahen schwarz aus auf dem dunkelgrauen Zementboden, und es war ihm sofort klar, dass das kein Wasser sein konnte. Jochen streckte den Zeigefinger aus, traute sich dann aber doch nicht, ihn in einen dieser Flecken hineinzustippen. Stattdessen legte er den Kopf schräg und betrachtete die glänzenden Tupfen von der Seite. Der rote Schimmer war unverkennbar.

Blut. Tod. Mord. Seine Gedanken schäumten gegen diese Worte wie Wasserfluten gegen Schleusentore, aufgewühlt und doch unfähig zu fließen.

»Vater«, stammelte er. »Mutter. Oh Gott, Mutter.«

Die Spur der Tropfen führte die dämmerige Kellertreppe hinauf. Im hellen oberen Treppenhaus war nichts zu sehen. Ob sie die glatten Fliesen schon abgewischt hatte? Keuchend erreichte er die Wohnungstür – sie stand halb offen. Wenn es noch eines Beweises bedurft hätte, dass eine Katastrophe eingetreten war, dann war der hiermit erbracht. Vier Mietparteien teilten sich das Treppenhaus, nett und freundlich waren alle zueinander, aber seine Wohnungstür ließ niemand jemals offen stehen.

Leise betrat Jochen den Flur. Nichts zu hören. Links war das Kinderzimmer, geradeaus das Wohnzimmer, daneben das Schlafzimmer der Eltern, rechts das Bad. Ganz rechts, an der Garderobe vorbei um die Ecke, war die Küche. Dorthin zog es ihn zuerst.

Wenn man sich gegen einen Schock wappnet, zugleich aber zulässt, dass Hoffnung die Deckung durchlöchert, dann erwischt es einen doppelt. Das Allerschlimmste war es nicht, was Jochen da sah, aber schlimm genug: Eine Blutpfütze auf dem Linoleum, dicke Tropfen auf Vaters Stuhl, rote Schlieren am Küchenschrank. Jochen glaubte zu schreien, tatsächlich aber bekam er keinen Ton heraus.

Sie hat ihn getötet. Sie hat es wirklich getan. Sie hat ihn umgebracht. Die Worte rumpelten in Jochens Kopf herum und herum wie in einem Betonmischer. Getötet, einen Tag vor Weihnachten. Konnte es etwas Schlimmeres geben?

Ihm wurde übel. Mit steifen Beinen ging er ins Bad, musste sich dann aber doch nicht übergeben. Immer noch war es still in der Wohnung. Totenstill.

Vorsichtig öffnete er eine Tür nach der anderen: niemand da. Sie ist geflohen, dachte er. Sie hat Vaters Leiche versteckt und ist geflohen. Aber das wird ihr nichts nützen. Man wird sie finden. Mörder wurden doch immer alle gefunden. Oder?

»Spuren«, murmelte Jochen. Wenn alle Spuren verwischt waren, dann konnten Mörder manchmal entkommen. Das wusste er aus dem Fernsehen.

Wischen? Er ging zurück in die Küche: Aussichtslos. Das war zu viel, da blieb auf jeden Fall etwas zurück. Dazu noch die Flecken im Keller. Nein, es musste alles ausgelöscht werden, alles auf einen Schlag.

Restlos.

Sein Blick fiel auf den Gasherd.

Eine Viertelstunde später zerrte Jochen sein Fahrrad aus dem Kellerloch. Er schnallte die Schultasche mit dem Proviant und den Schlafsack auf den Gepäckträger, rollte das Rad durch die Waschküche und über die hintere Treppe auf den Hof, stieg auf und radelte los. Erst einmal zu Bernhard, der hatte eine kleine Mansarde als Spielzimmer, da konnte er vielleicht über Nacht bleiben. Danach würde er weitersehen.

Wenige Minuten später traten Jochens Eltern durch die Haustür. Vaters rechte Hand steckte in einem dicken weißen Verband. »Geht's denn?«

Seine Frau stützte ihn liebevoll. »Du hast Glück gehabt, meint der Arzt. Vielleicht bleibt der Mittelfinger ein bisschen steif, aber das ist gar nichts im Vergleich dazu, was alles hätte passieren können. Du musst wirklich besser aufpassen mit deiner Kreissäge.«

»Ich weiß.« Jochens Vater nahm die Belehrung hin; das Sägeblatt hatte seine Knochen zwar knapp verfehlt, aber der Schreck war ihm hineingefahren. »Ich habe den ganzen Kellergang vollgeblutet, erst im Treppenhaus habe ich den Putzlappen richtig drunter gehalten. Ob du wohl nachher unten sauber machst?«

»Mach ich«, sagte sie. »Aber erst die Küche. Ich wollte gerade die Rote Bete abgießen, als du reingekommen bist, blutüberströmt und blass wie eine Leiche. Fast hätte ich den Topf fallen lassen, aber auch so ist ordentlich was auf den Boden gepladdert.«

»Sieht bestimmt grauenhaft aus.« Er tastete mit der linken Hand seine Taschen ab: »Jetzt muss ich unbedingt eine Zigarette rauchen. Kannst du mir vielleicht eine anstecken?«

»Klar«, sagte sie. »Aber nicht hier im Treppenhaus. Warte, bis wir in der Wohnung sind.«

Dass die Wohnungstür geschlossen war, fiel ihnen nicht auf; das war sie schließlich immer. Die Mutter drehte den Schlüssel im Schloss. Zusammen betraten sie die Wohnung, Zigarette und Feuerzeug in der Hand.

Jedes Jahr kurz vor Weihnachten kam die Explosion.

KALTER KAFFEE

»Collmanns Speicher haben sie verwüstet? Warum das denn?« Hauptkommissar Stahnke nahm einen Schluck aus seinem Kaffeebecher.

»Was weiß denn ich!« Kollegin Brinker klang schnippisch, wie immer in letzter Zeit. »Ich halte mich an die Fakten. Für Spekulationen sind hier ja andere zuständig.«

Stahnke verzog sein Gesicht. Hätte er sich doch bloß nicht auf diese Affäre mit der hübschen Kollegin eingelassen! Sie hatte sich offenbar etwas Längerfristiges davon versprochen als er, und jetzt musste er mit den Folgen leben. Die Frau verstand es, sich zu rächen, das musste der Neid ihr lassen!

Außerdem schmeckte sein Kaffee heute merkwürdig. Irgendwie muffig. Angeekelt stellte er die Tasse hin und nahm mehr Milch und Zucker.

»Gegen Collmann wurde doch letztens ermittelt«, fiel ihm ein. »Worum ging es da noch?«

»Verstoß gegen das Lebensmittelrecht«, blaffte Brinker zurück. »In seinem Speicher soll Rohkaffee verschimmelt sein; angeblich hat er ihn trotzdem in den Handel gebracht. Ist streng verboten. Man konnte ihm aber nichts beweisen.«

»Verschimmelter Kaffee? Ist der gesundheitsschädlich?«

»Und ob! Die Giftstoffe bleiben auch nach dem Rösten drin. Da kann man dran eingehen. Dauert aber eine

Weile.« Die Polizistin knallte ihre Unterlagen auf den Tisch. »So. Wenn sonst nichts mehr ist, dann geh' ich jetzt. Okay?«

»Okay.« Stahnke schluckte seinen kalten Kaffee. Wie hatte er nur so dämlich sein können! Eine Affäre mit der eigenen Kollegin – war das schon Torschlusspanik gewesen?

Er hob die Hand: »Eine Frage hab' ich noch.«

Kollegin Brinker stand schon in der Tür, die Augenbrauen hochgezogen, und tappte mit dem Fuß. »Und was, bitteschön?«

»Dieser schimmelige Gift-Kaffee – kann man den irgendwie erkennen? Am Geschmack oder so?«

»Ja«, erwiderte die Kollegin. »Schmeckt ein bisschen muffig.« Und weg war sie.

Stahnke saß da wie erstarrt, den Kaffeebecher in der Hand.

Die Bürotür fiel ins Schloss.

DER MACHO-MÖRDER
VON LEER

Machos? Hier in Leer? Wo denken Sie hin. So was werden Sie bei uns nicht finden. Jetzt nicht mehr.

Tja.

Sie können es ja nicht wissen, deshalb möchte ich Ihnen einen guten Rat geben: Verkneifen Sie sich diese Frage. Jedenfalls, solange Sie hier in Leer sind.

Warum? Das will ich Ihnen ja gerade erzählen. Vielleicht haben Sie sogar schon davon gelesen. Vor einem Jahr, als alles anfing, hat die Presse ja noch drüber berichtet. Nein? Na ja, zuerst war es ja auch nur ein Mord unter vielen.

Fokko Dirks hieß der Mann. Das Opfer. Tja, so heißt man hier. Ein Kerl wie ein Kugelblitz, rotbärtig und rund, immer gut gelaunt – zwei Zentner ausgelassener Speck, wenn Sie verstehen, was ich meine. Immer im Mittelpunkt, immer das große Wort. Wusste alles und alles besser.

War Eigner eines alten Zweimasters. Das Schiff lag hier im Freizeithafen, gleich neben der Rathausbrücke, also mitten in der Stadt, ja, gleich da vorn, wo Sie vorhin Ihr Speedboat festgemacht haben. Doppelschrauben, zweimal 120 PS, stimmt's? Ach, zweimal 140 sogar. Tja, das konnte man sehen.

Unser Fokko also lag mit seinem Schiff hier an der Promenade und spielte den großen Seemann, am liebsten für die Touristen. Dabei war er in Wirklichkeit Teppichhändler.

Und eines Morgens hing er dann plötzlich da, regelrecht aufgeknüpft an seinem eigenen Schiff. Aber nicht etwa am Großmast, sondern vorne am Bugspriet, bis zu den Knien im Wasser. Habe ihn selbst gefunden. Sein Hemd war vorne offen, die Wampe hing raus, und darauf war ein großes M gemalt. Mit roter Unterbodenfarbe.

Tja, so kann's kommen.

Gab natürlich eine Riesenaufregung und für uns reichlich Stress. Keine Spur, kein Verdächtiger, kein Motiv, dafür jede Menge Erwartungsdruck. Unser Kriminaldirektor war so einer wie im Fernsehen, Sie wissen schon: »Ich verlange Resultate, und zwar innerhalb von 24 Stunden.« – Die Sorte eben. Eine echte Nervensäge.

Ach, hatte ich das noch gar nicht erwähnt? Mein Name ist Stahnke. Einfach Stahnke. Kriminalhauptkommissar, Mordkommission. Da kommt ja unser Bier. Tja, dann prost.

Der Chef konnte natürlich verlangen, soviel er wollte – wenn man nicht weiß, wonach man sucht, dann findet man gewöhnlich auch nichts. Auch nicht in 72 Stunden. Und dann gab's ja auch schon den zweiten Mord.

Heiner Kopanka, Sportstudent. Kräftiger Bursche, kein Mucki-Bubi, mehr wie ein Turner, nur größer. Jollensegler, war mal Vierter bei der Kieler Woche gewesen. Jetzt war er Nummer zwei unserer Killer-Woche.

Ich war einer der Ersten am Tatort. Da waren auch Fotos von ihm: Immer freches Grinsen, immer vorgeschobenes Becken. Kleiner Kopf, kurze blonde Haare. Trug manchmal eine winzige Elbseglermütze und riesige

Holzschuhe. In Kiel, wo er auch studiert hatte, soll so was ganz gut angekommen sein, hieß es. Angeblich nannte man ihn da den »One-Night-Ständer«. Hier in Leer hatte er wohl weniger Fans. Jedenfalls hat man ihm mit einem seiner eigenen Holzschuhe den kleinen blonden Schädel eingeschlagen. Und natürlich ein rotes M auf den Waschbrettbauch gemalt.

Tja. Diesmal mit Filzstift.

Danach war natürlich richtig Hölle, weil jetzt klar war, dass wir es mit einem Serien-Killer zu tun hatten. Mein Chef lag mir daraufhin Tag und Nacht in den Ohren. Aber nur 48 Stunden lang. Dann war auch er tot. Erstochen, mit einem Grillspieß, auf seinem eigenen Hausboot. Ja, gleich da drüben hat es gelegen. Seine Gäste fanden ihn dort vor, halbnackt am Boden, mit dem großen roten M auf dem Bauch. Chilisauce.

Ich kam erst etwas später dazu. War nicht eingeladen. Tja.

Natürlich haben wir nach Gemeinsamkeiten gesucht. Auf den ersten Blick schienen Fokko Dirks, Heiner Kopanka und mein Chef rein gar keine Ähnlichkeiten aufzuweisen. Ein segelnder Teppichhändler, ein Jollen-Gockel und ein Polizei-Karrierist. Drei Paar Schuhe sozusagen. Eins davon auch noch aus Holz.

Aber dann bin ich mal etwas tiefer in die Materie eingestiegen. Zugegeben, mein Kollege Kramer und ein Kasten Jever Pils haben mir dabei geholfen. Tja.

Bei meinem Chef hab ich angefangen, weil ich den am besten kannte. Ferdinand Sartorius, 49 Jahre, Nacken-schwänzchenträger, verheiratet mit einer Feinkost-Kette. Vorsitzender vom Segelclub. Jäger. SPD-Mitglied, was man nur begreift, wenn man weiß, dass die SPD in

Leer bis vor kurzem den gleichen Status hatte wie die CSU in Bayern. Wer hier was werden wollte, war drin. Ferdinand Sartorius, ein Arschloch im Aufwind, wenn Sie mir dieses Bild mal gestatten wollen. Und tatsächlich war das der Schlüssel. Nicht Schlüsselloch, jetzt werden Sie mir aber etwas gewöhnlich. Schlüssel! Sartorius war mir unsympathisch, herzlich zuwider sozusagen. Tja, und das waren die beiden anderen auch. Richtige Machos eben.

Wenn es eine Gemeinsamkeit gab, dann die.

Diese Leute wollen sich anderen überlegen fühlen, aber sie wollen möglichst nichts dafür tun. Nichts leisten, nur sein. Früher machten solche Typen auf feudal, dann auf national, heute reicht Genital. Das sind keine Männer, das sind Männchen. Alles Denken und Trachten reduziert auf Machterwerb und Paarungstrieb. Unheimlich hart sind sie, diese Machos, aber nur nach außen. In Wahrheit sind sie die Weicheier. Hartschalige Weicheier.

Ob ich Komplexe habe? Nun ja, das hab ich mich auch oft gefragt. Irgendwie schon. Tja, ich leide unter diesen Typen. Weil ich sie durchschauen kann, aber nicht aufhalten. Weil ich weiß, wie ihr Erfolg funktioniert, es aber selbst nicht tun könnte, ohne zu kotzen. So ziehen sie rechts und links an mir vorbei und grinsen. Das macht hilflos, und Hilflosigkeit macht aggressiv. Tja.

Möchten Sie auch noch ein Bier?

Ich bin dann zu Fritz Manninga gegangen, Sartorius' Nachfolger, und habe ihm meine Theorie erläutert. Hat eine Weile gedauert, aber Manninga ist 61 und nicht dumm, irgendwann hatte ich ihn überzeugt.

Manninga ist daraufhin zum Bürgermeister, der hat den Stadtrat zusammengetrommelt und einen Runden

Tisch ins Leben gerufen mit Vertretern der Presse, der Kirchen, Schulen, Gewerkschaften und so weiter, mit allem Klimbim, wie man das eben so macht. Tja, und so wurde das Problem dann tatsächlich gelöst.

Den Mörder? Nein, den haben wir nicht gefasst. Das Macho-Problem haben wir gelöst! Sind Ihnen denn nicht die Schilder aufgefallen? Rotes M auf weißem Bauch, äh, vielmehr Grund – schwarz durchgestrichen. Machos verboten. Die Dinger stehen doch an allen Ortseingängen. Leer ist machofreie Zone.

Und seitdem ist Ruhe. Keine Macho-Morde mehr. Tja. Ganz einfach, wenn man's recht bedenkt, oder?

Anzunehmen, dass er noch frei herumläuft. Hat aber doch auch eine gewisse pädagogische Wirkung. Das Klima in der Stadt hat sich in den letzten Monaten deutlich verändert. Zum Positiven. Die Kerle sind kleinlauter geworden. Vielleicht auch weniger. Haben eben Angst vor dem großen M. Aber letztlich ist es ja egal, warum sie die Klappe halten. Hauptsache, sie tun es.

Tja, es wird kühl. Sehr vernünftig, dass Sie Ihr Hemd weiter zuknöpfen. Schwarze Seide, nicht? Für mich wäre das nichts, da sieht man sofort die Schuppen. Und Ihr Powerboat, das lassen Sie doch auch besser liegen. Nach fünf Bier. Ich bin zwar nicht im Dienst … genau.

Gehen wir noch ein paar Schritte zusammen, ich bringe Sie bis zu Ihrem Hotel. Am Hafenkopf, nicht wahr? Wir haben denselben Weg. Doch, bestimmt.

Ja, Herr Ober, ich möchte zahlen. Zusammen. Nein, keine Widerrede, Sie sind mein Gast. Na eben.

Danke, Herr Ober. Sie haben doch nichts dagegen, wenn ich mir noch ein paar von den kleinen Ketchup-Tütchen einstecke?

Genau. Kann man immer brauchen. Sie sagen es. Danke schön.

IHR KINDERLEIN KOMMET

Kurz vor dem zweiten Advent ging sie zum Höhlenforscher. »Bitte, Herr Doktor, schauen Sie gerne mal rein!« Sie musste grinsen. Unter denen, die gerne mal bei ihr reinschauten, war tatsächlich auch ein Doktor.

»Alles in Ordnung«, lobte der Gynäkologe.

»Muss auch«, erwiderte Gesa. »Mein Körper ist mein Kapital.«

Von da an nannte der Arzt sie nur noch »die Kapitalistin«.

Auf dem Gang zur Rezeption lag ein Stückchen Papier. Gesa bückte sich nur, weil sie es für einen Geldschein hielt. Es war aber ein Foto. Ultraschall. Der Embryo war gut zu erkennen.

Gesa hatte eine Idee. Als freie Unternehmerin brauchte man Ideen, wenn man vorwärts kommen wollte. Und Gesa hatte nicht vor, ihr ganzes Leben in untergeordneter ... na ja, in welcher Stellung auch immer zu verbringen.

Als Erstes ging sie zu Klaus, einem treuen Stammkunden. Klaus war Witwer. Als sie ihm das kleine Gummibärchen auf dem Ultraschallfoto zeigte, freute er sich wie ein Schneekönig. Kam gar nicht auf den Gedanken zu fragen, wie das denn angehen könne, von wegen Gummi und so.

Beim Abschied schenkte er ihr hundert Euro extra. »Ist ja bald Weihnachten«, säuselte er. »Weißt schon: Ihr Kinderlein kommet!«

Klappt ja super, dacht Gesa und ging zu Werner, Junggeselle mit Hang zum Klammern. Der rückte gleich zweihundert extra raus. Perfekt.

Als Nächstes zu Wladimir, der ein Freudentänzchen aufführte. Fünfhundert gab's dazu. Wladimir trug gerne dick auf.

Der Hammer aber war Frerich. »Unser Kind braucht ein vernünftiges Umfeld«, sprudelte er los. »Such dir eine größere Wohnung, dann richten wir ihm ein wunderschönes Zimmer ein. Wie viel brauchst du dafür? Fünftausend? Zehn?«

Als freie Unternehmerin musste man alles sein, bloß nicht bescheiden. »Tja, weiß nicht«, gab Gesa sich zögerlich. »Eine Ausstattung wird nämlich nicht reichen. Ich bekomme Zwillinge.«

»Zwillinge?« Frerich besah sich das Foto näher. »Kann man gar nicht sehen, dass das zwei sind.«

»Klar, man sieht immer nur eins zur Zeit«, log Gesa. »Ist aber so. Alles muss doppelt.«

»Zwanzigtausend.« Frerich nickte entschlossen. »Wenn ich das Sparbuch auflöse, klappt das schon.«

Gesa jubelte innerlich. Wen als Nächstes? Den Doktor? Der war zum Glück Zahnarzt.

Frerichs Smartphone piepte. Er öffnete die Nachricht mit der linken Hand, das Ultraschallbild in der rechten. Auf dem Display erschien ein Foto. Frerichs Blick wanderte hin und her.

»Wer ist es denn?«, fragte Gesa ungeduldig. So wollte dringend los, die Ernte einbringen.

»Mein Freund Klaus«, erwiderte Frerich. »Er schreibt, dass er Vater wird. Und hier ist auch eine SMS von

Werner. Sagt, er wäre gerade bei Wladimir.« Frerichs Augenbrauen zogen sich bedrohlich zusammen.

Wie der Blitz sauste Gesa aus der Wohnung und flog förmlich die Treppe hinunter, so schnell, dass sie die vorletzte Stufe verfehlte. Anschließend wackelte ihr Stiftzahn.

Ach, macht nichts, dachte sie trotzig. Ich wollte ja sowieso zum Zahnarzt.

FRIEDHOF DER QUASSELTIERE

Mit dem Gröl-Elch fing alles an.

Genau genommen war es nur ein Elchkopf, breitschaufelig und mit beweglichem Maul, angebracht oben an einer der Saufbuden auf dem Weihnachtsmarkt. Von dort grölte er Weihnachtslieder und Schlager und quasselte dazwischen unermüdlich die Leute mit dummen Sprüchen voll. Woche um Woche, solange die Vorglühzeit für die größte Umsatzschlacht des Jahres eben dauerte. Viele Menschen waren entsetzt über so viel Geschmacklosigkeit, andere aber fanden das Ding toll. Hing wohl auch vom Alkoholpegel ab.

Ein paar Jahre lang blieb der Gröl-Elch unangefochtener Platzhirsch. Dann tauchte ein Herausforderer auf. Ein großes plüschiges Rentier, das aus dem Schaufenster eines Weihnachtsdekogeschäfts heraus die Passanten hemmungslos anquasselte, um die Blicke auf den überladenen Laden zu lenken. Wieder schüttelten zarte Gemüter den Kopf über die neue Belästigung. Den meisten Einkaufenden aber konnte der vorfestliche Rummel gar nicht rummelig genug sein. Sie verscheuchten sogar störende Straßenmuskanten, um nichts von dem Rentiergequassel zu verpassen.

Die örtliche Zeitung hatte gerade zur Abstimmung aufgerufen, welches der beiden Quasseltiere denn wohl mehr Fans hinter sich versammeln mochte, da tauchte

Plüschplauderer Nummer drei auf. Diesmal war es ein Esel, lebensgroß, der sich als Ensemblemitglied einer Krippeninstallation das Maul verrenkte, um jedem, der nicht schnell genug die Flucht ergriff, die Frohe Botschaft ins Ohr zu schreien. Seine Stimme erinnerte stark an Eddie Murphy.

Nummer vier ließ nicht lange auf sich warten. Ausgerechnet ein Fisch war es, ein mehrere Meter langes Schuppenmonster mit eingerolltem Schwanzende, das vor einem Feinkostgeschäft die Vorzüge eiweißreicher Kost verkündete. Und dabei immer mal wieder anstimmte: »Ein Hering und eine Makrele, die waren ein Herz und auch Seele ...«

Das lokale Quasselblatt bekam keine Chance, auf diese neue Herausforderung zu reagieren, denn schon am nächsten Tag erhob die Singende Sau ihre quiekende Stimme. Natürlich im Schaufenster einer Landschlachterei. Die Döner-Konkurrenz schlug umgehend zurück, und zwar mit einem monströsen Schaf, das sein gelenkiges Maul nicht nur zu gängigen Gassenhauern und flachen Sprüchen bewegte, sondern auch zu orientalischer Instrumentalmusik. Viele fanden das widersinnig, aber wer schon Elch und Rentier mochte, den störte auch das nicht.

Für mehr Aufregung sorgte die Tatsache, dass das quasselnde Mutterschaf von einer Schar Lämmer umgeben war, die ebenfalls ihre Mäulchen bewegten, ob es nun zur Tonkulisse passte oder nicht. Auf Facebook kursierten bald Bilder mit gehässigen Kommentaren wie »Typisch Ausländer, den ganzen Stall voller Blagen!« bis hin zu »Stoppt den Migranten-Mord an Jungtieren!«. Dieselben Facebookler schrieben dann unter Fotos von ertrunkenen Flüchtlingen: »Super, die müssen wir wenigstens nicht mehr ausweisen.«

Die Aufregung legte sich aber schnell, nachdem ein Steakrestaurant ein quasselndes Riesenkalb aufgestellt hatte, dass für seine eigenen Filets und Lendenstücke warb. Danach hatte niemand mehr etwas an labernden Lämmern auszusetzen.

In der Zeitung stand sowieso kein Wort davon. Dort konzentrierte man sich ganz auf den überlebensgroßen Schäferhund, der vor einem Geschäft für Kleintierbedarf auftauchte und mit klappendem Unterkiefer und der Stimme von Heino urdeutsches Liedgut zum Besten gab.

Von da an war endgültig kein Halten mehr. Vor dem Käseladen schmetterte bald eine dickeutrige Milchkuh Opernarien, im Bio-Markt traten Riesenmäuse im Chor auf, vor dem Waffengeschäft grölte ein riesiger Seeadler mit Sternenbanner Countrysongs und im Schuhgeschäft steppte ein gestiefelter Kater, der natürlich auch keine Sekunde lang das Maul hielt. Ebenso wenig wie der Bär vor der Lederwarenhandlung, der Tiger im Teppichladen oder das Stinktier vor der Parfümerie. Ganz zu schweigen von den Hirschen und Löwen vor Apotheken und Drogerien. Im Supermarkt vor dem Eierregal sang ein Riesenhuhn »Ihr Kinderlein, kommet.« Tag für Tag traten neue Quasselviecher in Erscheinung. Ein Ende war nicht abzusehen.

Bis die Stunde des Rächers schlug.

Es begann an dem Tag, als die Stadtverwaltung verlauten ließ, man wolle jetzt auch die riesigen Räuchermännchen und Nussknacker, die aus unerfindlichen Gründen jedes Jahr vor Weihnachten von Schwerlastkränen in die Stadt gewuchtet wurden, mit beweglichen

Kinnladen und Lautsprechern versehen, um Weihebotschaften von Rat und Verwaltung verkünden zu lassen, und zwar rund um die Uhr. Praktisch zur selben Zeit, als man das verlautbarte, wurde dem Gröl-Elch Gewalt angetan.

Natürlich nahm die Kriminalpolizei sofort die Ermittlungen auf. Hauptkommissar Stahnke identifizierte die Tatwaffe auf den ersten Blick: graues Lasso-Tape, Klebeband der aggressivsten und haltbarsten Sorte, wie es jedermann in jedem Baumarkt und anderswo erwerben kann. Die gesamte untere Kopfhälfte des Saufbuden-Elchs war damit umwickelt worden, in mehreren Schichten, so dass die Figur keinen einzigen Ton mehr hervorbringen konnte und auf dem Weihnachtsmarkt eine ungewohnte, geradezu feierliche Stille herrschte. Und schlimmer: Der Täter hatte die Wicklung anschließend mit einem Gasbrenner bearbeitet, so dass der Kunststoff des Klebebandes mit dem des Kunstfells zu einer untrennbaren Einheit verschmolzen war. Entsprechend betroffen war die Reaktion des Budenbesitzers: »Voll Kacke ey, das Ding kannste wegschmeißen.«

Daraus wurde natürlich nichts, denn die Polizei benötigte den Elchkopf als Beweisstück und lagerte ihn zur weiteren Untersuchung in einer leerstehenden Halle im benachbarten Gewerbegebiet ein. Eine weitsichtige Entscheidung, denn der Elchkopf blieb dort nicht lange allein.

Schon in der nächsten Nacht war das Rentier dran. Der Täter – man taufte ihn bald den »Weihnachts-Killer« – schnitt ein sauberes Loch in die Schaufensterscheibe und brachte auch dieses Quasseltier zum Schweigen. Diesmal benutzte er Silikon, das schnell aushärtete und den Sprachapparat des plüschigen Tieres nachhaltig blockierte, noch ehe morgens die ersten Passanten auf die ungewohnte Stille aufmerksam geworden waren.

Die sofort angeordnete Bildung einer polizeilichen Sonderermittlungsgruppe mit der Bezeichnung »Stille Nacht« konnte weder den hochheiligen Esel noch den eiweißhaltigen Hering retten. Beide verstummten noch in derselben Nacht, geknebelt und zerstört mit Bauschaum und Sekundenkleber.

Die Mitglieder der SoKo kamen überhaupt nicht zum Ermitteln, sondern waren die meiste Zeit damit beschäftigt, Tatorte zu sichern und sabotierte Tierfiguren in die Lagerhalle zu bringen. Diese Halle bekam vom Volksmund umgehend den Spitznamen »Friedhof der Quasseltiere« verpasst.

Natürlich beschloss man, ab sofort die Standorte der noch sprechenden Figuren besonders zu schützen und zu bewachen. Das erwies sich jedoch als schwierig, denn die Anzahl der plappernden Puppen hatte dermaßen zugenommen, dass gar nicht genügend Beamte und Objektschützer zur Verfügung standen, um alle rund um die Uhr im Auge zu behalten. Der nahe liegende Plan B, stattdessen Videokameras einzusetzen, scheiterte daran, dass auf Grund der anhaltenden Terrorangst alle derartigen Geräte ausverkauft waren und die Lieferfristen bis weit ins nächste Jahr reichten. So blieb das Schutznetz lückenhaft, und genau diese Lücken nutzte der Quasseltier-Killer mit traumwandlerischer Sicherheit, um immer wieder unerkannt zuzuschlagen und eine Figur nach der anderen zum Schweigen zu bringen.

So fielen Schwein und Schaf, Kater und Bär, Kuh und Adler dem unbekannten Killer zum Opfer. Nichts schien ihn aufhalten zu können, weder Polizei noch Presse, nicht einmal die Parolen der pöbelnden Populisten. Die Freunde der vorweihnachtlichen Geräuschkultur waren der Verzweiflung nahe, konnten sie doch beinahe schon wieder einen klaren Gedanken fassen!

Dann aber kam die große Überraschung – fast schon ein Weihnachtswunder: Die Opfer setzten sich zur Wehr. Und brachten den Killer selber zur Strecke.

Genau genommen war es eins der Opfer. In der Stadt gab es nämlich eine Apotheke mit einem sehr ungewöhnlichen Namen. Klar, dass diese dem Trend gefolgt war und eine passende Tierfigur vor dem Geschäft aufgestellt hatte. Drei Meter hoch. Um welchen Pillen-Dealer es sich handelte? Um die Krokodil-Apotheke.

Der Rest ist schnell erzählt. Da die Figur aufrecht stand, musste der Killer an ihr hochklettern, um das riesige Maul zu erreichen, das sich langsam und gleichmäßig öffnete und schloss – ohne Rücksicht auf Lippensynchronizität, aber mit beachtlicher Kieferkraft. Da es in dieser Nacht fror, musste der Täter wohl abgerutscht und mit dem Kopf zwischen die Zahnreihen geraten sein. Dass er dem Krokodil bereits Bauschaum in den Rachen gesprüht hatte, machte die Sache noch schlimmer – für ihn. Das Zeug verklebte die Kiefer des Krokodils und ließ den Killer, dessen Kopf dazwischen festklemmte, jämmerlich ersticken. Stahnke und seine Leute hatten Mühe, die Leiche dort herauszubekommen, um den Täter zu identifizieren.

Wer es war? Ach, der Name tut nichts zur Sache. Eher, was er war. Nämlich Straßenkehrer. Sie verstehen? Sein Einsatzgebiet war die Innenstadt, vor allem während der Vorweihnachtszeit. Dann fällt dort nämlich unglaublich viel Müll an! Unser Mann war also einfach unverzichtbar. Jeder Antrag auf Versetzung wurde abgeschmettert. Und einfach so krank melden – nein, dafür war er viel zu anständig.

Ansonsten war er ein erstaunlich feinsinniger Mensch. Einer, der Weihnachten ausgesprochen geliebt hat, ebenso wie seinen Hund. Ein sehr lärmempfindliches Tier übrigens. Und ausgerechnet so einer geht hin und ...

Tja, was soll man da sagen?

Viele Einwohner der Stadt waren natürlich heilfroh, dass der Quasseltier-Killer sein – in ihren Augen – verdientes Ende genommen hatte. Endlich konnten sie die »stillen Tage« wieder im gewohnten Trubel verbringen! Zu viel Ruhe bringt einen ja auch bloß dazu, über alles und jedes nachzudenken. Dem ganzen Glühwein zum Trotz.

Aber es gab auch andere Menschen in dieser Stadt; ich erwähnte ja schon, dass es in Sachen Quassel- und Gröl-Viecher zwar eine stabile Mehrheit, aber auch eine starke Minderheit gab. Und die hatte vollstes Verständnis für unseren Täter. Mehr noch – sie war ihm dankbar für seine Taten! Man betrauerte sein vorzeitiges Ableben und wollte verhindern, dass sein Wirken in Vergessenheit geriet.

Also sammelten die Leute Geld und setzten ihm ein Denkmal.

Jawohl, ein Denkmal. Ganz naturalistisch, in Überlebensgröße. Ihm und seinem Hund. In der Tat, das arme Tier war seinem Herrn wenig später nachgefolgt. War nämlich im Tierheim gelandet und von einem wohlmeinenden Menschen spazieren geführt worden – ausgerechnet über den Weihnachtsmarkt! Der Nachfolger des grölenden Elchs, eine Volksmusik röhrende Giraffe, hat ihm den finalen Schock versetzt. Armes Tier, das stimmt. Aber einfach zu empfindlich. Für die deutsche Vorweihnachtszeit muss man eben eine gewisse Härte mitbringen.

Das Beste an dem Doppel-Denkmal aber habe ich Ihnen noch gar nicht erzählt. Von wegen stilles Gedenken! Beide Figuren sind mit beweglichen Mundwerkzeugen ausgestattet. Und mit erstklassigen Verstärkeranlagen! Wenn die beiden anfangen zu singen, bleibt kein Auge trocken.

Was sie singen? Na was wohl! »Stille Nacht« natürlich.

WATT'N MORD BEI
EBBE UND BLUT

oder: Die hohe Schule des Regionalkrimis

Eine Leiche im Watt, denkt Hauptkommissar Stahnke.
Na toll – schon wieder! Wetten, gleich sagt es jemand?
Stahnke liest keine Krimis, er ist selber Kriminalist.
Fände er im Krimi seine Arbeit falsch geschildert, würde
er sich nur ärgern; andernfalls wäre es, als würde er
Arbeit mit nach Hause nehmen. Aber er weiß, was
zwischen Buchdeckeln so los ist. Regionales Morden ist
in, und die Küste – seine Küste! – ist drauf und dran,
den deutschen Mittel- und Hochgebirgsregionen den
Rang als Tatort Nummer eins abzujagen. Was allein in
Ostfriesland in den letzten Jahren an Leichen produziert
worden ist, spottet jeder Beschreibung. Literarisch,
wohlgemerkt. Beispiel Langeoog: Dort gab es vor über
zweihundert Jahren mal einen Mordfall, auf einer
Sandbank, von der gar nicht klar ist, ob sie überhaupt
noch zur Insel gehört. Der Täter war natürlich von
Norderney. Seither nichts mehr. Aber in den Langeoog-
Krimis – Dutzende! Wären all diese Toten echt, die Leute
würden in hellen Scharen flüchten, statt als Touristen
in ebensolchen Scharen hereinzufluten. Ebbe und Flut,
Ebbe und Blut. Ha!

»Hey, guck mal.« Verdammt, da sind sie schon, die

Touristen, denkt Stahnke. Eine kleine Vorhut nur, aber wo nur das kleinste Loch im Deich ist, da drängt die Flut erbarmungslos durch.

»Watt 'ne Leiche, woll?«, sagt der eine Touri zum anderen.

»Ist ja wie im Krimi«, kommt es zurück. »Watt 'n Mord!«

Wette gewonnen, denkt Stahnke. Und was hat er jetzt davon?

Der Regionalkrimi boomt seit Jahren, egal, wie oft dieser Trend schon für tot erklärt wurde. Welle folgt auf Welle und nichts verebbt. Im Gegenteil: Große Verlage, die ihre Krimi-Reihen schon aufgelöst hatten, steigen über die Regionalschiene wieder ein. So wird der Boom zum Dauerzustand. Und die Autoren haben es gut! Relativ gut jedenfalls. Wo sie früher Krimiverlage mit der Lupe suchen mussten, gibt es diese jetzt im Dutzend. Allerdings werden auch die Autoren immer mehr. Wer so alles jetzt Krimis schreibt, das hat schon was von Goldrausch. Krimileser sind Vielleser, brauchen ständig neues Lesefutter. Und sie sind experimentierfreudiger als die Leser anderer Genres, die gerne zu dem greifen, was die Feuilletons schon vorgekaut haben. Krimileser gehen Wagnisse ein, probieren gerne selber. Was kann schon passieren? Ein Fehlgriff kostet nicht mehr als ein Taschenbuch.

»Kennst du den?«, fragt der eine Touri. »Den Toten da im Watt?«

»Nee, der sacht mir nix«, erwidert der andere.

»Watt 'n Wunder! Natürlich sacht der nix mehr, der is ja auch tot!«

Witzig, denkt Stahnke, sehr witzig. Wieso denken die Leute eigentlich neuerdings, regional plus kriminell wäre gleich lustig? Diesen Ruf hat der Regionalkrimi bei vielen weg. Er sei platt, heißt es, niveauarm, eben »Regionalliga«, also viert- bzw. unterklassig im Vergleich zu den »echten«, den regional ungebundenen Krimis. Und es stimmt ja, oft geben Leser Kommentare ab wie: »Ach, wenn ich solche Krimis lese, fühle ich mich wie im Urlaub! Ich erkenne die Orte wieder, jedes Haus, die Stellen am Strand ...« Na bravo. Und was ist mit dem, was ein guter Unterhaltungstext eigentlich auch leisten soll? Handlung und »Tiefe«, also potentiell aufklärerische Widerspiegelung und Durchdringung von Phänomenen regionaler Zeitgeschichte in erzählerisch-unterhaltsamer Form? Hä? Pustekuchen.

»Guck mal«, sagt Touri eins, »die Leiche hat 'nen Overall an. Mit hinten was drauf.«

»Ist wohl ein Propeller«, sagt Touri zwei. »Ist der von 'ner Werft?«

»Oder das ist ein Windrad. Dann hat der vielleicht für eine Offshore-Firma gearbeitet.«

»Ja, is denn dat 'n Grund, einen gleich umzubringen?«

Jetzt lachen die beiden, denkt Stahnke. Dabei ist das doch genau der Punkt! Wenn schon regionale Krimis, dann doch bitte mit Fällen, Interessen und Motiven, die auch wirklich mit Land und Leuten zu tun haben – und die es so vielleicht nur hier gibt.

Zum Beispiel Windenergie: Die Fronten im Streit darum verlaufen ganz anders als gewohnt, daraus lässt sich Spannung ebenso ziehen wie Erkenntnis. Die Grünen plötzlich dagegen, wegen Verspargelung der

Landschaft. Die Rechten plötzlich dafür, denn es gibt viel Geld zu verdienen. Die SPD wie immer gespalten, am Ende aber stets willfährig, wegen Arbeitsplätzen. Sind das keine Gründe zum Morden? Zum Beispiel Schiffbau: Die Werft im Binnenland, die monströse kreuzfahrende Hotelburgen baut und dafür einen ganzen Fluss mordet, Umweltschützer verhöhnt, die Deichsicherheit negiert, Leiharbeiter wie Dreck behandelt, Mitbestimmung aushebelt und dann noch nach Luxemburg ausflaggt – wie viele Motive will man denn noch?!

Und es gibt noch so viel mehr. Die Wohnsituation von Beschäftigten auf den Ostfriesischen Inseln etwa; da ist Langeoog fast wie Sylt. Fähren voller übermüdeter Pendler, die sich keine Unterkunft auf der Insel leisten können, auf der sie arbeiten. Oder regionale Varianten gesamtgesellschaftlicher Probleme. Denn Nazis und Islamisten gibt es auch hier. Nur sind die Verhältnisse immer ostfriesisch, obwohl global verflochten.

Schwierig? Tja, denkt Stahnke, wer hat denn behauptet, Regionalkrimi sei etwas für Anfänger?

»Guck mal, jetzt is der Doc fertig«, kommentiert Touri eins das Geschehen im Watt.

Stahnke schreckt hoch. Tatsächlich, Gerichtsmediziner Dr. Mergner streift sich die Handschuhe ab. Wann ist denn der auf der Bildfläche erschienen? Der Hauptkommissar erkennt, dass er schon eine ganze Weile für sich hin sinniert hat, breitbeinig auf der Deichkrone, die Hände in den Trenchcoat-Taschen. Gut, dass seine Leute von ihm nichts anderes erwarten! Trotzdem, solches Verhalten ist schon grenzwertig.

Apropos Grenze. Die Berge und die Küste, denkt

Stahnke, sind beides grenzwertige Regionen. Hier sind die Menschen schon früher an ihre Grenzen gestoßen – und haben sie doch zu überwinden gesucht, Schritt für Schritt. Sei es wegen des Lebensunterhalts, als Bergbauern oder Fischer, oder schlicht um der Herausforderung willen. Hier wie dort ging es immer schnell mal ums Ganze. Langweilig wurde das Leben nie. Bloß manchmal kurz. Ist das vielleicht die Grundsituation des Krimis? Die Grenze, die man überwindet oder an der man scheitert? Die Extremsituation, die ungeahnte Charakterzüge und unerwartetes Verhalten zu Tage fördert? Das könnte erklären, warum Ostfriesland so vielen Autoren und noch viel mehr Lesern einen Krimi wert ist, oder ganze Reihen davon. Denn Grenzen gibt es hier ja mehrere: Die Grenze zum Nachbarn Holland, die Traditions-Grenze zwischen gestern und morgen, die nasse Grenze zwischen Land und Meer. Ganz zu schweigen von der zwischen Inseln und Festland.

Neben Stahnke räuspert sich jemand. Er fährt herum und will schon die Touris anschnauzen, die ihm offenbar noch näher auf den Pelz gerückt sind, sieht aber, dass es sich um seinen Kollegen Kramer handelt. »Was haben wir denn?«, fragt der Hauptkommissar, ganz so, als hätte er schon lange auf einen Zwischenbericht gewartet.

»Der Tote heißt Hinrich Kromminga, zweiundvierzig, Decksmann auf einer Inselfähre. Todesursache ist Ertrinken, sagt Mergner. Allerdings hat der Tote eine deutliche Schwellung am Kinn und eine Bisswunde in der Zunge, selbst zugefügt. Beides prämortal.«

»Der Mann ist also nach einer Schlägerei über Bord gegangen«, schlussfolgert Stahnke.

Kramer nickt. »Ich habe schon mit seiner Reederei

Kontakt aufgenommen. Angeblich hat es auf der letzten Überfahrt Streit gegeben.«

»Lass mich raten«, unterbricht Stahnke. »Dieser Kromminga hat sich mit übermüdeten Insel-Kellnern angelegt, die sich drüben keine Zimmer leisten können und deshalb pendeln müssen?«

Kramer schüttelt den Kopf.

»Dann hat er sich für Offshore-Windkraftanlagen ausgesprochen, während radikale Umweltschützer an Bord waren?«

»Nö.«

»Hatte er ein Verhältnis mit der Frau des Kapitäns?« Ein Verzweiflungsschuss, der denn auch prompt daneben geht.

Kramer grinst. »Es waren Kegelclubs an Bord, zwei aus Wattenscheid und einer aus Wanne-Eickel. Die haben nach einem Besuch auf der Kreuzfahrt-Werft noch einen Insel-Trip eingelegt und dabei kräftig gebechert. Als sie dann lauthals von der Werft und den Schiffen geschwärmt haben, ist Kromminga der Kragen geplatzt, und er hat denen mal erzählt, dass für diese Pötte die ganze Ems mitsamt der Küste versaut wird. Tja, und das wollte dann einer nicht so gerne hören.«

Okay, denkt Stahnke, das nenne ich einen Regionalkrimi! Schauplatz, Personal, Motivlage, Handlungsverlauf – realistischer und küstentypischer geht es kaum! Nicht wahr, meine Herren Touristen?

Er dreht sich zu den beiden vorwitzigen Touris um. Aber die sind schon weg.

Foto: Bernhard Meyer

PETER GERDES

geboren 1955 in Emden; Studium der Germanistik und Anglistik, anschließend als Redakteur und Lehrer tätig. Literarische Anfänge Ende der 70er Jahre; schreibt seit 1995 vor allem Kriminalliteratur. Mitglied im *Verband deutscher Schriftsteller (VS)* und im *Syndikat*, seit 1999 Leiter der *Ostfriesischen Krimitage*. Zusammen mit seiner Frau Heike betreibt er das *Tatort Taraxacum* in Leer. Bisher 14 Kriminalromane und zahlreiche Anthologieherausgaben und Kurzgeschichten. Im Leda-Verlag erschienen unter anderem *Ein anderes Blatt* und *Thors Hammer* als Doppelband, *Ebbe und Blut, Der Tod läuft mit, Fürchte die Dunkelheit, Solo für Sopran* (auch als Hörbuch erhältlich), *Sand und Asche, Wut und Wellen, Zorn und Zärtlichkeit, Der Fluch der goldenen Möwe, Langeooger Lügen, Ostfriesische Verhältnisse, Langeooger Serientester* sowie *Der siebte Schlüssel*, dem die Jury des Literaturpreises *Das neue Buch* das Prädikat »Bemerkenswertes Buch« zuerkannte. Außerdem sind die Kurzgeschichtensammlungen *Stahnke und der Spökenkieker* und *Kurz und schmerzlos* lieferbar. Alle Stahnke-Romane sind auch als E-Books verfügbar.

Peter Gerdes
Ein anderes Blatt
Thors Hammer
2 Kriminalromane
978-3-939689-11-9

Peter Gerdes
Ebbe
und Blut
Kriminalroman
978-3-934927-56-8

Peter Gerdes
Der Tod
läuft mit
Kriminalroman
978-3-934927-86-5

Peter Gerdes
Fürchte die
Dunkelheit
Kriminalroman
978-3-934927-60-5

Peter Gerdes
Solo für Sopran
Inselkrimi
Langeoog
978-3-939689-63-8

Peter Gerdes
Der siebte
Schlüssel
Kriminalroman
978-3-934927-99-5

Peter Gerdes
Sand und Asche
Inselkrimi
Langeoog
978-3-939689-15-7

Peter Gerdes
Wut und Wellen
Inselkrimi
Langeoog
978-3-939689-34-8

Peter Gerdes
Zorn und Zärtlichkeit
Kriminalroman
978-3-939689-64-5

Peter Gerdes
Der Fluch der goldenen Möwe
Inselkrimi
978-3-86412-013-8

Peter Gerdes
Langeooger Lügen
Inselkrimi
978-3-86412-067-1

Peter Gerdes
Ostfriesische Verhältnisse
Ostfrieslandkrimi
978-3-86412-077-0